星空下的独白

XINGKONG XIA DE DUBAI

莎菲 著

南方日报出版社
NANFANG DAILY PRESS
中国·广州

图书在版编目（CIP）数据

星空下的独白 / 莎菲著．— 广州：南方日报出版社，2019.4
ISBN 978 - 7 - 5491 - 1985 - 1

Ⅰ．①星…　Ⅱ．①莎…　Ⅲ．①中国文学—当代文学—作品综合集　Ⅳ．①I217.2

中国版本图书馆 CIP 数据核字（2019）第044372号

XINGKONG XIA DE DÙBAI
星空下的独白

著　　者：莎　菲
出版发行：南方日报出版社
地　　址：广州市广州大道中289号
出 版 人：周山丹
责任编辑：李　沁
手绘插图：莎　菲
封面设计：尚文文印
责任技编：王　兰
责任校对：裴晓倩
经　　销：全国新华书店
印　　刷：广州市新怡印务有限公司
开　　本：889 mm × 1194 mm　1/32
印　　张：12.75
字　　数：168千字
版　　次：2019年4月第1版
印　　次：2019年4月第1次印刷
定　　价：88.00元

投稿热线：（020）87360640　读者热线：（020）87363865

序

从教多年，我总会碰到那么一些学生，他们不是传统意义上的好学生，学习刻苦，循规蹈矩，老师让往东绝不向西；也不是不学无术、品行恶劣的坏学生。这些学生通常个性张扬，不喜欢墨守成规，偶尔逃个课、开个小差，然而遇上他们真正感兴趣的学习内容，就会全身心扑上去，为之废寝忘食、殚精竭虑也不足惜。

莎菲就是这样一位典型的学生。与她结为师生是在1997年的夏天，宁波师范学校（后更名为宁波大学师范学院初等教育分院）的校园。第一天上课，我就记住了她，圆圆脸，大眼睛，两粒米酒窝，头发不长却有飞扬的感觉。在自我介绍时，她说自己来自湘西，因父亲工作调动随迁于此，语言明快，气质爽朗，丝毫未见初来乍到的娇羞胆怯，在众多含蓄温婉的江南少女中显得别具一格，让我不由得联想到《红楼梦》中的史湘云，娇憨可爱，机敏率真。

也许是有前缘吧，至今我还经常想念莎菲所在的那个班级的学生，他们中的大多数明明是学理科的，却偏爱阅读写作，不走寻常路；对课文内容不感兴趣，却喜欢在课堂上唇枪舌剑，就某个话题进行热烈地辩论；不喜欢写命题作文，却喜欢写周记随笔，“我手写我心”……不过，我也喜欢看他们那些伴着眼泪和欢笑的文字，或轻吟浅唱，或纵情放歌，青春的美好一览无遗。

后来，我在学校发起并创办学生文学社，名为“月湖”，邀了几个志同道合的同事一起担任指导老师，初心就是想给那些“非主流”学生提供一个肆意书写青春与梦想的平台。那时，一间不足10平方米的楼梯间和一台破旧的486电脑就是文学社的全部家当，而这却吸引了大批学生前来投奔，莎菲是其中最为积极的一个。她不仅勤勉写作，还热情策划各种活动，后来还担任过期刊主编。我清楚地记得每期《月湖》出来时孩子们欢喜雀跃的神情。如今，那些孩子也早已为人父母，即将步入中年，我不知道还有多少人依然热爱写作，还珍藏着那些记录了他们青春印迹的册子，但我相信他们一定不会忘记那时《月湖》给他们带来的快乐。

当莎菲把她的《星空下的独白》发给我时，我难掩激动与喜悦，仔细地阅读着她的文章，一如当年批阅她的周记。她的文字不炫技巧，天然去雕饰，却又明丽悦目。里面很少看到风花雪月的浪漫，也已褪去青涩与稚嫩，不再为“赋新词强说愁”，更多的是书写岁月的沉淀及对生命本质的思索。其中最让我感佩的是，她的文字中始终有一股不屈服的精神在涌动，仿佛有一股力量在牵引着她不断向上。

在离开母校的几年里，她一直在学习进修，大量地阅读各种经典和时文，同时又在工作中勇猛精进，生活中浸润历练，使得她的视野逐渐开阔，生活愈加丰富，思想也日趋深刻。如今的她已不是昔日以梦为马的青春少女，在她依然娇憨可爱的脸庞上多了智慧和坚韧，没有年少时的偏执、犀利，对人对事的评判多了份源自生命的宽厚和通达。她用文字见证了自我的成长，同时也让作为读者的我心生惭愧：我的学生还坚守着这片希望的麦田，而我早已离开了麦田，天天与公文琐事为伴，心灵也日渐沉重油腻起来，我应该向自己的学生学习啊！

我想《星空下的独白》之于我的感动可能正好印证了此书结集出版的意义，让文艺青年和曾经的文艺青年通过阅读此书来感怀、祭奠青春，并从文字中找到生命的力量，然后携着这股喷薄的力量昂然前行。

何其有幸在莎菲最需要鼓励的出发平台帮她整理了行囊，如今她已踏上征程，前路光明，我愿意一如当初，像个慈母，用宠溺的目光送她前往更美好的远方。

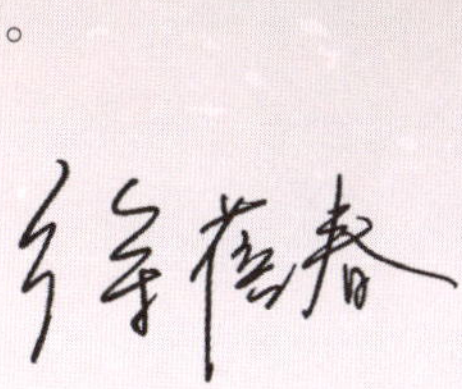

2018 年 7 月 16 日于宁波

自序

——致敬我的20岁

1998年，江南的初冬，一个懵懂的少女闯入浩如烟海的数字世界。依稀记起《莎菲女士的日记》中“我爱的人不爱我，爱我的人我不爱”的那个不安的灵魂，于是我披上了这件“外衣”，成了一个记录者。

这本小集是我19岁从师范毕业后至24岁之间写的，博客时代的莎菲日记。当时一起在潘石屹创办的SOHO小报写博客的桑格格、巫昂、苏小懒等后来都出版了著作，最火的带三个表、土摩托、王歪、黑刀也依然在媒体坚守，与交往最多的叶蔚然、快乐不为谁断了联络，但是他们的诗文带给我的震撼与感受一直在那里，没有变过。这本集子里的《安安公主》是给老谷子的女儿安格丽娜写的，被悬爷猜出我是因为补偿所失而作……那个时候，有多少人、多少故事和心事，就这样暗藏在文字密码里，在时间的走廊留下烙印。

20岁的时候的我就是这个样子，初入职场目睹人类社会的各种怪状；初恋被各种外力撕扯得面目全非；想要让原生家庭完整，现实却大相径庭。我徘徊在欲望与现实之间，纠结着是做享乐派还是精英派。努力程度不同，结果不尽相同。

唯一能唤醒我的，是在读师范的5年间，容忍我上甲课做乙事、鼓励我发展自我的老师和同学们，还有那些我看过的书，我交往过的人，和一个个生动活泼美好单纯的画面，让我用文字在现实的夹缝中喘息，在孤独夜行时可以仰望星空。

我的记性一直不好，不是因为我完全记不住，而是我只记住当时的情绪——自己接受的信息中的灵性和意义，而非精确的文字与标点，所以我的复述总是概括的，甚至是带有自己所理解的，难免无法完整地还原与背诵每一个字。我曾经很苦恼于这一点，后来发现这也是效率的一种体现，终可自我宽慰。

在这样的理解记忆模式下，以及当时月湖文学社指导老师徐蓓春的点播下，我实实在在地阅读了大量的文学佳作和哲学读物。徐老师为我打开了大门，指明了方向，大师们与我隔空神交，搭建起我的人生观与世界观，“莎菲”就此诞生。

或许正因为此，我很少纠结是非的判断，一切笃定，对未来的自己也想得很明白，知道自己想要过什么样的生活，想要成为怎样的人，同时又充满行动力。当然，这一切又都是在“纠结”与“彷徨”之后。

我不想浪费自己的时间，每一分钟都要活得有意义，感谢一切赋予我生命与思想的人和物，我庆幸自己生而为人。

莎菲

2018年7月4日于草堂

目录

故事

童话

诗语

读书

关于

回忆

独白

故事

莎菲与花

莎菲爱花，所以种花，因而照料花。从此是伤心。

这是莎菲第一次种花，花儿无名。

春天，花儿含苞待放，稚嫩娇羞；

夏天，花儿怒放着，享受着阳光和风，炫耀自己的幸福与美丽；

秋天，万木凋零，花儿垂下高傲的头颅，听秋风低语，看叶儿一片片离开自己；

冬天，寒风凛冽，最后一片叶滑落时，花儿却结了实。

莎菲心想，这果实没有阳光的照耀，没有雨露的滋养，

定会成为一颗没有明天的果。

于是，她将这果摘下，埋在花下。

花儿的枝干颤抖了一下，

静静地站在雪地里。

第二年的春天，

莎菲浇水，莎菲施肥，

花儿没有再发芽，细小的枝干也被鸟儿衔了去筑巢。

莎菲望着空空的花圃黯然神伤。

当莎菲决定不再养花时，已是第三年春天。

这是一个阳光明媚的季节，

莎菲心想，多么适合养花啊！

一日路过花圃，

她愕然发现那干枯的枝干旁的泥土里探出了新绿，

那是百合的幼苗，甜美而清新。

莎菲奔去取来水壶，浇水。

浇完水，莎菲擦去额上的汗珠，心想，

这是不是那果儿的新生呢？

入夜，莎菲微笑着睡去，甜梦中已是一片青葱。

夜里，淅淅沥沥下起雨来，

隔着玻璃，花圃已是一片新泽。

翌日，莎菲走进花圃，小苗儿被水浸泡的身体趴在积水的泥土上，

仰头望着她，仿佛在问：你真的爱我吗？

从此，莎菲不再种花，可她无法不看花，

这个世界很美，因为有花。

一日，莎菲在路边看到一枝玫瑰，

灿烂而妖娆，

莎菲决定照管它。

于是每天路过，莎菲都会为它松松土，浇浇水，和它说说话。

玫瑰怒放着，仿佛在回应莎菲的温情，

莎菲领悟到玫瑰的回应，更加充满幸福地每天为它松松土，浇浇水，和它说说话。

直到有一天，

莎菲看到一个美丽的妇人轻抚着玫瑰的花瓣。

讶异地问着，亲爱的，你又给花浇水了吗？

旁边的绅士一脸疑惑，没有啊。

莎菲默默地走过，

她还是会来看看它，看看曾经“属于”自己的玫瑰，和它说说话。

却不再浇水，不再施肥，

玫瑰依然灿烂。

又是一个春天，又是一个山花烂漫的季节，

莎菲欣然捧回一包花籽，

相信明年的春天，将是满园绚烂花开。

海边

淼儿注意到他是半个月前。

半个月前，淼儿回到了渔村。和过去相比，这里仿佛没有发生变化，可淼儿却觉得有些东西不一样了。集市上还是那么喧闹，涌动的人流里有小贩、城管、村民，还有不少海客。海客带着渔获而来，又带着其他生活必需品离去，日子就在这一来一回中流淌。

淼儿来到海边，海还是那么蓝，白色的浪打来，留下一捧捧泡沫恋恋不舍。阳光洒在海面上，粼粼地印在淼儿白皙的脸上，儿时的一切又回来了，时间在这里停滞，躲在这海市蜃楼休憩。渔村还在，补网人还在，集市还在，海客还在，就连那老木船还好好地趴在那里。淼儿倚靠着它，在这老木船上，远远地看着日落，任凭咸腥湿润的海风拂过散乱的发。听着海浪的声音，时而悲戚，呜咽；时而欢腾，喧闹；时而沉静，簌簌。淼儿的手指划过老木船斑驳的舷，曾经有人也坐在这儿，就在这里，风在耳畔呢喃。可如今，还有谁，还有谁呢?

夕阳下有一束长长的影子，影子的尽头是一双赤着的脚，陷在沙里，卷起的裤管，随风翻卷的衣襟，狂舞的短发，就那么呆立着望着海的尽头那一片火红的天，顽石般一动不动。潮水退去，淼儿回奶奶家了。潮水再涨上来的时候，那白色的衬衫缓缓地消失在补网人的窝棚里。一盏油灯跳跃着，闪躲着，淼儿倚在窗口，一直看那灯火熄灭，才回到屋内。

墙上是奶奶的遗像。尽管已经买了最近最快的航班机票，跨越重洋回来时，奶奶留给淼儿的也只有这房子和一张遗照。淼儿很恍惚，屋子里的一切都和原来一样，只是愈发黯淡了，陈旧了。如果不是这屋子，这遗像，看着海天一色的永恒，不禁要问，奶奶真的存在过吗？

淼儿把奶奶的照片抱在怀里，这么些天，没有一滴泪。淼儿看着海，她从小就听着海上的故事长大，远方有岛，岛外是海，海的那边是另一片大陆，是一个比我们这儿更好的地方。海里有各种生物，总有些是我们没见过也永远见不到的。海时而平静，时而残暴，它带走了淼儿的父亲，母亲此后便被陆上的人海卷走，渺无踪迹。奶奶，这便算是各得其所吗？淼儿看着奶奶的照片，奶奶的微笑还和以前一样，只是一笑永恒，淼儿搂着这微笑，仿佛那时奶奶搂着她，轻抚她的发，她的小脸："淼儿乖，淼儿是海的孩子，有一天到海的那一边去，好不好？""好，好，和奶奶一起去。""好，好，我的乖淼儿。"

海永不曾休息，兴致勃勃地涌动，浪花席卷的泡沫像无数的眼睛，注视着陆上的生灵，又不厌其烦地带走他们，也带走了无尽的故事，无尽的秘密。

破草帽的童话日记

小楠是一所普通中学的普通女生，一字剪的妹妹头，齐齐的刘海遮着前额，黑亮的大眼睛默默地观察着周围的世界。爸爸妈妈离婚了。她和爸爸一起，没几年，有了后妈，过了一年，有了弟弟。又过了几年，传来妈妈结婚的消息，再过一年，有了妹妹。

小珏是一所普通中学的普通男生，板刷似的平头，露着青青的头皮，黝黑的胳膊，粗浓的眉毛下面是炯炯的一双大眼。爸爸妈妈离婚了。他和妈妈一起，没几年，有了后爸，过了一年，有了妹妹。又过了几年，传来爸爸结婚的消息，再过一年，又有了个妹妹。

小楠妈妈和小珏爸爸结婚了。暑假，小珏爸爸带着小珏来到 N 城探望在 N 城的老父亲。小珏爸爸很大方地邀请小楠爸爸一起吃饭，小楠爸爸拒绝了，于是小珏爸爸和小珏来到学校接小楠。

小楠那天穿着白色的校服，白色的布鞋，妹妹头该剪了，齐齐的刘海就要遮着眼睛了。坐进车里，旁边是小珏，一身白色的校服，白色的布鞋，浓浓的眉毛下面，一双大眼直视前方，不看小楠一眼。小楠有些紧张，紧张到胃有些疼。

原来小珏爸爸有应酬，要带着两个孩子来到饭店。开席了，同桌吃饭的叔叔一个劲地说小珏爸爸有福气，又有儿子又有女儿，金童玉女。小珏爸爸被几两小酒染红了脸，乐呵呵地点着头，给小珏小楠每人夹了个鸡腿。小楠没有动筷子，小珏也没有，小珏爸爸奇怪，小珏说："爸爸，我不饿。"小楠说："我也不饿。"

饭局继续了一个多钟，小楠一口菜也没有吃，只喝了几口雪碧，也没说一句话。小珏吃了些菜，应酬了几个叔叔的问话。小楠不敢看小珏，只觉得小珏是个大男孩，眼睛很清澈。小珏爸爸帮两人一算，小珏长小楠4岁。

日子一天天过去。小楠毕业了。在N城，小楠爸爸没有后台，没有关系，小楠自己去公司应聘。可是，小楠妈妈却想要女儿来到自己所在的城市工作，于是，小楠离开爸爸，去了S城。小楠与妈妈、妹妹、小珏爸爸生活在一起。小珏爸爸是个很好的人，没事喜欢钓钓鱼，看看报，练练字。小楠和小珏共同的妹妹很可爱，也很顽皮，人小鬼大的。一家人很快乐。

又一个暑假开始了，还在继续深造的小珏回到S城看望家人。小楠发现小珏很有礼貌，吃饭很慢，房间总是弄得很乱，头发也硬硬的，比以前长了许多。小楠洗碗的时候，小珏会帮忙递着这样、那样，小楠做饭，小珏也会说："我也做个拿手菜吧。"妹妹顽皮地说："姐姐和哥哥结婚吧。"小楠很慌张，小珏也很慌张。

半个月后，小珏爸爸决定带两个大孩子回N城看老父亲，而小珏也刚好可以回家看爷爷。途中，路过有名的喀斯特地貌典型地带，小珏爸爸带两个大孩子参观游览。进入岩洞，虽然温度很低，但是大梯度的阶梯让小楠出了一身汗，在荧光灯照射下的钟乳石前，小珏看着身边小楠鼻尖的汗珠，拿出纸帕给小楠擦汗，小楠错愕地接受了突然的亲近，小珏说："很热吧？"小楠"嗯"了一声，心想，你这样我只会出更多汗。在穿过湿滑的洞中小路时，小珏牵起小楠的手，小楠觉得他的手干燥、有力，很温暖。

离别近在眼前。夜晚，小楠在旅馆的房间里睡不着，独自走到天台上。乡间的天空，繁星点点，原来在S城看不到的星星每天都在闪烁着，只有在没被人过度改造的乡间才能看见。小楠拿出手机，发了一条短信给小珏："哥哥，我喜欢你。"心想，小珏睡了，他看到了也会当作没看见吧。星星依然闪烁着，手机振动了一下，是小珏的短信："看来我这个哥哥当得还挺成功的嘛。不过你这个妹妹也很可爱哦。"小楠回复："呵呵，今天晚上我一定会睡得很好。晚安！"小珏回复："晚安，做个好梦。"

交换了电子邮箱、MSN，小楠和小珏一起跟着小珏爸爸乘车去N城。最后的旅程，小楠用手机发短信给小珏："我会想念你的。”小珏回复：“我也会想念你的，好好陪爸爸，玩得开心。”小楠回复：“我现在已经开始想念你了。”小珏：“别这样啊，我们还可以通信的，是不是？”小楠回复：“别笑我傻。”

离别后的日子，小楠开始给小珏写信，虽然小珏回复得很慢、很少，可是小楠渐渐养成了习惯，每天都会给小珏写信。写完信，打印出来，在纸的空白处画插图，填充了小楠每天对小珏的想念。渐渐地，小楠再也没有收到小珏的信。渐渐地，小楠没有插图可画，因为她也没有再写信。只有一只没有涂色的小鸭躺在小楠的信纸上，像小楠，默默地。

青·丝

一

总角丫丫，心无旁骛，青梅竹马，嬉闹无常。

他总是拽她小辫，她哭，他也哭；她大哭，他也大哭。

她头皮疼，他屁股疼。哭完便大笑。

她哭，不再因为他拽她头发，而是他要随父母远迁。

远去的马车，许是一世的别离。她的一缕发，系在摇晃的铃上。铃，在他手腕上摇晃。

二

艳阳高照，扰了山谷的清幽，豆蔻年华，艳羡山人。

万缕丝绦倾泻而下，顺着岩壁滑落潭中，悄无声息。

潭水溢出，顺清流，叮咚有声。青丝蕴染水流，顺水而下。

焦渴疲乏的他，侧身而跪，掬一汪泉水，一饮而尽，腕上，铃响叮当。

她惊异，岩缝处悄张望。

他惊异，捻起青丝一缕。

三

青丝绵长如流水，温软似锦缎，墨染如紫烟。

寒光一闪，仿若一朵柔荑花，摇曳，飘落。

飘落，在他掌心，轻轻握住，一世尘缘。

四

“好，非常好，注意表情。对——道具，风再强一些，好，看着我，想象一下最爱的人站在你面前。好——不用拨，就让那一缕遮住脸，很好，狂野一些，没错。看这里，很好……”

摄影棚里，她任人摆布，只为最短时间内能拍完这组封面照。

结束的时候，她觉得自己疲倦得像条狗，不知道怎样回家，扑倒在床垫上，青丝似乎比她更疲倦，散乱在床褥上。是呀，他们都需要休息。视线越过熟睡的他们，床头唯一的装饰，一个相框：阳光洒在铺满黄叶的土路上，她坐在凤凰自行车的行李架上，格子罩衣，蓝布裤，两条麻花辫搭在肩上，垂下来，直过腰际。一张模糊的脸，转过头来看着她，笑着。

她从不染发，即使造型师一再要求，她宁愿自己花钱买假发也绝不染发，这是她的坚持。似乎因为一个永久的诺言，似乎因为恐惧。恐惧，他，再也找不到她。

五

摇头晃脑，完全是不由自主，青丝遮蔽她白嫩的耳垂，塞着耳机听着音乐，直到主任走到眼前“咳咳”两声。她若无其事，整理起文件来。主任警惕地看看她，转身走了，她轻嘘一口气，幸亏淡定而对，要不，可就穿帮啦，吐吐舌头，继续做那份企划案。

她很爱她的头发，不仅可以挡着主任的视线，冬天还可保暖，并且，她一直坚信，夏天长发比短发更清凉，因为长发一扎起来比短发的杂乱无章更整齐。她也从不理他人的嘲笑，依然故我，日日变换着发型招摇过市。

市面上的洗发水酒精超标，用不得的，有时间，她总会去洗发水市场淘宝。因而她的发香总与众不同。但不知道从什么时候开始，每天在电梯口都会遇见他。

他站在她前面，挡住拥挤的上班族，她感激地抬头看看他，他只是笑笑，深呼吸。

他·她

2004年12月

这个冬天，和以往没什么两样。每天下班路过城市的心脏地带，乞丐还是那样多，树叶还是一直落。换了个时空，换了层皮囊，这个世界和几百年前没什么不同。

花园酒店和世贸广场之间，那栋烂尾楼矗立着，骄傲着，炫耀着它一身裸露的钢筋，随风飘舞的防尘网，红色的漆斑斑驳驳，露出已经生锈的内里。偶尔，黑暗的楼内会有影子在没有玻璃的窗框里一闪而过，仿佛幻影。这个城市里，如此豪华的免费居所毕竟不多，在一些人眼里，它就像个巨大的疮疤，浮凸在城市最美的眉宇之上，冷漠、傲慢地破坏了城市的浮华与奢侈，多么巨大的一个异类。可是对于他们——那些流浪儿，这是他们的家，温暖，没有风吹，没有雨打。

那栋烂尾楼，可能有几十年了吧，早已成了一些人生活的一部分，住在附近的人们每天若无其事地从它脚下走过，没处可去的孩子在他们能够得着的地方任意涂鸦，它似乎也很欣赏，这是这城里特有的外衣吧。

他每天都看着她上班、下班，有时因为迟到，她会一边嚼着面包一边跑，长发在空气中飘动。黑色是多么美啊。他奇怪为什么会有人把头发染成另外的颜色。

城市常常看不到日出，天亮的时候，就是等她上班的时候，看见她在视野里逐步出现，有时微笑着，有时愁闷着，有时穿着制服，有时着裙子，都一样可爱。她匆匆走着，拐过街角的报摊，在视野里消失了。接下来的一天，就是等她下班的时候，看见她在视野里出现，有时微笑着，有时愁闷着，有时穿着制服，有时着裙子，都一样可爱。她缓缓走着，拐过街角的花圃，在视野里不见。他知道她已经习惯他的存在，因为他很少见她抬头看他，她偶尔的一瞥，他看得出，她只是带着疑问，带着好奇，之后，思绪又飘向他所不知的世界。她只是每天从他脚下走过，在他的视线里消失，日子，就这样一天天流走，消失，不见。

2005 年 8 月

他和她在那年冬天相识。他和她都刚刚结束一段伤心的恋情。

北国的冬天，是冷也是暖。失恋人的心，却是再强的暖气也不可能暖得过来的。他和她第一次见，在电影院门口，只是一瞬间，奇怪的感觉，她在看他，他也在看她，相视一笑。

“一个人看电影？”

“是，你也一个人？”

“是。”

“这部电影的导演……”于是，谈话开始了，谁也没有想过这谈话什么时候该结束，就这样，在公园的咖啡吧度过了一个夜晚。说了各种各样的事情，淡淡的。他说了他的过往，她也谈了她的伤心，转眼，几个小时过去。

她想起曾经有个作家说过，如果男女在第一次见面交谈两个小时以上，就可以成为夫妻了。想到这里，她笑了。他看着她，问她笑什么，她说了。他也笑，说：“或许我们真的可以试试，成为恋人。”

夜风很凉，她戴上手套：“也许，我们只是孤独。”他的笑容冻僵在脸上，长长一口气吐出来，雾了眼镜：“也许，我们只是孤独。”

交换了电话，别了。一别又是半年。

书店，她伸手取王小波的新书，李银河最近贡献出许多王小波的书稿，一只大手先拿了下来，她噘着嘴，生气地望着那人，是他？！

又是一夜长谈，谈书，谈电影，谈音乐。咖啡吧的客人走得差不多了，他问：“为什么不来电话？”她说：“你呢？为什么？”

两人相视一笑。

爱情开始了，时间的沉淀只是因为渴望纯粹，享受寂寞只是因为需要成熟。一切都过去了，需要快乐来证明。记忆，抹去，不尘封。

2005 年 11 月

老树丁香又粗了一圈，年轮又多了一圈。呼出来的白气，带着口香糖的味道，薄荷味，让周围的空气更冰凉。一个人走在府前路上，尽管穿着中国人都知道的南极人保暖内衣，外加加厚型羽绒服，可是团紧了自己，还是觉得冷。

湿热的南风，用它的余尾扫过树梢，沙沙。

夏天仿佛无休无止，转眼已是深秋时节，可满大街的人们还露着胳膊，露着腿，躲在冰室里享受时光。只有偶尔旋转的几片黄叶擦肩而过。

他缩着脖子，搓着手，跺着脚。

她拿出纸巾，擦擦汗，扇扇风。

他想象着此时的南国，阳光下的冰激凌，就像刮过身旁凛冽的寒风。

她怀念着北国的深秋，烟草味的他的手，揽过自己进入他温暖的怀抱。

北国的冷才知道怀抱的温暖，她想着，可是，他并不知道。

她走了，终于。

她要的，他不能给，她走了，终于。

屋角是她种的吊兰，已经焦枯。

他不懂得兰花，就如不懂得她一样。

桌上是蒙尘的叔本华，黯然静默。

她不懂得叔本华，就如不懂得他一样。

蔚蓝的海水翻滚，吹来冷冷、咸咸的风。

看似沸腾，实则冰冷。

那味道，仿佛临别一吻，她咬破他的唇。

鲜血，徒劳地黏合他的唇，咸咸，冷冷。

她回望北方，在这南方的都市，北方是一座山，看上去那么温柔，却阻隔了她北望的视线。

他说，别一个人撑着。

她想，找不到第二个人，只能自己撑着。

于是，她撑着天，撑着地，直到有一天，撑起一座她的王朝。

丁香花，丁香花，丁香花。

枯干的树干，他总是担心，来年，是否会发芽。

可是每年春天，都会满树嫩芽。

五月花开，满院馨香。

花开的时候，不知道，粉身碎骨的丁香，是良药。

蝴蝶

他就要离开她了，
如果仅仅是空间上的位移。
或许，他更是等着时间的推移，让一切过去。
他真的希望一切都过去吗？

这个时刻，他希望她能够挽留自己吧，
就像这首歌：
如果那女孩有甜美的嗓音，
或许，
如果那女孩真的对他有所眷恋，
或许，
她会为他唱这首歌。

我希望他幸福，
他希望她幸福，
幸福，如果真像许愿那样简单就好了。

散步

“沿着这条直线一直走下去，总会看到日出。”

脚是有感觉的，特别是走在盲道上，些许的疼痛感让堇的头脑在整个旅程中更加清醒。紧闭着双眼，放弃一众感观，堇每一步都走得很小心，尝试去习惯盲道的坑洼不平。

沿路，堇被迫睁开几次眼。

盲道总是不连贯的，总会遇上分岔路，总会遇上井盖，总会遇上灯柱。堇在不小心撞着脑门儿后，伸出双手探向前方，光有脚的感觉是无用的。

她终于体会到，一个盲人的辛苦。

是辛苦，不是痛苦。堇心里这样想。

或许那个行走的看不见光明的人心中正有个火热的太阳。或许那个行走的用脚看路的人正在为绕开一根电线杆而扬扬得意。那一刻，他是幸福的吧。

一条路，走多了几次，就会熟悉起来，闭上眼，用脚底每一个神经感觉这路的崎岖不平，就仿佛用手抚摸篆刻在岩石上的文字，一样清晰。

那个人只说过：“沿着这条直线一直走下去，总会看到日出。”堇的心中满是疑问，会倒下吗？会迷路吗？这条线会断裂吗？会分岔吗？不过这些问题，堇却没有问出口，那人也都没有回答。

这只是一次散步，不需要担心那许多。

只是一次散步。

人生，只是一次散步，多好，至少有终点，虽然我们明白命运早已有安排，虽然我们明白直到最后一刻，才会知道，终点的所在。

城

这是怎样的一座城?

对他来说，城很大，有些隐秘的角落，也许一辈子不会涉足。

对她来说，城很脏，每天宁愿多花钱待在车里，也绝不用脚踏上城的土地。

对他来说，城很忙，人群似蚁，不知来处，也不知去处，大家都慢跑着从城的这头到城的那头，相片上总是虚影。

对她来说，城很小，不然，为什么总和那个人相遇?

对他来说，城是港，只是让倦鸟暂时停歇，然后继续无望之旅。

对她来说，城是家，是港湾、鸟巢，栖身之所。她在这里生老病死，仿佛城市的一个细胞，不可分离。

对他来说，城是画，只能远看、神游，不可驻足、停留。

对她来说，城是纸，是用一生来描绘的画卷，生生世世，子子孙孙，随着这城起起落落，繁荣静默……

对于我来说，城是时间河流里的一块礁石，是麦田里的一只蜻蜓，是海边的晶莹贝壳，东方的第一颗星；是春风中第一棵嫩芽，夏阳下第一朵花蕾，秋雨后第一颗硕果，冬日里第一片雪花。

也许它并不完美，但我似乎喜欢它。

也许它只是一个驿站，我也会感谢它让我停留。

也许它只是一把雨伞，我也会感谢它让我安全。

它，我的城。

电话挂断以后

一

按下“挂断”，已经是凌晨两点了。堇轻轻地舒了口气，心中有种久违的舒畅。堇微微地笑着，回味着。

“那，我在你心目中是什么样的呢？是朋友，还是……”

“是朋友啊，当然是朋友。”

“那你觉得我是什么样的人呢？说实话。”

“你有很多我没有的优点啊，真的。”

“评价那么高啊，说说缺点。”

“嗯……就……有时候有点情绪化吧，咳咳，你说是不是？”

“呵呵，是吧……”

这是什么样的感觉呢？

二

人的心究竟可以容纳多少人呢?

过去的一切总是越攒越多，你选择遗忘的，终有一天又会冒出头来。等你终于要清理过去、告别过去的时候，才发现过去是那么重。

每到搬家的时候，我常常会看着一本书发呆，这是什么时候买的，我看过，他看过，或者我没看过，他也没看过。那为什么要买呢?那尘封的信，还有一摞没有拆开，我为什么不拆开，是害怕纯真的、炽烈的情感摧毁已经千疮百孔的现实吗?还是在这感情面前自惭形秽?抑或是，用轻蔑和骄傲欺骗自己，告诉自己你的选择是对的，心底承认，长痛不如短痛，过去了就好了。只是没有想到一切都没有尽头。

选择知己做一生的伴侣，还是只是选择一个伴?

一个懂你的人，一个明白你的人，一个愿意接受全部的你，理解你，欣赏你，爱你的人……啊，不敢想，不敢想，如果想得太多是否还有勇气面对现实?太多的想象是会带来更多的希望还是更多的危险?不敢想。

人什么时候学会了隐瞒?这就是成熟吗?活的意义在哪里?注定要孤独吗?不知道该相信谁。始终觉得没有安全感，有没有谁可以让我毫不保留地交付自己?可即便是自己本身，有时也不能相信。

事情的发展总发生变化，不会像预想的那样，它有各种各样的变数。一直都是你希望和他说话，一直都是你在等他电话，一直都是……原来只是一种错觉。可是那些眼神又是什么，为什么那目光总是萦绕在你的身上？不希望对视，不希望陷入。你只是需要朋友，而非情人。或许彼此都在自我克制。可是又觉得都在表演，若即若离，欲盖弥彰。

不希望自己变成工具，一个让他人放弃初衷的工具，一个借来伤害他人的工具，一个有利用价值的工具。多么希望一切只是纯粹，只是心的交融，没有丝毫世俗、欲望、利益。

当人们打着爱的幌子互相利用，世界是怎样优雅地肮脏着。可又是如此真实得虚幻，虚幻得真实。因为一丝的善念，我们不愿相信那丑陋，越是真实，越要逃避，那丑陋越是狰狞，越觉得虚假，不去相信也不愿相信。因为一丝的恶意，我们用虚幻来掩盖真实，与其被恶行、恶心、恶性刺伤，不如粉饰一番欺人与自欺，浮生如梦，残喘苟活。

希望有一天，你会感谢有我，正如我感谢有你一样……

三

对真理的渴望无时无刻不使我干渴，可是正当我如饥似渴求索时，却又惧怕起来。当我越来越接近真相，越来越明白真理，越来越清晰现实的本质，从埋头的书堆和思考的专注中脱离出来，回头看看现实。它愈加残酷，愈加狰狞；我愈加悲哀，快乐离我愈加远了……我需要勇气，抑或是自我麻痹？也许勇气就是一种自我麻痹，让我傲视路人，傲视残酷与狰狞，暂时忘却悲哀，佯装快乐。原来勇气就是麻醉药的剂量，越勇敢越麻痹。

这几天，看了刘再复的《性格组合论》和李银河的《反熵行动》，我心中有一团火又被点燃了。很多记忆被写下来就淡忘了。直到再次翻开旧纸，原来一切都还在，既熟悉，又陌生。我爱你的时候，希望你爱我，真正的我。那些旧纸、信件、日记、涂鸦，就在那里，祈盼你带着同样祈盼的心渴望明白我，能细细读，用心读懂我，真心希望了解我，而且真的了解我，理解我，从而知道我从哪里来，我怎样来，我想到哪里去，怎样去。无论我有怎样的过去，都是这些过去造就了现在的我，你爱的，同时也爱你的这个我。

可，我不爱你了，就像那些旧纸，烧了，融了，腐坏了，一丝回忆也不留，一滴未来也不会有了。我甚至不想你出现在我的视野里，隔绝，宁愿抑郁而死，也不想再有一丝瓜葛。当一切归于平静，那个曾经的你远去，或许我们可以像两个老朋友一样闲话家常；可若心不在了，一切既熟悉，又陌生，仿佛写在纸上的回忆，就真的只在纸上了。

选择孤独的勇气，既然孤独了，又何必在意他人；既然他们无法进入你的世界，一切都没有意义。

四

最高等的生命，必然是满载所有生命的历史，延伸所有生命的未来。它包容了所有情绪，所有智慧，所有宇宙，既是绝对理性，也是绝对感性。时间对于它来说没有意义，也正因为此，它是无言的，绝对思考，同时又是聒噪的，充斥着各种声音。只有当它遇到了和它同样的另一个它，一切理性对接，一切感性交融，于是迸发出新的宇宙，新的万物，新的一切。

如果没有这副皮囊，仅仅是灵魂的飘荡，邂逅，相知，相守，或别离；如果没有这副臭皮囊，欲望将会消亡，那么我们如今祈盼的智慧，进步，不断完善自我的动力也不复存在了。欲望是发展的原动力，可是又是那样挥舞着恶的蛇发，吞噬着不进则退的灵魂。

好想去海边，听涛看海天一色，品鲜观日出蓬莱。夕阳下，熏风里，怀天地人，感古今未来。不知不觉，我给了你权利，操控我情绪的权利。几个字就可以惹恼我，逗笑我，让我欲哭无泪，让我欢喜，让我雀跃。我想收回，发现我连收回的权利也给了你。你就像个黑洞，吸引我，吞噬我，让我没有了自己。

明明知道也许有很多人也如此辛勤，明明知道也许有很多时候对未来充满希望的你很充实快乐，可是我的眼泪就是不自觉流下来。不知道这是为了你还是为了我自己，或是全力以赴生活的芸芸众生中的每一个，仿佛只是同一个命运的分身，各自在平行的轨道上挣扎，奋斗，坚强活下去，为各自的梦想奔跑。偶尔会停下来舔舔伤口，或者回望夕阳，细数繁星，然后朝着朝霞继续狂奔。是啊，梦想就在那里，触手可及，再努力一点，实现的一刻又会看到下一段路程。所以，加油吧，至少知道自己不是一个人在这旅途。

飞猫

一

许是白天看了新一期《人文地理》的缘故，我清醒地知道我做梦了，我看见广袤的非洲平原上的象群正在渡过浅浅流淌的河流，奇怪的是，所有的象都没有了从前画上、电视上、动物园里同类那样洁白修长的巨齿。《人文地理》上说，无牙象的基因存在于大象的体内大约占到2.5%—5%，而近年来却猛增到20%。科学家分析是因为国境线的划分导致象群的分离，近亲交配，以及周边环境破坏造成食物短缺。最重要的就是生物进化的选择性，由于人类为了获取象牙进行盗猎，有象牙象征着死亡，因此越来越多的大象选择不长长牙了。

正享受着这个让我专注思考的梦，眼前寒光一闪，我睁开眼睛，小白蹲在窗台上冲我咧嘴贼笑，这笑太反常了，以往的小白总是用它清亮的大眼睛看着我，然后别过脸去，继续专注着望着它感兴趣的东西，今天，太反常了，它居然冲我笑，并且这笑……

小白别过脸去，望着窗外车来车往，雪白的绒毛在昏暗路灯的映照下泛着黄晕的光，肩胛骨只是白色猫毛毯上隆起的两块，尾巴垂在窗台下，两耳竖起，半透明的粉红色。突然，小白一跃而起，消失在窗台上。我慌忙要起身去看它，可恐怖的是，全身除了眼睛竟然没有一处能动弹！难道是鬼压床？！我大愕，想举起双手，可是任凭我用尽全力也丝毫没有动一下。我索性不理它，闭上眼睛，全身放松，不一会儿，坠入沉沉黑暗。

当我再次醒来的时候，小白正在床边站着看着我，乖巧地“喵呜——”一声，然后又转身走到厨房，示意我要吃饭了。昨晚，难道是梦吗？可是我抬起胳膊，浑身酸痛。如今是商业街闹市中心的家，十几年前却是郊区的乱葬岗。潮汕人说“死人旺地”，果不其然，几年时间就发展成市中心的市中心，可我们家居四楼，又是西北向，很少晒到太阳，鬼压床也不算奇怪了。只是，小白去了哪里呢？

“今晚我要晚些睡”，我这样对母亲说着。我要看看小白到底怎么回事。小白自从被我花30块钱从宠物医院买下，带回这边的家之后，从来没有离开过这间房子。那是2003年初夏，下班时路过宠物商店，看见一笼子小东西，有一只全身黑花，只有四只爪子是白色的小猫特别顽皮，踩着哥哥姐姐们的脑袋，上蹿下跳。正想买下它，突然一个个头比它大点的全身雪白的小家伙扑过去，把它扑倒在地。哈，这小家伙厉害，于是我就带小白回了家。小白是男猫，据说阉猫会比较安静，但是为了它的身心健康，我一直没有给它做那惨无猫道的手术。

可是小白长大了，我们却耽误了手术的最佳时期，本是为它好，不想还是让它难受了。可怜的小白，从没见过一位异性，每天只能照照镜子，甚至，很多时候把自己当人了。不过，每次我要出门，它都会在我之前蹿出去，在我关门之前又蹿回家里，它不敢离开家。

猫都有巡视自己领地的习惯，小白也不例外。由于活动范围的限制，每天的固定路线只是书房窗台—书架—餐厅—卧室—卧室窗台—厨房阳台—厨房—客厅—客厅沙发……这样循环着。它时常在窗台上出神，望着楼下的车水马龙和熙熙攘攘的人群，有时听到有人吵架还会探出头去张望，我叫它时，它只是回头看看我，眼神哀怨，然后又继续它的观察。

钟快敲12响的时候，小白出现在卧室窗台上，从窗帘的缝隙里，可以看到它的瞳孔放射的绿光。它像一只机敏的豹子，注视着前方，低着头，却抬着眼，全身肌肉紧绷，突然，它向前一跳，又消失在窗台上。

我连忙跑过去看，小白，小白在灰色的大楼之间跳跃……不，飞行！前掌和后掌之间长出了宽宽的蹼状物，每次路过路灯，总放射回两道绿色的光。我在看它，它也在看我。终于，它又经过窗前，后掌先落地，之后是前掌。它走在惊愕得说不出话来的我面前，拔下一根猫毛，塞进我的耳朵里，我突然变小了，骑到了它的背上，它纵身又是一跃，啊！我紧紧拽着它身上的绒毛，不敢睁开眼睛，只有呼呼的风在我耳畔飞速掠过……

当我发觉风似乎小了些的时候，我睁开了眼睛，我居然站在了中信广场的顶端，俯瞰整个城市！晴朗的天空下繁星点点，只有夜里，当城市霓虹熄灭了，星星的光芒才显现出来。我坐在天台边，似乎一点也不害怕，小白蹲在我的旁边，看着前方的景色，一动不动，就像一尊玉猫。我看着脚下棋子似的房子，居然没有一丝恐惧，或许，是因为小白在身旁的缘故吧。

当我醒来的时候，小白正在床边站着看着我，乖巧地“喵呜——”一声，然后又转身走到厨房，示意要吃饭了。昨晚，难道是梦吗？可是我抬起胳膊，浑身酸痛。小白瞅瞅我，又瞅瞅空了的猫碗，“喵呜——”一声，走过来蹭蹭我的腿，我好奇地看着它，妈妈絮絮叨叨走过来说：“小白饿了啊，你还站着干嘛？给它喂猫粮啊。”我蹲下去倒猫粮的时候，分明看见小白冲我眨了眨眼，狡黠一笑……

二

和小白在夜里四处转悠已经有一个星期了。也许是因为猫科动物都有巡游的习惯，每天按照固定路线，从我们家的窗台，然后是华侨新村上空，然后越飞越高，绕过白云山一周，最后到达中信广场顶楼。我们丝毫没有厌倦的意思，每天都很快乐。秋天的广州，是一年中气候最好的时候，万里无云，夜里的天空中，风从我们身边吹过，带来草木的清香，难怪天气预报里广州的空气质量每天都是良以上，不像北京、上海，老是有轻度污染。

早晨醒来，腿脚总是有些酸疼，可是看着小白乖巧的模样，实在和夜晚坚毅、智慧的表情联系不起来。我一直没搞清，到底是做梦还是真实，于是每次给小白喂猫粮的时候，我总盯着它看，希望它能给我一点暗示。可是小白仿佛丝毫不领会我的意思，总是一副惹人怜爱的模样，大眼睛心无城府地看着你，看看猫粮袋，“喵呜——”一声冲你撒娇。我总是在上班时突然想起小白那天狡黠的眼神，唉，小白啊小白，你是在跟我打什么哑谜呢？

夜晚的白云山，空气特别好，山上空荡荡的，夜晚散步的人都已经散去，只有清洁工偶尔在灯下打扫。云山路上有灯光的地方，聚集无数的小飞虫，幸亏灯光不是火焰，不过，也有不少被烫昏过去跌下来的。如果没有被清洁工扫去，不一会儿小虫醒过来，还是继续向灯飞去。小白不会在空中悬停，只会滑翔。它也喜欢那些小虫子，偶尔趁四周没人，也会一个俯冲冲过去，用嘴去啄那些虫子，像鸟一样。不过，不是真啄，只是和它们玩。我骑在小白背上，死命抓着它的猫毛，生怕掉下来，一来二去，也挺好玩，不再紧闭眼睛，也伸出一只手，抓虫子。如果运气好，可以抓到一只，不过，太大个，感觉好恶心，只能赶快扔掉。

摩星岭我一次也没爬上去过，不要笑我，主要是胖人怕出汗，我觉得到了山顶公园就好了，为什么还要爬上最高顶呢？没想到第一次登顶，居然是飞到更高处，再降落。看着整个广州城，霓虹灯把天空燃烧起来，像冬天老家火盆里的炭火，晕红，渲染大半个天空。怪不得现在看不到星星，霓虹灯的光芒太过强烈，把星星的光芒都盖过去了。唉，真不知道现在的孩子怎么学会认猎户座、北极星、北斗星。

广州真大啊，远远的，像星星的海洋，一浪一浪推向前去。高楼就像海面的波涛，连绵起伏。不过，也有不少烂尾楼，黑黑的，杵在那里像是浪的阴影。夜里的风真大，沿着山势吹来，掀起林木的衣裙，裙摆飞扬，发出阵阵涛声。哗——哗——是夜晚最美的声音了。小白和我坐在一块大石上，享受着皎洁月光下的美丽夜晚。突然，小白站了起来，我知道，它又发现什么好玩的了，于是赶紧骑到它背上。小白一跃而下，往山腰的树林里飞去。

原来是萤火虫！小白啊小白，别看在猫里面已经算成年了，可总是透出一股孩子气，呵呵。萤火虫藏在灌木里，用它们一闪一闪的荧光求偶。广州的夏天太长了，这个时候居然还有萤火虫。可是奇怪的是，萤火虫仿佛受到什么命令，突然飞到半空，在空中优雅地排成一行，像流星一样滑过一棵又一棵小树。小白不飞了，追着萤火虫的队列走走停停。我骑在它背上，大气也不敢出。终于，萤火虫队停了下来，我们也在不远的一棵油松的阴影下躲藏起来。

真不敢相信自己的眼睛！我再次揉揉自己的眼睛，掐掐自己的脸，哎哟，疼，我看到一个美丽的姑娘，不，一定是位精灵！银色的头发，穿着白色的轻纱，浑身发出柔和的银色光芒，萤火虫围绕着她，螺旋上升，仿佛在玩着优雅的游戏，却明明是跳着优美的舞蹈。这时，另一团光芒缓缓地走入我们的视线。这，又是一个精灵，不过，是个英俊的男孩，也是银色的头发，浑身散发出柔和的银色光芒，带着玫瑰花般的微笑向女孩走去。两个精灵在萤火虫的伴舞下跳着舞蹈，或许是芭蕾，可比芭蕾更优雅；或许是现代舞蹈，可比现代舞更自由。我们唯一读到的两个字，就是爱情。

终于，舞步停下了，两个年轻人拥抱在了一起，嘴唇轻轻地贴近，两片光芒融合在一起，不再是柔和银色，而是浓烈的玫瑰色。一瞬，我和小白都捂住眼睛，可是，我从手指缝里还是偷偷看了，小白也从自己的爪子缝里偷偷看了。突然，这片浓烈的玫瑰色发出热力，让我们不敢睁开眼睛。当我们再次睁开眼睛的时候，眼前什么光芒也没有了，只有月光穿过树叶的缝隙，照射下来散播的微弱光线。

我和小白失望地互相望着，唉，要是我们胆子大点，上前问问他们是谁就好了。不过小白看看我，嗯，我明白，明天再来就好了，呵呵，我拍拍它的头，骑上它的背，我们要启程去中信广场了。这个夜晚真的很特别，月亮也特别大，特别圆。祝福两个精灵的爱情。

在去中信广场的空中，我和小白都各怀心事，是哟，不管怎么说，我们都是光棍呐，唉。正在胡思乱想着，突然，小白耳朵竖起来，一个俯冲下去，我也听到了，是一个女孩的“救命”声！

你的咖啡

H 城不知什么时候开始蜕变，仿佛枯木逢春。

街巷早就没有了往日的萧条，宁静的空气中不断飘来各色西点、咖啡的香味，原来，过去是老旧茶馆的残舍变成了装点一新的咖啡屋。也许是城南两里地的师范大学新搬迁来的缘故，街头巷尾不时有三三两两浑身书卷气的年轻人，来来往往。书店、影音店、裱画店、乐器行一家家开了起来，也不时有不修边幅的老师模样的人进进出出。

楠熏巷的早晨是在楠熏的咖啡香中开始的。

楠熏和其他咖啡屋没有什么不同，临街的窗，窗前的小花，纯蓝色的台布，桐油包裹的藤椅，也许，那仅有的也是最大的不同，是堇。

堇一早就来了，当服务生放好最后一把椅子，堇已经在她临窗的座位坐下了，蓬松的长发被阳光镀上了一层金。

“你的咖啡。”服务生把一杯清咖啡放在堇的面前。

堇摊开书，读了起来。

伽楠是楠熏的主人，刚剃的头上顶着青青的头皮。即使再冷的天，伽楠也是T恤与牛仔裤的组合，顶着一颗倔强的光头在H城炫耀自己的自由。

堇是伽楠每天固定的客人，即使在雨天。彼此只是一个眼神，一颔首，有了简单而必需的礼貌，剩下的时间是自由的，只属于自己。

堇随身带的往往是两本书，一本永远不变，那是凡·高的画册，一本则是小说或诗集，偶尔也会变成散文集或剧本。每天早晨，伽楠与堇打招呼时都会注意堇怀中的书本，眼中是纯纯的笑意。于是，店里的音乐就会随着堇的书本变化，有时是江南丝竹袅袅婷婷，有时是煽情爵士风情万种，有时是悲情歌剧苍凉凄美，有时是优雅钢琴欲说还休……

堇在中午时分离去，如果说她在上午属于阳光、咖啡和书本，那么下午的时光，则属于学生、油彩、画笔和画框。

寒假开始了，堇因此每日可以在楠熏待到傍晚，也似乎不仅仅是看书与喝咖啡了。或许，还有伽楠。

楠熏的生意清淡很多，除了偶尔会有假期未离校的学生和老师过来，平日里却也只见得到堇了。依稀记得阳光穿透玻璃窗，小小的尘埃飞舞，小精灵般绕着堇金色的长发，堇身旁的窗台上是这个季节难得一见不知名的淡紫小花，在伽楠温暖的空气里悠然自得地生长。

假期的第一日、第二日、第三日，伽楠偶尔会亲自为堇加满咖啡，也偶尔会问一句：“怎么，过年也不回家吗？”

堇淡淡一笑，反问：“怎么，你要亲自斟咖啡？”

“服务生都回家过年了，而且，客人也不多。”说罢，意味深长地看着堇的一张素脸。

“哦。”堇抿了口咖啡，微微一笑。

虽然只是这样有一搭没一搭地谈话，伽楠也觉得，堇是那种容易让你闭上嘴的人。这是伽楠的话，或许，我们应该觉得那是一种距离感。是的，堇是结束谈话的人，话题的结束者。

第四天的早晨，堇一早就来了，推开楠熏厚重的木门，她习惯地向窗前的座位走去，然后，却愣在那里。她往常的座位对面，是一个男人穿着酱紫套头毛衣的阔背，椅背上是米色大衣。

堇一时不知道该怎么办，她看到那男人的面前是一杯冒着白气的白开水，水汽看起来和咖啡的没什么不同，不同的是气味。男人转过头，堇看到的是一汪看不到底的深潭。

“我，是否应该……”

“不，不用，我……”堇不知为什么有些慌张。

“我，想找个人说说话，你，可以在这里坐下吗？”男人显然没有让座的意思，欠身邀请堇。

堇似乎不知怎样拒绝，脊背突然僵硬起来，低下头。坐下了。以往舒适的老藤椅，今天却有些……

“想喝点什么？”对面的深潭询问着，这时，伽楠将一杯清咖啡放在了堇的面前。

“我，占用了你的位置，是吗？”堇一惊，一双大眼睛突然抛开所有顾忌，望向那汪深潭。

“这里能晒到阳光。”

伽楠捧着咖啡壶，垂眼望着阳光中的两人，愕然发现，他们的笑多么的相似啊。

“你的三色堇开得很美。”酱紫毛衣对伽楠说。

伽楠腼腆一笑：“呵呵，是呀，这里能晒到阳光。”说完朝堇调皮地眨眨眼。

堇笑了笑，低头不语。伽楠饶有兴味地看看两人：“我去忙了，你们慢谈。”捧着咖啡壶走开了。

“你很喜欢凡·高的绘画？”

“或者说，更钟情的是凡·高这个人。”

“你用‘钟情’这个字眼，有什么特别的意义吗？”

“凡·高为了纪念他去世的表兄莫夫，画了一幅《阳光下盛开的桃花》，并题写诗句说：‘只要活人还活着，死去的人总还是活着。’”堇说着，神情有些忧郁。

对面的先生探询地研究着她的神情，她眉眼间的落寞与瞬间的孤寂。

“这样看来，凡·高似乎并不是人们所说的那么疯狂，相反还是个有爱的人。”

“是的。”堇抿了口咖啡，楠熏第一次说这么多话，并让她有些口渴。“凡·高生性善良，同情穷人，早年为了‘抚慰世上一切不幸的人’，他曾自费到一个矿区里去当过教士，跟矿工一起吃最差的伙食，一起睡在地板上。矿坑爆炸时，他曾冒死救出一个重伤的矿工。后来，他这种过分认真的牺牲精神引起了教会的不安，终于把他撤了职。”

“‘抚慰世上一切不幸的人’？”对面的先生品味着这句话，似乎想要记住什么，又或是想找寻某段记忆，微微皱着眉。

“我曾经妄想抚慰世上一切不幸的人，可是，呵……”对面的先生怅然而笑，端起杯子，将一杯白开水一饮而尽。

“你，还好吧？”堇有些担忧地看着对面的这个怪人。堇觉得，自己仿佛一个莽撞的孩子，在擦肩而过的一瞬，不经意就碰疼了陌生人的旧疮。

“我没事，可以再给我一杯水吗？老板。”语气又恢复轻快，只是窗外，有片云滑过天空时遮住了阳光。

“叫我伽楠吧。”伽楠有些不满地跑来加完水，转身走了。

堇看见伽楠这样，微笑着对对面的先生说：“伽楠一直不喜欢别人叫他老板，说是听上去仿佛是脑满肠肥，浑身铜臭似的。”

“唔？是吗？呵呵。对了，我是忆，叫我阿忆吧。”

“我是堇。”堇真诚地望着忆，是那种伽楠认为很具母性的目光，就仿佛堇望着窗台上的三色堇时候的眼光。

“正是因为我也曾经有过那样的念头，所以我明白凡·高的痛苦。”忆自顾自地说道，似乎并不关心堇有没有在听。“那是一种无能为力，仿佛什么都在离你而去，仿佛流水一般，你用手去抓，只是有些许水滴附在手上，其他的，你什么都抓不住，只能任由它逝去，而唯一的那几颗水滴，也会风干，什么痕迹都不会留下。你只有在喝水的时候，洗手的时候才会偶尔想起那感觉。”

“凡·高割下自己的耳朵献给妓女。他真的爱她吗？还是仅仅把她作为自己的爱的投射，作为已经死去的房东女儿的替代品。或许连他自己也不清楚，不记得当时的一切。之后的作品中少见红色，或许，他是要忘却吧。”忆点燃一支烟，深深地吸了一口。

堇若有所思。“也许正是因为他的癫狂，让那么多的人愿意爱恋他，也有不少人是在爱怜他，而我，却不愿同情。”

“为什么？”

“他始终是强者，即使在教会学校，他可以毅然决然离去却选择与矿工待在一起，甚至冒着生命危险去救一个毫不相干的人；即使在大师高更面前，也毫不客气地与他争辩。癫痫病让他疯狂，但是清醒时仍为了解脱家人而了结自己。这样的一个强者，一个垂暮的狮子，又如何需要别人的怜悯？”堇有些激动，搅动咖啡的手有些颤抖。

阿忆不动声色，修长的手指握着玻璃杯，指尖滑过杯缘。“你之所以如此欣赏，哦不，钟情于凡·高，是因为他代表了你心中的某一种标准吗？”

堇困惑地看着忆，挠挠蓬松的头发，“或许吧。”她似乎不愿多说自己，“那么，你，我倒是很好奇，是什么样的人需要你去拯救？”

“……”

阿忆一时无语。阳光从堇的发端滑落，一寸寸向阿忆移去，照过玻璃杯，在旁边桌子的桌布上投下浅浅的一道彩虹。

“那是两个女人。一个女人，在还是孩子的时候，高干父亲在那场政治运动中被打倒，迫害致死，母亲被疯狂的人群剥光衣裳游街，从此就疯了。一个原本风光的家庭，拥有比风光更无限珍贵的幸福的家庭就这样被摧毁了。孤独的女儿不得不撑起整个家，放弃了学业，到街坊家洗衣服为生。那是长江边的一座省城，冬天的河水，冰冷刺骨，女孩原本青葱般的手肿成了红萝卜，常常被冻得没有了直觉。她好不容易洗完衣服，到邻家的炭火盆烘烘手，双手立刻痒痛难耐。初春，更是冻裂了一道道小口子，流着血水。可是，即使这样，女孩还是挨家挨户地问着‘有衣服洗吗？’夜里，女孩的母亲常惊醒过来，脱光衣服缩在墙角，和那些曾经伤害她的人们的虚影争吵。女孩含着眼泪，轻声地劝慰，直到自己的妈妈哭喊得累了，不再阻挡女儿给她披上单薄的衣裳。她滚烫的身体发着烧，女儿没有钱买药，没有一个医生愿意为这个疯女人治疗。就这样，在初春一个大风的夜里，母亲死去了。

“埋葬了母亲，女孩孤身一人，终日在世人的白眼和肥皂水中生活，住在巷底废弃的破庙里。

“夏天是女孩喜欢的日子，尤其是夏天刚来的那几天，手上的冻疮差不多好了，家家户户都开始拆卸盖了一冬的棉被，准备洗干净入库。那些日子，女孩的活儿多得做也做不完，经常累得直不起腰来，手也被皂水浸得发皱。每每到了太阳下山，再也看不清衣裳的颜色、被套上的绣花时，女孩才拖着疲惫的身体回到简陋的破庙，在自己打扫干净的屋角，昏暗的油灯下读拣来的报纸、破书。

“又一个昏黄的傍晚，女孩回到自己的小窝，愕然发现在破书堆的上面放着一本半旧的《家》，女孩一时很害怕，跑到庙门口，‘呯’一声把两扇摇摇欲坠的门掩上，冲进屋里，门上的门神洒落一地灰尘。过了不一会儿，又蹑手蹑脚地走到门边，轻轻掰开一条缝，四下里望望，再关紧了门，快步走进屋里，捧着那本书的手颤抖着。女孩一夜无眠。第二天一早，熬红的双眼、黑黑的眼圈、蓬乱的头发让女孩看来格外憔悴。一天的劳累过后，女孩饥肠辘辘，只有在午后吃了好心的邻居给的一个窝窝头。回到自己的小窝，女孩惊讶地发现，书的旁边是一袋土豆。女孩也顾不上这么多，剥了皮就啃，没想到土豆竟然是热的，咽下土豆，女孩仔细看看包土豆的袋子，是个包裹袋，上面有字，可是已经洗得模糊不清了，只看到最后一个字是‘宇’。”

“就这样过了好些天，屋角一直会有这样那样的东西出现，都是女孩最需要的，有时是一双旧鞋，或是一只用过的铅笔，有时会有一小竹筒灯油……”

“她没有想过这个人会是谁吗？”堇忍不住问。

“她回忆过去的同学，好友，也想过是这条巷里的邻居，可是没有一个人名字里有个‘宇’字，况且，在那样的气氛里，要帮助她这样一个‘危险份子’的女儿是要冒巨大危险的。她也曾经想等那个人出现，可是迫于生计，她每天早晨还是要挨家挨户收衣服来洗，晒干，傍晚给人送回去。这日天儿特别好，湛蓝的天空一片云也没有，女孩收了好几筐被单、拆了棉花的罩衣来到巷口的井边，打算洗好了拿到庙里去晾，心想，也许会遇见那个好心人。洗了一个上午，女孩累极了，因为在井边洗衣服，不但洗着累，而且还要提水，洗一筐衣服要提好几桶水，女孩瘦瘦的胳膊衬得那巨大的木桶就好像一个巨大的秤砣吊在一条细细的线上。摇摇晃晃走上几步，水洒了一路。女孩艰难地把桶里剩的不多的水倒进盆里，转身又去提水。女孩费力地摇着水轱辘，水桶上来了，伸手去拉，这桶太重了，把女孩硬生生拽向井口，女孩‘呀’一声还没来得及把手抽回来，人就向井口倒去——一双坚毅的大手拽住了女孩细瘦的胳膊，把女孩拉进怀里。”

“这个人就是‘宇’吗？”

“嗯，宇是当地一个小学老师，是个孤儿，女孩的父亲曾经救助过他，所以恩人出事之后宇一直在寻找恩人的妻子和孩子，并暗中照顾着她们。后来，很简单，女孩嫁给了宇，之后不久‘文革’就结束了。”

“堇，阿忆，是不是吃点什么再谈？”伽楠体贴地问着。

“堇，想吃什么？”阿忆问道。

“扬州炒饭吧，随便吃点就好了。”堇说，“你呢？”

“蛋炒饭。这是我父亲最喜欢吃的。”阿忆说。

“阿忆，那个女孩是你的母亲吗？”堇小心翼翼地问道。

阿忆笑了，露出好看的洁白如贝的牙齿：“你怎么猜到的？”

“因为你讲述的过程中，眼神中充满一种爱恋，一种依赖感。”堇缓缓地说。

“你很敏锐。她就是我的母亲。宇，就是我的父亲。‘文革’结束后，父亲继续做教员，母亲拿起书本继续未完成的学业，没过几年就有了我。母亲不得已放弃了学业，继续为人洗衣服补贴家用。外公平反那天，母亲仿佛从没有那么高兴过。我那时5岁了，清楚地记得母亲从天花板吊着的篮子里拿出攒了好久的鸡蛋，为我和爸爸炒了香喷喷的一碗蛋炒饭。但是那时候，母亲已经患了严重的风湿性关节炎，每逢阴湿的天气就会疼痛不已，只能卧床休息。那时，所有的担子都压在父亲一人身上，一名小学教员的工资对于这样一个三口之家而言实在是微薄到了极点。不得已，父亲瞒着母亲通过好朋友的介绍得到了一份抄写的工作，千字5分钱。父亲戒了烟，夜里帮母亲擦洗完，把我哄睡着之后，就开始抄写。阴冷的日子里，父亲就这样熬了一夜又一夜，母亲觉得奇怪，父亲却说是最近多接了一个班的课，有很多的学生作业要批改。终于有一天，父亲晕倒在讲台上。”

不知什么时候，伽楠已经把两份炒饭放在了桌上。堇的扬州炒饭有虾仁的红，香芹的绿，粟米的金黄，牛肉粒特有的肉红色；忆面前的蛋炒饭，饭上的蛋丝金黄金黄，和碧绿的葱末一起点缀在颗颗饭粒里。伽楠一直很得意自己炒饭的技术，光闻闻香味就足以使人忍不住唾津的潜溢了。

可今天，忆和堇对面前的美味却无动于衷，沉浸在谈话中。

“那么，伯父，也就是你父亲，他……”堇急切地问道。

“过劳死。”忆咽下一口白开水，淡淡地说。

“过劳死？”

“日本人创造的名词，是因为过度疲劳和长期处于亚健康状态下引起的猝死。当时，医生只是说疲劳过度引起的心肌梗死。”

“哦。”堇若有所思地应着，手里玩着叉子。

“今天不知道怎么回事，会同你说这些。我平时很少会说这些。”忆有些窘迫。

堇笑笑：“我很遗憾，对于你的父亲。不过，我想我喜欢听故事，今天能和你谈话，我觉得很愉快。”

伽楠过来添咖啡和水，看见两碟没动过的炒饭，快怒道：“怎么，嫌我做得不好吃吗？”

堇和忆不好意思地相视一笑，忆说：“我要开动咯，吃饭。”堇觉得忆还是像个大孩子，尽管眼角已有一条细细的鱼尾纹。

堇也拿起勺子，正要吃，突然直起背，伽楠和忆奇怪地看着她，“怎么了？”

“有辣椒酱吗？”堇一本正经地问，冲伽楠调皮地眨着眼睛。

窗外下着雨，冬日的南方小城，雨水，冰冷。可是在楠熏，却是暖意融融的。黄晕的灯光，暖暖的烛芯，反射光映在堇和阿忆清澈的眼底。二人不知不觉已经谈了一天，丝毫没有要离开的意思。堇偶尔会红着眼睛，掩饰地喝口咖啡，然后继续，专注地听阿忆的故事，在他的故事里，做个安静的旁观者。

“之后的岁月，你可想而知，我母亲带着我辛苦度日，其间的艰辛，我已不想再说，只是，那么多年，直到我18岁考上大学，母亲没有恋爱，更没有结婚，一个人把我拉扯长大。母亲对于我的意义，你能够懂得，是吗？”

堇轻轻颔首，点头。

“直到我遇见了她……”阿忆不知为何，突然显得有些紧张，他抿了抿嘴，喝了口水。

堇理解地看着他，轻声问：“是你的爱人？”

“嗯。能考上大学，我很珍惜，为了减轻家里负担，我努力着，争取获得一等奖学金，学院的一等奖学金是免除所有学杂费，并另外奖励100元。如果可以获得这笔奖学金，我就能够不向家里要钱了，自己就能读完大学。每天，我清晨5点起床，锻炼之后，就坐在学校体育馆后面的石墙上看书。学校建在丘陵之上，石墙顶和操场持平，石墙根却在十米以下，是通往附近村庄的道路。在那里，可以看到胭脂红的朝霞，衬着墙外栽满油松的小山包，偶尔会有一两只白鹭飞过，早晨的清新空气……”堇也仿佛随着阿忆，来到了菁菁校园，来到了南方丘陵中一个寂静的小村庄，一片微微起伏如波浪般温柔的山地包围中的学府。

“那里是学校最早变亮的地方，最早能看到书本上的字的地方，并且在这里读书不会影响到同学的睡眠。静静的，只有我一个人，仿佛是个被世界暂时遗忘的角落。我沉浸在书本里，一个清晨，又一个清晨……”

阿忆皱皱眉，堇顽皮一笑：“女主人公二号要出场了是吗？”

阿忆呵呵一笑：“是的，那个清晨，我摊开古典文学正要背诵，突然身后一个声音在唱：‘米米米米……妈妈妈妈，米——呀——米——呀——米。’我忍不住笑了，应该是音乐系的学生在练声。转过身，堇，你见过波堤切利的画作《维纳斯的诞生》么？那样乌黑的长发，斜斜地搭在左肩，温柔地垂下来，衬着她细白的脸庞，可是，她正瞪着我，大大的眼睛，瞳仁很黑，很大，看不到多少眼白，呵呵，小嘴儿嘟着，可爱极了。可是，当时的我，却窘极了。拿起书，心想，这个属于我的秘密花园看来今后无法再安静了，我打算放弃这里，撤退。谁知那女孩居然喊住了我，说：‘你笑什么？这是艺术，你懂吗？要是嫌我吵着了你，你就说好了，有什么好笑的，一点儿也不严肃！’”

堇笑了：“她真这么说你吗？”

“是呀，我不敢大笑，憋着，撇着嘴，呵呵，对她说：‘你继续练吧，我去吃早饭了。’她似乎也不好意思了，脸涨得红红的，两只手绞着发梢的头发，低着头，小小的牙齿咬着嘴唇，可还是瞪着我，不说话。我不理她，径自走了。第二天一早，我习惯性地又去了那里，坐下来看书，看了好几页了，突然听到一个声音对我说：‘早！’我抬头一看，又是她，这才想起来，这个地方也被她发现了，正懊恼着，只看见她问了好也没有继续搭理我的意思，拿了一个鸡蛋在墙上一磕，居然是生的！！就这么冲嘴里一倒，囫囵吞下去了，看得我直犯恶心，我问她：‘你怎么吃生鸡蛋啊？’你猜她怎么说？她说：‘开嗓子的。’”

“从那一天开始，我知道了生鸡蛋可以开嗓子，胖大海可以开嗓子，还知道了贝多芬，柴可夫斯基，施特劳斯家族，莫扎特，我不可避免地开始接触音乐，她是那么热爱音乐，梦想成为一个音乐家。她喜欢指挥，喜欢吉他，喜欢钢琴，喜欢美声、民族、通俗等各种唱法，偶尔也哼几句样板戏，喜欢一切跟音乐有关的东西。我从此告别了一个人的清晨，在她的歌声与各种有关音乐的故事中，享用一份丰盛的音乐早餐。

“她会拿来自己买的单卡收录机，放音乐卡带给我听，一边听，一边告诉我，这是《悲怆》，这是《田园》，这是《小夜曲》……现在是第三乐章，曲调激昂，高潮到来，大量的打击乐，铜管乐器加入……贝多芬写这首曲子的时候，正沉浸在病痛之中……如此种种。我看着她明亮的眼睛，因为激动而绯红的双颊，飞舞的小手，在乐音中望着流淌的朝霞迎接阳光。

“就这样，我们迎来了第一个暑假。为了省钱，我决定不回家，留在学校给导师的孩子辅导功课，赚些生活费。她回去之前的早晨，没有拎来收录机，只是轻轻走到我的身边，坐下，双腿和我一样悬在墙头。她仿佛好奇似的探过头来看我的书，是《高等数学（下）》，下学期的课程，我提前预习了。她仿佛不屑一顾地说：‘下学期的东西现在就看了，那下学期你干什么啊？’我笑笑，不知道该答她什么好。她看我不出声，眼睛一瞪，白了我一眼，骂了句：‘木头！！’气呼呼地鼓着腮帮子噘着小嘴，呼地站起来，扭头走了。

“我知道她是来向我告别的，暑假的安排我们几天前就互相告知对方了。我打工，她回家。我们对自己的事几乎从来不说，她总是说着有关音乐的各种话题，而我，做一个称职的听众。面对她的告别，我实在不知道该说什么。再见吗？或许吧。可是，等我准备要说的时候，她却生气地走了。我不知道她为什么生气，就像我不能理解每次在我最快乐的时候妈妈突然生气一样……女人，是不是都是如此呢？”

“她或许喜欢你了，从那个时候开始，体会到分离的伤感，可是，你却丝毫没有察觉。”堇忍不住插嘴了。

阿忆冲堇笑笑：“或许吧。啊，好香，伽楠，做什么好吃的呢？”

伽楠围着围裙正在吧台里忙活，里面有台电炉，伽楠好像正在烤什么，他得意地扬扬眉：“给你们露一手，烟肉三明治，呵呵，一分钟，马上好！”说话之间，两碟精致的三明治已经放到眼前，层层叠叠丰富的馅料色泽鲜艳，让人食欲大开。

堇咬了一口，顾不上赞美，调皮地比画了个“OK”的手势，也顾不上嘴里的食物，问阿忆：“那后来呢？你们就这样分别了一个暑假吗？有没有通信或者电话？”

阿忆笑笑，突然觉得堇每分钟给他的感觉都在变化，这时的堇仿佛一个爱听故事的孩子，急切地表达着愿望。堇又问：“那后来呢？”

阿忆回过神来：“哦，我们没有时间通信，她回家后的第二天，就又拎着行李回学校了。”

“怎么会……”堇觉得匪夷所思。

“她离开的时候，我没有送她，我只是远远地看着载着她的汽车驶离校园。第二天一早，我来到我们的墙边，她不在，吃过午饭，我走在校园里，似乎还能感觉到，第二天一早还会见到她，不知不觉朝校门走去。正在恍惚的时候，这个小疯子笑着跑过来，两手的行李和背上的背囊晃晃悠悠。我呆住，完全不知道该怎么反应。她好笑地看着我，大概我那时的表情就和你刚才的表情一样吧，她大笑，冲我说：‘喂，还不帮我接包？累死我了。’”阿忆笑着，仿佛她就在身边。

“那，是什么原因她又回来了呢？”

“我也很想问她，可是她一直笑着，说：‘喂，你到校门这边来做什么，知道我要回来么？’‘喂，今天早晨又去那里看书了么？’我只有傻傻地笑着，那个时候的我，真的很傻，只是跟她说：‘喂什么？我有名字的，我叫阿忆。你呢？’‘呵呵，曦，陈曦。’

“来到宿舍，我第一次到女生宿舍，女生的宿舍很干净，很整洁，同学们都走了，床上的被褥全都锁进了柜子里，留下空空的硬板床。我帮她把行李安顿下来，把床褥铺好，蚊帐挂好，已经快到晚饭时间了。她洗洗脸，对我说：‘阿忆，我们一会儿到校门口的牛肉面馆去吧，我请客。’我想推辞，可是，她的语气似乎没有商量的余地。

“到了牛肉面馆，我点了刀削面，她点了牛肉拉面。她说：‘这家的汤头很不错的。’我说：‘嗯。’我从来没到这家店吃过，我的伙食费不多，只能勉强在学校餐厅吃。我们都等着面，突然就这样冷场了，她不说话，我也不说话，她似乎也有心事，把一次性筷子狠狠地掰开，又掰断，一节节地掰断。我问她怎么了，她摇摇头，冲我笑笑，可是，全没有了平日的神采。刚才的那些快乐，都是掩盖着什么的吧。我这样想着。面来了，一时我们都埋头吃面，无话。

“我看着她付了钱，跟着她出了店，她没有往学校方向去，而是像校外不远的迎丰水库走去，我感到有些不对劲，跟了过去。我问她：‘到底出了什么事呢？我们回学校去吧。’她倔强地扭过头，也不理我，径自往前走。我强拉她，让她跟我回学校，她站在那里，突然转过身，扑到我怀里，大哭起来，下巴颏撞在我的肩膀上，生疼。

“我一时不知道该说什么好，完全慌了，只有由着她哭，她哭得很大声，不远处刚收完早稻的田里，正在啃草的老水牛都惊觉地看过来，附近的村民路过，一脸不屑的样子，我想，他们是误会我们在恋爱吧。村民总是有些想法，觉得学生不应该这样的，我感到自己脸红了，推开她，她还是哭着，嘤嘤地哭着，说：‘我们回去吧。’”

“那天，我们谈了一夜。她很小的时候，父亲死了，母亲改嫁，嫁给了一个跑了老婆，带个傻儿子的木匠。老家的人管她这样的孩子叫‘拖油瓶’。经常地，在村庄里走过，邻居家的孩子会冲她扔菜头，或是把刺球粘到她的头发上，让她长长的头发打成结，妈妈为了照顾继父的儿子，没有时间帮她理头发，干脆用剪刀把缠在一起的头发剪了，为此，她哭了一夜。没人疼的日子，也让她养成了倔强的性格，可是，她却总能自己找到快乐。即使是有一次，在池塘边玩耍，继父的傻儿子，也算是她的哥哥，一定要她摘池塘边的一个莲蓬来吃，还威胁她，如果不摘就告状说她打他。曦没办法，只得拽着塘边的一撮稻草，探身去摘莲蓬，谁知池塘边的泥太滑，一个趔趄，滚下塘去。她呛了好几口腥臭的塘水，费了全部力气自己爬上来的时候，继父的母亲正坐在场院上嗑着瓜子喂傻哥哥，距离她也就五六米的距离，仿佛当她不存在似的，妈妈在做饭，继父在和爷爷下棋，奶奶喂着哥哥。”

“唉。”董长叹一口气。阿忆也跟着叹了口气。

“唉，她告诉我，那一刻她就知道，生活是属于自己的，生命也是属于自己的，与他人无关。没有人会真正在意你的生命。生活，没有了你，他人还是他人，世界还是世界，如果你自己浑浑噩噩，奢望活在他人的世界里，那样的人生是没有意义的。只有自己活得快乐，才有真正的快乐。于是她从初中就开始住校，除了寒暑假回家与母亲相聚之外，所有的假期都在图书馆和打工的小店里度过。母亲支付了学费之后，再没有其他钱给她了，她就这样，洗盘子，帮图书馆抄卡片，管理图书，甚至还在一个刚生完孩子的老师家住了一年，当小保姆。她天生一副好嗓子，她说，是遗传了妈妈，妈妈和爸爸认识就是因为一次公社联欢会上妈妈的一首歌。考我们学校的时候，虽然没有受过正统的音乐教育，可是，当她唱完一首《请茶歌》之后，音乐系的老师都鼓掌，当然，她也通过了面试。

“这个暑假，她也打算回去见母亲，谁知道，一回到家，母亲就说：‘你不要再念书了，我们供不起你上大学！’她和我一样，都争取奖学金，所以，她告诉她的母亲，学费和生活费都不用担心，她自己可以应付得来。可是母亲却始终板着个脸，终于，临睡前，母亲告诉她，原来继父的傻儿子也长大了，按照农村的习俗，该成亲了，可是附近村的人家都知道他是傻子，怎么会把女儿嫁给他呢？四处打听之后，知道邻近乡的一户人家也有一儿一女，儿子是个罗锅，也愁找不到媳妇，于是，两家人一商量，决定换亲。”

董大吃一惊：“还有这样的事情吗？”

“是的，那个时候有，现在还有，也许将来还会有，有的农民穷啊，可是嫁娶都要大办，要风光，娶媳妇的大笔彩礼是绝对不能省的，否则会成为笑柄，现在换亲，两家负担都不重，所以双方家长都同意，一个傻子、一个罗锅大概也是不反对的。曦的性格，你知道，她怎么可能同意？连夜，趁母亲熟睡，拿起还没拆包的行李，搭车回了学校。”“她的父母会就这样算了吗？”堇担心地问。

“自然不。不过说完这种种之后，她哭累了，说累了，拉着我的手睡了过去，我就在她身边，坐了一夜。有好几次我想离开，可是她就是拽着我的手，死死地拽着，啼啼泣泣。第二天早晨，我们听到宿舍楼下传来吵闹声，她起来，看看我，也没顾着害羞，跻着拖鞋冲到阳台，我跟过去，她怔怔地呆在那里，一个妇人在宿舍门口歇斯底里，与生活老师争吵，那女人，应该是她的母亲。”

“你在想什么？”伽楠轻声问。

“唔——”堇猛地回过神来，仿佛一层薄雾轻轻散开，那一切，只是年代久远的记忆。那个阿忆，仿佛代表着什么，或者是怀旧，或者是感情，或者是一把古旧的钥匙，打开深锁的记忆之门。

上次一别，堇已经三天没有遇见阿忆了，她依旧每天来到楠熏，品她的清咖啡，看她的凡·高，和伽楠逗趣。堇想着阿忆和他的故事，这时，如果你碰巧走在楠熏巷里，碰巧路过透着点点烛光的楠熏，你就会看到这样一个温柔的女子的脸庞，映照在楠熏的窗上，露出浅浅微笑。她定了定神：“没，只是想起了一些旧事。”

“换一杯吧，这杯凉了。”伽楠体贴地问。堇点点头。

咖啡已冷，空留余香。

约

“咚——咚——”今年新款的皮靴重重地砸在地板上，米兰躺倒在床上，两眼直直地盯着天花板上的某个点，长长的眼睫毛颤动着。米兰烦透了。米兰怕胖，怕死，怕失败，她一直为了躲避这些而努力着，同样，也是为了保持苗条细致的身材，鲜活迷人的魅力和永远自信的微笑而努力着。可是，这么长久的战斗以来，她烦了，烦透了！！眼泪从眼眶里溢出来，仿佛隐形的泉眼，泪水不断地从眼角淌下来，浸湿了她秀丽的发鬓，不一会儿，枕边就湿了一大片。

米兰突然坐起来，用手背狠狠地抹去眼角的泪，挪到床头，拿起电话快速地拨通了一个号码。不一会儿，电话通了，米兰迅速变换了表情，只有声音因为哭泣而带着浓重的鼻音：“莫琼吗？今天有空吗？一起吃个饭吧……没，我没事，有点小感冒，不怕我传染你吧，哈哈……就这么定了，我去订位啦，先到先等哦……嗯，好，拜拜。”

挂了电话，米兰走到梳妆台前，随便梳梳头，干脆把自己已经哭花了的妆全抹了，换了件白色的小风衣，拎了个白色的小皮包，一阵风似的出门了。

也许是天资聪颖，米兰仿佛从来都赢得很容易。中考前的一个月，同学们的近视率大幅度提高的时候，米兰照样乐呵呵地每天上活动课，而其他的同学都在教室里猛 K 书。考试结束后，米兰顺利进入当地的重点高中。接下来的三年高中生活，米兰照旧特立独行，学生会、各种社团都有她的身影，她仿佛从不担心自己的成绩会从全年级前三里掉下来，照旧学她的民族舞，照旧看她的《红楼梦》。只有一样，她拒绝恋爱，仿佛她爱恋的对象全在书里。面对好友莫琼，她总是谈及《红楼梦》里的宝玉多么传奇，《傲慢与偏见》里的达西是多么智慧与高傲，《茶花女》中的阿尔芒又是多么的痴情。《巴黎圣母院》里的卡西莫多是她最喜欢的人物，她常说，为了爱人奉献自己的人是最纯洁最高尚的，哪怕他长得比蛤蟆还要丑陋，可是他的心却像天鹅一般高贵。每当这时，莫琼打量着米兰水蜜桃般的细致脸庞，看着她眼中闪烁的狂热亮光，心底就会涌起莫名的爱怜。

莫琼和米兰一样喜欢看书，只是不那么活泼，书，就是她的全部世界了。她也幻想，只是将自己的心思深深埋藏，她想到黛玉的香消玉殒，想到茶花女的枯骨和遗物拍卖现场的冷酷，想到……仿佛美好的东西都有自毁的命运，仿佛这个世界不能容忍任何的美好与幸福，只有毁灭，才能保存美好的纯洁与幸福的坚贞……

人行道，湿滑而冰冷，路旁的梧桐树光秃秃的枝丫如今都缠绕上各种彩灯，点亮了这个街市。商店的橱窗也装饰了各种小礼物、小人偶，写着“新年快乐，HAPPY NEW YEAR”的字眼，还有的写着“圣诞快乐！”“Merry Christmas”的字样。中国人是现实的，传统的信仰被几次破坏之后，有假期，或者有祝福，或者多了可以向朋友家人表达爱意，向领导表达忠心的机会，多几个节日又何妨呢？于是母亲节、父亲节、情人节、圣诞节，这些西方节日纷纷来到，大受欢迎。米兰望着街上热闹的景象，心想：谁说中国人不懂得浪漫呢？哼，只是浪漫成了烂漫，滥。

一片雪花飘进米兰裸露着脖子的领子里，瞬间融化。米兰摸摸那雪花消失的一寸肌肤，想起忘记系围巾了，裹紧自己的小风衣，冷不丁地打了个寒战。这是这个城市初雪的一天，气温已经很低了，行人们都躲在自己厚厚的衣服里，大多数的已婚妇女都把脸用围巾包住，只留下一双或温和，或刻薄的眼睛露在外面。只有米兰这样的摩登女郎，潇洒地暴露着自己精心修饰的美丽长发，昂首走在风里。不过今天，米兰不想炫耀她的美丽，也无心计算回头率，只是低头阔步疾走，天眼看就要黑了。

冬天的夜晚来得特别早，米兰离开大路，拐进一个小街，街口的墙上一块石板上刻着：“菱池街 K 城人民政府一九五三年立”的字样，字迹涂着红漆，石板却已乌黑，看样子刚油过。巷子里热闹非凡，两旁的小楼里别有天地，都是小饭馆，来自全国各地的口味应有尽有。米兰仿佛对这里很熟悉，来到巷口第三家名叫“一品轩”的小饭馆，走了进去。这家饭馆装饰虽然朴素，可是却十分别致，门口不是一般饭馆那般放个招财猫或者金蟾蜍之类，而是放了两个红木花架，上面放着两盆怒放的水仙，冰冷的空气，喧闹的小巷，都被这淡淡的水仙香气隔离开来。

进去了，上了楼，时间还早，可是天却要黑了，周围的座位全用小屏风隔开，米兰在窗边找个位子坐下，不用探身就可以望见走进巷口的每一个人。她拿起手机拨通莫琼的号码：“……喂，莫琼吗？我到了，菱池街一品轩楼上32号桌，嗯，靠窗的……行，我等你，待会见。”

挂了电话，米兰静静地看着这条繁华喧闹的古街。K城是华南重镇，已有几百年历史了，这菱池街口据说就是古时K城行刑的地方。菱池，凌迟是也，本是古代刑法中最严酷的刑罚，非大逆不道者不用此刑。一百多年前的清末，就有一个犯了逆谋大罪之人被处以凌迟之刑。这街本叫城西大街，是繁华的商业街。古时的官衙不比如今，他们喜欢在闹市对那些犯了法的人施刑，一是公示法律的威严，二是警示民众。如今街口已经是条车辆川流不息的大马路，只有这条曾经的大街如今的小街上磨损的石板记着这城市曾经的历史。

街上的灯光，各种招牌，都被米兰涌出的泪水模糊了，怎么了呢？这个初雪的傍晚，这个女郎，倚窗而坐。这个点上班族们才刚刚下班，米兰明显早了些。她拿出面纸，擦干脸上的泪水，侍应生端来热茶，看米兰的模样，小心翼翼地问："小姐，需要点菜吗？"米兰摆摆手："稍等一会儿，我会叫你的。"服务生瞟瞟她，走了出去。

窗上，一片，两片，三片，雪花撞在透明的玻璃上，义无反顾。屋内的温暖迅速化去，留下一片水渍似的痕迹，不一会儿，仿佛眼泪，慢慢滑落。米兰知道，用不了多久，这窗框就会有薄薄的一层冰晶。屋内的暖气让玻璃越来越模糊，慢慢结了一层雾气。米兰伸出修长的手指，在窗上划着。一张男人的脸，怔怔地看着她，下面写着"闻赟"两个字。米兰狠狠地划了两下，男人的脸上是一把大叉。

米兰本来一心的怨念想要喷薄而出，可是当莫琼在自己面前坐下时，突然就释然了。她突然觉得这一切都不重要，只有现在，此刻的自己是真实存在的，米兰笑着对侍应生说："点菜吧。"

童话

安安公主

一

在白皑皑的雪山脚下，是一望无际的大森林，站在山顶上看，是很深很深的青色，有时阳光照射的地方，会有星星点点的闪光，那是雪山上雪水融化汇聚成的小溪在阳光下潺潺流动，清澈见底。

小安安和她的爸爸快乐地生活在这个美丽的大森林里。小安安是个美丽善良的小姑娘，有着一双如溪水般清澈、月儿般皎洁的大眼睛，有着白雪一样的皮肤，樱桃似的小嘴，笑起来露出小贝壳一样洁白的牙齿。她的妈妈在生她的时候就去世了。小安安的爸爸是森林里的猎人，叫大胡子阿鲁，他长着浓密的大胡子，吃饭的时候小安安要用自己扎头发的小绳帮爸爸把胡子扎起来，他才能喝汤；打猎的时候，要把胡子编成辫子盘在脖子上才不至于被缠在草丛里。夏天，爸爸会带着小安安到河边去抓鱼；冬天，爸爸会带着小安安去打猎。森林里的动物们可喜欢小安安和她的爸爸了。为什么小动物们会喜欢一个猎人呢？原来啊，大胡子阿鲁从来不杀死小动物，只打那些欺负小动物的野狼、老虎。而小安安呢，还会帮受伤的小动物疗伤。夏天游泳的时候，她和小鱼交朋友；冬天在野地里给饿坏了的小鹿找东西吃，还把自己家里过冬的白菜和萝卜拿来给小野兔吃。

就这样过了一年又一年，大胡子阿鲁的胡子越长越长，小安安也慢慢长大，长成了一个亭亭玉立的少女。春天到来的时候，小安安时常在林间的空地上摘来野花，编成花环。她瀑布般的长发被金色的阳光笼罩，随风飘扬，美极了。小松鼠、小白兔、小鹿都围在她的身边，小动物们把她选作大森林的公主，都叫她 “安安公主”。安安公主越来越美丽，也跟她的爸爸大胡子阿鲁学会了一身本领。她知道通过看树木生长的方向辨别方位，知道用克力叶做成小水壶来装水可以让水的味道更甘甜，还懂得用桦树皮做筏子，沿着溪流寻找野狼的踪迹。安安公主的箭法很准，能够射中一百步之外野狼的眼睛，她成了大胡子阿鲁打猎时的好帮手。

冬季的一天，安安公主到雪地里找食物，大雪过后的森林，到处银装素裹，雪白雪白的一片。高大的松树、桦树都被大雪压弯了腰，大地盖上了一层雪被子。安安公主就在雪被子下面找草籽，打算拿回家给在家过冬的几只小兔子吃。忽然，她看见前面不远的雪地上有一团黑黑的、毛茸茸的东西，走近一看，原来是只小狼仔，已经冻僵昏过去了。再仔细一看，原来小狼仔的一条腿被锋利的枯树枝划伤了，伤口可深了，露出白白的骨头。安安公主觉得小狼仔可怜极了，可它是小狼仔啊，要不要救它呢？想来想去，安安公主还是用自己的皮袍子把小狼仔包起来，带回了家。

大胡子阿鲁看到女儿安安带了一只小狼仔回来，说："它是一只狼仔啊，你为什么救它？"

安安公主说："它还是小狼仔，不会伤害小动物的，我会帮它治伤，然后告诉它不要伤害小动物。"

大胡子阿鲁说："那它吃什么呢？"

安安公主想了想说："我给它吃青菜、萝卜、土豆、草籽，喝牛奶，有了吃的，它就不会吃肉了。"

在暖和的小木屋里，小狼仔醒过来了，它可疼可疼了。安安公主帮它包扎，还熬了米汤给它喝。原来它是在跟妈妈出来找食物的时候，妈妈被大树压死了，自己也给树杈划伤了，才又冷又饿又疼，昏倒在雪地里。要不是因为安安公主救了它，小狼仔早就冻死了。小狼仔在安安公主的照料下很快就好了，安安给它起了个名字叫图克拉。安安公主真的给图克拉吃青菜、萝卜、土豆、草籽，喝牛奶，图克拉真的改掉了吃肉的习惯，并且越来越强壮，每天跟安安公主到雪地去找食物，还成为安安最好的朋友、保镖。

二

春天来了。冰雪融化了，小动物们都从冬眠的地洞、树洞、山洞里面钻出来，小草也从土里探出头来。小动物们很快发现安安公主身边的小狼仔图克拉，它们很害怕。安安公主告诉小动物们说：“这是我的朋友小狼图克拉，它不会伤害你们的，它不吃小动物，它吃青菜、萝卜、土豆、草籽，喝牛奶，还会保护你们的，和它成为朋友吧。”

小动物们听安安公主这样说，不再怕图克拉了，于是，小动物们和小狼图克拉也成了朋友，和安安公主、大胡子阿鲁快乐地生活在大森林里。

一天早晨，安安公主醒来，正打算去生火做早饭，打开木门一看，小松鼠、小兔、小山羊、小鹿都站在门外，小云雀、麻雀、八哥站在门前大树的枝丫上，小动物们都用焦急的眼神望着安安公主。安安公主忙问：“出什么事了吗？”

小鹿说：“大事不好了。”

小松鼠抢着说：“有人来了。”

八哥说：“他们砍树，抓鸟，打死松鼠、野兔、山羊、梅花鹿，可坏可坏了！！”

小动物们齐声说：“是呀，可坏可坏了。我们想不到办法，所以来找你和大胡子阿鲁帮忙，把他们赶走。”

安安公主转身进屋，爸爸大胡子阿鲁已经拿着弓箭，背着箭袋走了出来，小狼图克拉跟在他身后，大胡子阿鲁问：“他们是什么样的人？”

小土拨鼠说：“我从地下挖了个洞通到他们的帐篷下面，听到他们说，他们是月亮国国王派来的。雪山那边月亮国的森林已经被砍光了，为了给月亮国旁边的无尚国进贡，月亮国的国王每年要砍三百车树，抓三百飞禽、三百走兽献给无尚国国王，否则无尚国就要攻打月亮国，不让他做国王。”

大胡子阿鲁听了，皱皱眉头。

原来，大胡子阿鲁本是月亮国的小王子，在月亮国金碧辉煌的宫殿里长大。那时候他还没有大胡子，是个顶顶英俊的少年，月亮国里的姑娘们都想嫁给他。他不仅是小王子，还博学多才、武艺高强、心地善良，处处为别人着想。王子的品德早就在四方传播开来。他会到月亮国里穷人家去教穷孩子们念书，与无尚国打仗的时候，他每次都冲在最前面，打败敌人。他的存在，让无尚国的人不敢轻易攻打月亮国。人人都在传颂他的美德，他是最最勇敢的英雄。可是，他的所有优点，所做的一切好事，所得到的一切威名，都被他的哥哥妒忌。后来，月亮国国王的身体越来越差，想要在自己的儿子里找一个优秀的人来继承王位。按照月亮国的传统，国王本来要把王位传给哥哥大王子。可是，大王子不学无术，每天就知道吃喝玩乐，打仗的时候看到敌人来了就往回跑，是个地地道道的懦夫。而小王子却那么优秀，所有的大臣都向国王推荐小王子。可是，国王想把王位交给最爱自己的那位王子，十分犹豫，所以就找王后商量。

三

王后偏爱大王子，可是她也觉得小王子比较优秀，于是国王就想把小王子作为自己的继承人，但他还是想考验一下到底哪个王子最爱他。王后希望大王子能学习小王子的优点，就把国王的打算告诉了他，希望他能够改正缺点，成为一个优秀的王子。可大王子没有这么想，他听完王后的话，假装没有在意，可是心里却非常憎恨小王子，心想：我一定要当国王，一定要把小王子赶走。

没过几天，月亮国最盛大的节日——一年一度的狩猎节到了，在这一天，国王要带着文武百官到月亮国的森林里去狩猎，大王子和小王子也去了。到了狩猎场上，大王子、小王子在前面带路，国王在后面看两位王子谁抓到的猎物最多。大王子一直都抓不到猎物，好不容易看到一只小野兔在吃草，就残忍地一刀砍在小野兔的头上，把小野兔杀死了。他得意扬扬地把小兔子的尸体拿到国王面前，却发现小王子早就捉到了很多小动物，有着漂亮羽毛的云雀，还有可爱的小鹿。小王子用自己做的小工具、小索套逮住小动物之后，把它们都放在笼子里，活着带给国王。

国王看到那么多猎物很高兴，一想可以借这个机会测验一下到底哪个王子比较爱他，就问两位王子："你们打算怎样处置这些猎物啊？"

大王子见自己的猎物没有小王子多，忙抢着说："虽然我的猎物没有弟弟的多，不过我愿意让御厨做成美味佳肴，献给父王和弟弟吃。"

国王听了很高兴，点点头，转过身来问小王子："你打算怎样处置这些猎物啊？"

小王子说："我要把它们放回森林里面去。"

国王听了有点奇怪，问："你不打算把猎物献给我和你的哥哥吗？"

小王子说："不，因为这些小动物是大森林的，应该让它们回到森林里去。"

国王听了有些不高兴，摇摇头。这时，国王突然觉得不大舒服，小王子正忙着把笼子抬到森林去放走小动物，大王子看见了，乘机对国王说："父王，你看你身体不舒服，弟弟还只顾着那些动物，他根本就不关心你，不爱你。"国王更加生气了。

从此以后，国王越来越不信任小王子了，而大王子一有机会就在国王面前说小王子的坏话。

过了没多久，国王要死了，临终前，他把两位王子叫到病床前，问道："我快要死了，死之前，我想问你们一个问题，你们最爱谁？"

大王子说："当然是您啦，我的父王，我爱您就像爱太阳。我愿意把我的心割下来医治你的病痛。"说着挤出一滴眼泪，还做出要拿刀去割自己的样子。

国王连忙说："不要这样，我的好儿子，我的命已经没救了，只要你们好好活着，就好了。”然后转过头问小王子：“孩子，你最爱谁？”

小王子看到自己的父亲就要死去，早已经哭得说不出话来了。大王子见到小王子说不出话来，就小声对小王子说：“你最爱自己的父王，对吗？”小王子点点头。

大王子又对国王小声说：“父王，我刚刚问弟弟是不是最爱森林里那些动物，他说是。”国王的确看见小王子点点头，于是信以为真。

国王很生气，用尽最后力气说：“把小王子赶到森林里去，既然他那么爱那些动物，就让他去跟那些动物生活吧！大王子继承我的王位和我的国家。”说完，就闭上眼睛，死去了。小王子哭得说不出话，听到父亲这样说，看到哥哥这样对待自己，小王子更加伤心了。可是他说不出话来，只能任凭大王子摆布。成为国王的大王子叫士兵把小王子的华丽的衣服剥下来，换上了猎人穿的粗布衣裳，把小王子的宝剑抢了过来，扔给他猎人用的弓箭。新的国王希望小王子再也不要回来，就派人翻过雪山，把小王子带到了雪山另一边的森林。小王子和守林员的女儿结了婚，后来守林员死了，小王子的妻子，也就是小安安的妈妈，在生小安安的时候死了。于是，小王子就和小安安一直生活在森林中的小木屋里，胡子越长越长，就成了大胡子阿鲁。

而大王子当了国王之后，因为他把小王子赶走了，月亮国旁边的无尚国国王知道小王子不在了，就来攻打月亮国。结果新的国王一听到无尚国要来攻打了，立即竖起白旗投降，还答应无尚国的国王，只要能让他继续当国王，就每年向无尚国进贡三百飞禽、三百走兽、三百车木材。

四

大胡子阿鲁听完小土拨鼠的报告之后，想起了往事，可是月亮国国王也就是他那个坏哥哥要派人越过高耸入云的雪山来到这里砍伐树木、掳走动物却让人奇怪。大胡子阿鲁问土拨鼠：“他们为什么要翻过雪山来到这里干坏事呢？”

小土拨鼠说：“听他们说，因为雪山那边的森林都被他们砍光了，动物们也都抓完了，没办法，才翻过雪山来到这里的。”

大胡子阿鲁想了想，说：“安安，你带图克拉去看看他们是从哪条路过来的，再巡视一下从雪山进入森林的路口。小土拨鼠，你再去他们的营地听听他们说什么，为什么要越过雪山来破坏这片森林。其他的小动物要保护好自己，不要让坏人捉住了。大家去吧。”

小动物们都四散走了，小土拨鼠也钻到地底下去了，安安公主问爸爸：“爸爸，那你呢？”

大胡子阿鲁说：“我要多做一些弓箭和绳子，还有网，万一坏人发现我们，或者要做坏事，我们要有足够的武器来与他们战斗。”

安安公主点点头，带上弓箭，腰上别好匕首，背上箭袋、干粮，对小狼图克拉说："图克拉，我们走。"图克拉摇摇尾巴，与她一起向雪山走去。

安安公主一路走着，看到小动物们都躲了起来，她拍拍小鹿没藏好的小屁股，拽拽小兔子没藏好的长耳朵，再三叮嘱小动物们要躲好，就连最爱说话的八哥也闭上了嘴。

雪山越来越近了，森林里面一片寂静。安安公主和小狼图克拉走在树林里。突然，前面的大树后面冒出两个人，一个高一个矮。高的那个像根面条，两只铜铃般的大眼睛挂在一张马脸上；矮的那个像个巨大的面团，一张大饼脸上绿豆小眼闪着贼光。两个人的头发都油腻腻地耷拉在头上，衣服脏得看不出颜色，背上背着弓箭，腰带上都挂着刀，刀柄上还残留着血迹。安安公主立即警惕起来，图克拉也觉得眼前两个人非常可疑，全身的毛都竖了起来，龇牙咧嘴地瞪着两个怪人。

两个怪人看着眼前这个带着只狼的美丽女孩，觉得很奇怪，就问："小姑娘，你要到哪里去？"

安安公主警惕地扶着腰间的匕首，对两个怪人说："我要去雪山。"

高瘦子问道："你去雪山干什么？"

安安公主心想，森林里从来没有来过外人，这两个人肯定是从月亮国来的那些坏人，于是她反问道："你们又是什么人，要到哪里去？"

矮胖子有些不耐烦了，想走近安安公主，这是，小狼图克拉发出一声低吼，矮胖子不敢靠近了，站在那里说："我们是从月亮国来的，小姑娘，知道哪里有动物吗？”

果然是月亮国来的狩猎人，安安怎么会不知道哪里有小动物呢？她清楚知道每个小动物的藏身之所。可是，她绝对不会告诉这两个坏人，她和图克拉一定要保护好小动物们，绝对不能让这两个坏人发现。安安公主灵机一动，假装觉得奇怪，问：“你们找动物干什么？”

矮胖子跟高瘦子使了个颜色，说：“国王让我们来巡视他的领地，清点动物的数目。”

安安公主心里想，骗人！表面上却装作很热心的样子，说：“我是护林人的女儿，我知道哪里有小动物，你们跟我来吧。”说完，拍拍图克拉的头，图克拉立刻明白安安公主另有计策，于是假装放松了警惕，不再龇牙咧嘴了，不过它仍然瞪着两个外来者。

高瘦子和矮胖子对视了一下，“嘿嘿”贼笑，高瘦子说：“这下可好了，任务很快就能完成了。”

矮胖子马上说：“是呀是呀，到时候，国王一定会重重地奖赏我们的。”

五

安安公主不动声色，和图克拉一起领着高瘦子和矮胖子向树林深处走去。图克拉跳跃着时而走在前面，时而走在后面，原来，它是要提醒沿途的小动物们注意躲藏，不要被高瘦子和矮胖子发现了。天色渐渐暗了下来，他们来到了森林的最深处，穿过密密的灌木丛，突然出现一个湖，原来雪山积雪融化后形成的小溪全都汇集到这。落日的余晖穿过密密的树林照着这湖，没有人知道它有多深，因为溪水一直流啊，流啊，湖水却仿佛从来没有增加过。以前，很多小动物都来这里喝水，可是自从大象哈利在里面游泳失踪之后，就再也没有小动物来这里了。森林里流传着一个怪吓人的传说，说这个湖里住着一个大妖怪，会把水里的小动物吃掉。安安公主把高瘦子和矮胖子领到这里来，想干什么呢？

小狼图克拉望望安安公主，“呜”一声，它也觉得奇怪呢，而且，它觉得很害怕，对安安公主说：“公主，我们把他们带到这里来干什么？这个湖里可是有妖怪的呀。”高瘦子和矮胖子看着图克拉，可是他们听不懂小狼在说什么，只有安安公主才听得懂动物们说的话。

安安公主看着图克拉，微微一笑，停下脚步，对高瘦子和矮胖子说：“你们在湖边等吧，天亮的时候就会有小动物来湖边喝水的。”

高瘦子和矮胖子有些怀疑，高瘦子说：“真是这样吗？我现在怎么看不到一只动物？”

安安公主一副胸有成竹的样子，拍拍胸脯说：“我是护林人的女儿，还会骗你们吗？更何况你们是国王的使者，我可不敢骗你们的呀。现在太阳快要落山了，动物们都是清晨才来湖边喝水的。”

高瘦子和矮胖子相信了她，说：“不过，你要留下来陪我们。”

安安公主说：“行，图克拉，你留在这，我给两位大人捡些柴火去。”

矮胖子一听安安要把小狼图克拉留在他身旁，忙说：“不不不，你还是带它去捡柴火吧。”

安安公主暗自一笑，说：“好的，二位大人好好休息，我就在附近捡柴火，不会走远的，你们可以听到我砍柴火的声音。”

矮胖子和高瘦子点点头，他们走了一天也累坏了，就在湖边找了块大石头坐下，让安安和小狼图克拉去捡柴火了。

矮胖子和高瘦子掏出身上的干粮，开始吃晚餐，高瘦子往安安捡柴火的方向看去，听到“喀喇喀喇”的声音，放心了。一旁的矮胖子狼吞虎咽地吃着干粮。他们吃的是什么呀？！原来都是小动物的肉！吃着吃着，高瘦子觉得口渴了，走到湖边去喝水，他喝了一口，惊讶地说道：“哎，这湖水真甜啊，真好喝啊！明天早上，动物们一定会来喝水的。”

矮胖子一听，也走过来：“是吗？那可就太好啦，这小姑娘一点没骗人。我喝喝看。”于是也捧了一汪水喝了一口：“真甜，我说，我们俩几天没洗澡了，这水这么清，不如洗个澡吧？”

高瘦子一听，非常同意，可是他指了指树林里，说：“那小丫头怎么办？”

矮胖子把耳朵凑过那边听，听见“喀喇喀喇”的声音，对高瘦子说：“没事，她在砍柴火呢，你要是实在不放心，你就先洗吧，我帮你看着。”

于是，高瘦子就脱了衣服，到湖里洗澡去了。可是当他全身浸到水里，露着个脑袋刚要洗，突然对矮胖子喊：“不好啦，有个东西在拽我的腿，我……”话还没说完，整个人就不见了，湖面恢复了平静。

岸上的矮胖子吓呆了，发现不对劲，连忙向安安公主砍柴火的地方跑去，只听“喀喇喀喇”的声音越来越近，可却看不到人影。矮胖子走近一看，原来是我们聪明的安安公主把一块锋利扁平的薄木片用绳子绑在树上，风一吹，薄木片就撞在树干上，刮着树干发出“喀喇喀喇”的声音，就像折断树枝的声音一样。矮胖子发现自己受骗了，可是太阳已经下山了，周围漆黑一片，他找不到回去的路了，更别提去抓安安公主和小狼图克拉啦。

安安公主和小狼图克拉顺利地逃离了两个坏人。她熟悉森林里的一切，不用多少时间就回到了木屋。这时，天已经亮了，可是眼前的景象却让他们愣住了。小木屋已经被火烧毁了，木屋周围是一片焦土，地上全是折断的箭，还有两具和矮胖子他们同样装扮的身上插着箭的人的尸体。爸爸呢，爸爸到哪里去了？！

小狼图克拉到处闻着，嗅着。安安公主焦急地到处找爸爸的踪影，担心爸爸被坏人杀死了，哭着喊着“爸爸，爸爸”。这时，快嘴八哥飞过来了，它惊叫着：“安安公主，不要着急，你爸爸还活着，他被那些月亮国人给抓走了！”

原来他们走了没多久，月亮国的另一些人就找来了这里，他们看到了安安公主早上生火时冒出的炊烟，因此找到了这里。他们逼问大胡子阿鲁小动物们的下落，大胡子阿鲁当然不会告诉他们。于是他们找不到动物，就打算把阿鲁带回去，打算借口大胡子阿鲁不配合，等国王怪罪他们找不到动物的时候，就把所有的罪名推到大胡子阿鲁身上。大胡子阿鲁当然不会跟他们走，于是双方就打了起来，最后，大胡子阿鲁一个人打不过那么多人，还是被他们抓走了。

安安公主听了，发誓说："我一定要把爸爸救回来，绝对不让坏国王再干坏事！"于是，安安公主带着小狼图克拉，向雪山走去，去月亮国救爸爸。

六

安安公主和小狼图克拉要上路了，小动物们紧跟在他们后面，安安公主对小动物们说："你们回去吧，好好照顾自己，我们救回爸爸就回来。"

八哥说："我们要跟你一起去救大胡子阿鲁。"

小动物们一齐说："对，我们要一起去！我们要一起去！！"

安安公主拍拍小兔的头，轻抚小鹿的角，又摸摸小松鼠的大尾巴，说："大家要留在森林里。月亮国国王不正是要抓你们吗？如果你们跟我一起去，到时候你们会非常危险的。你们在森林里好好躲着，遇见不认识的人千万要藏好，我和图克拉一定会把爸爸救回来的，大家放心。”

小动物们都担心安安公主，小兔、小羊、小松鼠、小鸟们每人拔下一些绒毛，森林里的筑巢高手小鸟们把这些绒毛用灵巧的小嘴编织在一起，不一会儿就织成了一件羽绒衣，小动物们把这件羽绒衣送给安安公主，小羊代表大家说：“安安公主，这件羽绒衣你穿着吧，过雪山的时候就不会冷了。”

小鹿驮来了一根粗壮的树根，对安安说：“这是千年老树的树根，我跟树爷爷说安安公主要去救大胡子阿鲁，还要去阻止坏国王砍树抓动物，树爷爷就把这树根给我，让我送给你，说会派上用场的。收下吧。”

“还有还有，”小土拨鼠拨开土从地下钻了出来，带着它的兄弟姐妹每个人捧着一大堆土豆啊、地瓜啊、甜草根啊，急急忙忙地拿个布袋装好驮在图克拉身上，说：“带上吃的，雪山上可没有什么东西吃。”

还有羊妈妈送来了奶，小松鼠送来用松果做成的飞镖，小熊送来了一罐蜂蜜，小猴子送来了克力叶做成的小水罐……安安公主身上穿好羽绒衣，和图克拉一起带上了小动物们送来的装备，出发了。

安安公主和小狼图克拉走了不久，就看到了一片被砍掉的大树桩，地上还残留着小动物们挣扎时留下的羽毛、绒毛和血迹，安安公主气愤极了，心想这些坏蛋，我一定要让你们得到应有的惩罚！又走了一会儿，小狼图克拉东闻闻，西嗅嗅，对她说：“公主，前面有很多人的气味。”安安公主走过去一看，原来是月亮国狩猎人经过时扎营的地方。现在，帐篷都被拆走了，只剩下他们烧火的痕迹。安安公主对图克拉说："图克拉，你去闻闻，记住他们的气味，我们追踪他们，这样就可以找到去月亮国的路了。"

于是，小狼图克拉一路追踪月亮国狩猎人的气味，安安公主紧跟其后，向雪山走去。图克拉对安安说："公主，我闻到了大胡子阿鲁的气味。"安安公主听了，不说话，继续赶路。雪山越来越近了。

天快黑了，安安公主和小狼图克拉来到了雪山脚下，这里的森林没有被砍掉。这时，小狼图克拉竖起了耳朵，对安安公主说："公主你听，好像有野狼的叫声。"

安安公主把手放在耳朵旁边，听到远处传来野狼的叫声，叫声非常痛苦。她对图克拉说："我们过去看看吧，小心，不要发出声音。"

七

声音越来越近了，安安公主和图克拉躲在一片灌木丛后面，只见三四十只野狼围在一起，狼群里不时发出一声痛苦的哀号，图克拉对安安公主说："好像有只狼受伤了。"其实她也知道是有狼受伤了，而且听到其他狼都想救那只狼，可是谁也没有办法。安安公主决定去救那只狼，于是和图克拉一起走出了灌木丛。

他们的出现马上引起了狼群的注意，有十几只狼迅速围了上来，包围了安安公主和图克拉。一只脸上有条疤痕的狼说：“看看谁来了，这不是那个笨蛋大胡子的女儿吗？”

另一只狼说：“还有那只吃素的小狼仔，叫什么图克拉，哈哈哈哈。”

狼群发出一阵狂笑。图克拉生气极了，全身的毛都竖了起来，龇牙咧嘴地瞪着那只狼。

安安公主挺起胸膛，大声对狼群说：“请不要说我爸爸的坏话，我们是来帮助你们的。我听到好像有一只狼受伤了，而你们不知道怎样医治它，我决定帮助你们。”

那只脸上有疤痕的狼狠狠地说：“你会来救我们？你看看我脸上这条疤，就是你爸爸的箭弄伤的，要不是我逃得快，早就被箭射死了。说不定夹中首领的捕兽夹就是你们放的。”狼群听了刀疤狼的话，把安安公主他们围得更紧了。

图克拉马上说：“安安公主和她的爸爸是天底下最善良的人，每天都在山里保护动物，怎么可能放捕兽夹呢？这个捕兽夹是月亮国国王派来的人放的。是公主在雪地里救了快要冻死的我，还把我养大了，不许你们这样说她。”

安安公主理直气壮地说：“我爸爸为什么要射你呢？是因为你想趁兔妈妈出去找食物的时候偷吃小兔。我不跟你说这么多，救狼要紧。况且我们的时间也不多了。”说着，就朝受伤的狼走去。

狼群自动散开了，一只受了重伤的狼躺在地上，鲜血染红了草地。安安公主一看，是只独眼狼，原来，这是狼群的首领。只见它的一条后腿被一个巨大的捕兽夹夹断了，鲜血不断从伤口冒出来，早就已经疼得没有力气了，哀号声越来越小，看样子就要昏过去了。安安公主蹲下来，仔细查看了独眼狼的伤口，用腰刀把捕兽夹的机关弄坏了，把捕兽夹从独眼狼的腿上取了下来。然后，安安公主跟小狼图克拉说了几句悄悄话，小狼就走开了，安安公主用克力叶水罐里的水给独眼狼清洗伤口，喂了几口水给它喝。过了不一会儿，小狼图克拉嘴里衔着几株有着红色叶子、蓝色的根的小草回来了，把这种小草递给了安安公主。安安公主把这些小草放在嘴里嚼烂，然后敷在独眼狼的伤口上，图克拉不知什么时候剥了一条软软的柳树皮回来，安安公主用树皮把一根木棍绑在狼敷了草药的伤腿上，站起来说："好了，过两天它的腿就会好了。"独眼狼神奇地睁开了眼睛，刀疤忙问："首领，你好些了吗？"

八

独眼狼说："好多了，伤口一点也不疼，还有些凉凉的。你们看，血也不流了。是你救了我吗？"独眼狼问安安公主。

安安公主点点头。独眼狼感激地问："我应该怎样报答你呢？"

安安公主说："我不需要你的报答，只要今后你和你的狼群不要再伤害小动物们就行了。"

独眼狼为难地说："如果那样的话，我们吃什么呢？"

小狼图克拉说："你们可以和我一样，不吃小动物，我吃青菜、萝卜、土豆、草籽，一样可以长得很强壮，还可以和小动物们成为朋友，不用再被别人说成是森林里的大坏人了。"

独眼狼说："真的吗？你每天都吃青菜、萝卜、土豆、草籽？"

小狼图克拉说："当然，而且味道还很好呢！"说完，从背上的包裹里拿出一个土豆，津津有味地吃了起来。刀疤也拿了一个，尝了尝，高兴地对独眼狼说："首领，味道真的很好啊，我们以后就吃这个吧，还不用伤害小动物，到时候会有很多朋友，我们就不用再偷偷摸摸做坏人了！"

独眼狼也尝了一个土豆，非常同意刀疤的意见，于是决定所有的狼以后都不许再伤害小动物了，全都改吃青菜、萝卜、土豆、草籽。

安安公主对首领说："我们该继续赶路了，你好好养伤。"

独眼狼首领觉得奇怪，问："你这么着急是要赶去哪里啊？"

于是，安安公主把月亮国人来抓动物，她怎样逃离高瘦子和矮胖子，爸爸怎样因为要保护小动物被抓走的经过简单说了一遍。独眼狼首领听了非常气愤，说："月亮国国王太坏了，居然做出这样的事情来，我们绝对不允许他破坏森林，伤害动物！让我和我的狼群和你一起去帮助你吧！"

安安公主忙说："首领专心养伤吧，我和图克拉可以把爸爸救出来的，说不定国王发现爸爸就是他的亲弟弟，就会放了他的。”

独眼狼首领说：“既然这样，那好吧，我把这个狼牙口哨送给你，你一吹它，无论多远，即使隔着雪山我也能听见。如果你们遇到危险需要帮助，就吹这个口哨，我们会来帮助你的。”

安安公主接过口哨，把它挂在自己的脖子上，谢过独眼狼，和小狼图克拉继续上路了。

九

天快要黑下来的时候，安安公主和小狼图克拉来到了雪上的半山腰，雪线就在离他们不远的高处。离山顶越近，气温就越低，越靠近雪线，树木就越稀少了。这里离小木屋已经很远了。安安站在山坡上，可以看到大片的森林已经被月亮国的人砍掉了一小块，光秃秃的没有树，就像一个伤疤嵌在森林一片的青色当中。以往这个时候，鸟儿们都从外面觅食回来，森林上空会有好几千只鸟儿在夕阳的余晖中飞翔，那景色美极了，壮观极了。可是现在，小鸟们全都早早地躲了起来，有些候鸟也飞到其他地方筑巢去了。安安公主想到这一切都是因为月亮国国王要保住自己的王位做坏事造成的，就觉得很气愤。

一旁的图克拉可不像安安公主那么多愁善感，它仔细闻了又闻地上的泥土。“他们大约一天前路过这里。”小狼图克拉告诉公主。

安安公主听后思考了一下说：“我们今晚得连夜赶路，这样才能在他们进入月亮国城堡之前追上他们。多亏了你，图克拉，要不是你，我可找不到去月亮国的路。”说完，拍拍小狼图克拉的脑袋。

图克拉有些不好意思，说：“我会时时刻刻跟在你身边保护你的。我们先吃点东西吧，一会儿再走。”安安公主和图克拉拿出小土拨鼠送的土豆，就着羊妈妈送的羊奶，坐在草地上吃了起来。

太阳一点一点地从地平线沉下去，天慢慢黑了。只听见呼呼的风声掠过耳际。天越来越冷了，云渐渐遮蔽了天空，可是他们并不知道，这是暴风雪即将到来的迹象。两个小家伙吃完东西继续上路，向雪线走去。高高的雪山就像一个巨大的怪兽站在那里。安安公主和图克拉一点一点接近雪线，为了不被别人发现，他们不能点火把，只能靠图克拉嗅着月亮国人的气味一点点在黑暗中前进。风越来越大了，地上开始出现未融化的积雪，雪山一年四季都是白白的一片。安安公主和图克拉一脚深一脚浅地踩在雪地里，艰难地向前走着。安安公主穿着小动物们送给她的羽绒衣，一点也不怕冷，图克拉虽然有一身灰色的绒毛，但在这样冷的天气里却一点也不保暖。安安公主看着小狼图克拉冷得瑟瑟发抖，说：“图克拉，我抱着你走吧，你藏到我的羽绒衣里来，一定会很暖和的。”

图克拉却说：“不要紧，我还要认路呢，我的鼻子快要冻僵了，趁我还有嗅觉，再认一会儿路吧。”

安安公主一听，着急了：“那可怎么行，你会冻坏的。”

就在这时，小狼图克拉一脚陷进厚厚的雪里，安安公主连忙把它拉起来，藏到自己的羽绒衣下面，小狼图克拉的鼻子已经冻得冰冰的，呼出的汽在鼻子周围结了一圈冰，它暂时认不了路了。

安安公主非常着急，这可怎么办呢？周围黑漆漆的，地上是厚厚的积雪，大风刮得呼呼的，暴风雪就要来了，四周围没有一点生命的迹象。安安开始后悔不应该急着赶路，应该在雪线下面过夜，等白天再翻雪山。而现在想要下山太难了，留在原地很可能被暴风雪压倒，冻死在雪地里，只能继续往前走，也许还能找个地方躲避风雪。安安公主用羽绒衣暖和着小狼，顶着寒风，一步一步艰难地向前走去。走了好一阵子，风越刮越大，夹杂着一颗颗冰雹和雪片，向她和小狼砸过来。安安公主拄着树爷爷送的千年老树根，顶着风雪继续走，渐渐地，雪落在安安公主的羽绒衣上，越集越多，把她裹成了一个雪人，只有两只眼睛、鼻子和嘴巴的地方露着四个小洞。安安公主突然发现前面不远有个大石头，大石头旁边有个山洞，山洞里面闪着火光。难道是月亮国人？她拄着老树根走了过去。

十

安安公主躲在大石头后面向洞里看去，洞很宽敞，中间点着篝火，篝火正面是一锅汤，冒着绿色的烟雾，原来是三个巫婆背对着洞口围坐在篝火前念念有词。只听中间那个巫婆嘶哑着声音说："呜哩嘛哩啊啦法，献上世上最珍贵的独角兽之犄角，我中有你，你中有我。"然后把银色的独角兽犄角扔进那盆汤里。

另一个巫婆接着念道："咕哩噜噜嗒啦法，献上一万只蜜蜂的尾刺，献上一千个无难果的种子，献上一百颗乌鸦的指甲，献上十朵曼陀罗花干，献上龙胆一只，万物之毒不可入我身。"

巫婆边念边把这些东西扔进汤里，锅里的汤汁翻滚着，颜色一会儿变红，一会儿变紫，一会儿变蓝，冒出阵阵紫色的烟雾，发出一阵异香。

"呜嗒啦嘛啦法，世上最神奇的力量啊，万事万物皆随我愿。"

最后一个巫婆念道，将一把银色的粉末扔进汤里，只见一道强烈的闪光"刷——"闪过，锅里的汤不再冒出烟雾，变成了无色透明的液体，像水一样。

安安公主看呆了，她还是第一次见到巫婆作法。只见其中一个巫婆不知从哪拿来一把木勺，舀了一勺汤喝了下去，不可思议的事情发生了！巫婆不见了。其他两个巫婆高兴得手舞足蹈，嘶哑的喉咙唱道："我们成功了，赞美巫师之王，我们胜利了……"原来她们在炼隐身魔药。

安安公主正看得出神，突然一阵小旋风卷起她，一瞬间就把她卷到了两个巫婆面前。

左边的巫婆问道："你是谁？竟然敢偷看我们！"样子凶恶极了，丑陋极了。

还没等安安公主回答，右边的巫婆说：“我们的秘密从来不让人知道，你要为你的偷听付出代价！”说完，那阵旋风裹着安安飞速旋转起来，把她身上的积雪全都弄掉了，还用一根又粗又长的绳子绑住了安安公主。那阵旋风飞到汤锅旁边，只见那把木勺悬空在锅里舀了一勺汤，好像有只看不见的手在操纵它，汤勺举到一人高，一倾斜，倒了出来，可是一滴也没漏到地上，第三个巫婆出现在他们面前，站在了另两个巫婆中间。原来这神奇无比的魔药喝一次就隐身，再喝一次就现身。

中间的巫婆说：“看你的打扮，是护林人的女儿吧，还有那只吃素的小狼仔？”

安安公主鼓起勇气，点点头。

中间的巫婆又说：“你知不知道你看了不该看的东西，是要受到惩罚的？”不等安安公主回答，她就举起了双手，正要念咒，左边的巫婆说：“姐姐，我们不如先留着她，让她为我们办事，到时候再处置她也不迟。”

中间的巫婆停手想了想说：“也好，我们正缺一个帮手。”

原来，巫婆们是三姐妹，为了研制魔药，要到雪山神女那里偷一件宝物——独角兽的犄角。雪山神女的独角兽是周身雪白的小马，是神女的坐骑，有一双深蓝的眼睛，前额有一只充满魔力的角，灵活敏捷，温顺谦和。独角兽原本自由地徜徉在山间野外，它们对人类十分友好。由于独角兽锐利的角有着奇异的魔力，从角上锉下来的粉末可以解百毒，服下粉末即可抵御疾病、百毒不侵，更能够起死回生。魔力令人们为这只离奇的角发狂，每个贵族都想拥有独角兽角做的酒杯，每个猎人都妄想有朝一日独角兽落入他的陷阱。单纯善良的独角兽往往被少女迷人的体香所诱惑，陷入可怕的圈套，“纯洁”的少女野蛮地斩下它那神奇的角，失却魔力的独角兽只能听由猎人无情的宰杀。于是神女把它们都带到自己的山顶宫殿里藏起来，避免被贪婪的人伤害。

巫婆们清楚地知道，即使有了隐身魔药，她们能偷偷进入雪山神女的山顶宫殿，也不可能靠近独角兽。上一次她们用咒语催眠了雪山神女的一个侍从，让她潜入雪山神女的山顶宫殿，诱惑独角兽，斩下它那神奇的角，偷出来献给巫婆们，巫婆才制成了隐身魔药。而要制造更加有威力的魔药，以及毒药的解药，就必须再去偷独角兽的犄角。眼前这位美丽的少女正好是靠近独角兽的最佳人选。

十一

这时，洞中暖和的空气让小狼图克拉苏醒过来了，它还在安安公主的羽绒衣下面，它觉得自己被紧紧箍在安安公主的身上，很难受，就问安安公主：“公主，你能不能不要把我抱得那么紧呀？”

三个巫婆听见图克拉的声音，立即走过来。大巫婆用手指着绳子念：“卡哩呜哩。”绳子应声落地。小狼图克拉从安安身上掉了下来，在地上打了个滚，站起来，安安公主刚想摸腰刀，二巫婆用手向她一指，安安公主立即跌倒在地。图克拉看到主人被巫婆袭击，想要扑上去和巫婆搏斗，谁知道小巫婆两手在胸前抱圆，口中喃喃念着咒语，图克拉就旋转着从地上升了起来，小巫婆两手向旁边一甩，做了个抛的动作，小狼图克拉就被撞在墙上，失去了知觉。

安安公主看见小狼图克拉为了保护自己受了这么重的伤，又伤心又气愤，可是她也跌到了，小巫婆又把图克拉用咒语移到洞里一个笼子里。

大巫婆恶狠狠地对安安公主说："我给你魔药，你到雪山神女那里把独角兽的犄角给我拿来，如果你敢逃跑，或是没有把我们想要的东西带回来，你就再也见不到你的朋友了。"

安安公主实在不愿意帮巫婆做这件事，但是小狼图克拉在她们手里，她只有答应了。巫婆们给安安用克力叶罐子装了一罐魔药，然后对安安公主说："明天傍晚太阳落山的时候你要是还没有把独角兽的角带回来，你就再也见不到你的朋友了。"

巫婆们告诉安安雪山神女的宫殿就在雪山的最顶上，大巫婆把她那双神奇的靴子给了安安公主，穿上靴子用右脚脚跟在地上重重跺两次脚就可以跑得比风还快；二巫婆给了安安公主一张神奇地图，放在地上，打开地图，地图就变成一个立体模型，无论在什么地方，地图都会以安安公主所在的地方显示周围的环境和情况；三巫婆给了安安公主一瓶迷香，用来迷倒独角兽，砍下它的犄角。

十二

安安公主带上地图、迷香，穿上靴子，向雪山顶上雪山神女的宫殿进发。她想，为了救小狼图克拉，只能去帮巫婆偷东西了，我就只拿独角兽的角，绝对不伤害它。得抓紧时间了，还要去救爸爸。边想着，她右脚脚跟在地上重重跺两次脚，风一般地向山顶跑去。不一会儿就穿越暴风雪，到达山顶，天已经亮了。只见雄伟壮观的山顶宫殿高耸入云，全部由雪山上千年不化的冰雪砌成的，晶莹剔透，在阳光下闪着银光。安安公主在宫殿外的墙角下拿出地图，放在地上，地图薄薄的羊皮纸上立即升起一座和雪山神女的宫殿一模一样的宫殿，只是小了好多倍，安安公主一眼就看到独角兽正在宫殿的花园里散步，和巫婆说得一模一样，是匹周身雪白的小马，只是头顶上有一根银色的犄角。

安安公主看了看宫殿其他地方，宫殿的门口有两个拿着长枪的卫兵，安安公主又看了看，发现雪山神女正向花园的方向走去。安安公主收好地图，拿出隐身魔药，喝了一口，我们的安安公主不见了，只见一阵旋风吹过，吹进了神女的宫殿，门口的卫兵一点也没发觉，还呆呆地傻站着。

安安公主不一会就来到了神女的花园，神女还没有来到。神女的花园真大啊，种满了各种各样的奇花异果，全是晶莹剔透的水晶般的植物，安安公主在森林里从来没见过。独角兽就在这些奇花异果中优雅地散步，头顶的银色犄角在阳光下闪闪发光。这时，神女和她的侍从们进入花园了，安安公主刚想藏起来，一想，自己不是隐身了吗？正想着，神女就从安安公主的身边经过，一点也没有发现安安公主。

神女来到独角兽跟前，拍拍独角兽的脖子，问：“亲爱的独角兽，今天好吗？”

独角兽回答：“我很好，尊敬的神女殿下，只是有些想念我可怜的哥哥。”

原来上次被巫婆们用计割下犄角的就是这只独角兽的哥哥。它被割下犄角后，就被神女送去治疗了。

神女轻抚独角兽雪白柔软的鬃毛，安慰它说：“你哥哥很快就会恢复的，过段时间我就把它接回来。我绝不让那些贪婪的人再伤害你们了。”

独角兽点点头，这时，它仿佛察觉到什么，问神女：“神女，你今天用了什么香水吗？”

神女说：“没有啊，怎么了，你闻到什么气味了吗？”

独角兽说：“是呀，今天花园里有股特别的香味，很好闻，让人心醉。”

安安公主一听，心想，难道我被发现了？紧张得不由地往后退了退，一不小心，头顶碰到了一颗水晶苹果，苹果“啪”的一声掉在了地上。

神女转过身，厉声问：“谁？！”

十三

安安公主屏住呼吸，神女朝她这边走来，越来越近越来越近，安安公主只觉得一股寒冷的空气飘过来，雪山神女的脸就要碰到她的脸了，安安公主看着神女，神女好美啊，有着银色的卷发，就像远山冰川一般披在她的肩上，头上戴着水晶花冠，晶莹剔透，美丽极了，一双能够洞悉一切的眼睛，瞳仁就冰冻过似的是浅浅的透明的灰色，可是冷极了。神女朝安安公主吹了一口气，安安公主就变成了冰块，身上一层冰把安安裹住，在独角兽看来，就是个人形冰雕，透明的。

独角兽对神女说："好像是个小女孩。"

雪山神女说："是的，我认识她，她是山下大森林里的护林人大胡子阿鲁的女儿，一定是那些阴险的巫婆派她来偷你的角。可是，奇怪，为什么她会来到雪山，又怎么会帮助那些坏巫婆呢？"雪山神女不得其解，派人把变成冰块的安安搬到了她的水晶宫里。

安安被放在水晶宫中央，周围全是冰块。水晶宫里放着雪山神女的水晶宝座，后面是一道纱帘。雪山神女从纱帘后面走了出来，坐在她的水晶宝座上，吩咐随从们离开。等到没有人了，又朝安安公主吹了口气，安安公主头上的冰块瞬间就融化不见了。安安公主喘了口气，神女说："快把你的隐身魔药喝下，否则我会把你永远变成冰块。"

安安公主知道神女救了独角兽，是个好仙女，心想，也许神女可以帮助我呢，可是手脚都被神女冻住了，动弹不得，就对神女说："雪山神女，我的手脚都被冻住了，没法喝魔药。"于是神女又吹了一口气，这样，安安公主腰以上的冰块都化掉了，她赶紧拿出魔药又喝了一口，只剩下不多的一点魔药留在瓶底，这样雪山神女才看见了安安公主。

神女问："你不是护林人大胡子阿鲁的女儿吗，为什么会到雪山神殿来？为什么会出现在我的花园里？"

安安公主把爸爸被抓到小狼图克拉被巫婆抓住，巫婆逼她到雪山神女这里来偷独角兽的犄角种种过程说了一遍，想到爸爸现在不知道怎么样了，她急得哭了出来。

雪山神女其实已经知道这些事情了，她只是想考验安安公主是不是一个诚实的孩子，她看到安安公主难过的样子，很想帮助她。于是她对安安公主说："安安，你不要担心，也不要害怕，你能为了朋友而不顾自己的安危是非常勇敢的表现，但是帮助坏巫婆是绝对不可以的。你是个善良的孩子，你救小狼、独眼狼，现在又要去救你的爸爸，这些事情我都知道，正因为你的善良和勇敢，我决定帮助你。现在你已经在巫婆那里得到了隐身魔药、地图、迷香、飞靴这四件宝物，只要把小狼图克拉救出来，你就可以赶快去救你爸爸了，对不对？"

安安擦擦眼角，点点头，说："可是，如果我不把独角兽的犄角带给巫婆，巫婆法力那么高强，她们是不会放了图克拉的。"

神女说："你先别着急，让我们来看看巫婆她们正在做什么。”

说完，神女走到宝座后面，掀开纱帘，原来后面是一大块水晶，神女对着这块水晶说：“圣洁的水晶石呀，请你告诉我，三个坏巫婆正在干什么。”水晶石慢慢显现出巫婆洞穴的模样，三个巫婆正在把锅里的魔药舀出来，装进罐子里，放在洞里的架子上。

十四

神女又对水晶说：“圣洁的水晶石呀，请你告诉我，可怜的小狼图克拉现在何处。”水晶石慢慢显现出巫婆洞穴深处，小狼图克拉被绳子捆着，昏倒在地。

雪山神女拍拍安安公主的头说：“不用担心，我教你一个好办法。”神女在安安耳边轻声说着。安安公主边听边点头，还不时忍不住笑了起来。

最后，神女说：“就照我的话去做吧，好孩子。”安安公主点点头。

神女送给安安公主一包粉末和一个水晶球，说：“这包粉末是这只独角兽的爸爸死去之后我才用它的犄角磨成的，可以治疗百病。这个水晶球有强大的力量，你只要捧着它，像我一样问它你想知道的事情，心里想着你想知道的事情，水晶球就会告诉你。但是，水晶球还有其他的力量，它力量的强大，以后你会知道的。你去吧，时间不多了，祝你成功。”

安安公主带着神女给的水晶球，把剩下的最后一点魔药喝下肚，穿着飞靴，跺跺脚，飞一般地向巫婆的洞穴跑去。

安安公主在巫婆洞穴外面那块大石头后面停下来，把迷香装在克力叶上，朝洞里吹去。过了好一会儿，安安公主才走进洞去，发现巫婆们都被迷香迷倒了，昏睡在地上，姿态各异，大巫婆一脚压在二巫婆的肚子上，手里还拿着一个勺子，瓶子里的魔药洒在地上，三巫婆四脚朝天躺在地上，嘴里还说着胡话："哈哈哈，我要把你变成癞蛤蟆……"

安安公主起了一身鸡皮疙瘩，没时间理会这些坏巫婆，赶快走进洞里，用腰刀把小狼图克拉身上的绳子割断了，把小狼抱在怀里，取出雪山神女送给她的独角兽粉末，从小狼图克拉的鼻子里面吹进去，小狼马上醒了过来。

小狼图克拉看看周围，三个巫婆东倒西歪地倒在地上，周围没有其他人，正觉得奇怪，突然听见有人对它说："图克拉，你醒啦，太好啦！"然后在它脸上狠狠亲了一下。

图克拉一听，是安安公主的声音，高兴极了，说："公主，你在哪里，我怎么看不见你呀？"

"你等一下。"安安公主放下图克拉，去架子上拿已经装好的魔药，喝了一口，然后全部放进了自己的包里。于是安安公主又现身了，转过身去，却发现小狼图克拉在半空中蹬着脚，舌头长长地吐在外面，正在痛苦地挣扎，好像有个什么东西掐住了它的喉咙。

安安公主一看，发现小巫婆不见了！原来小巫婆最后一个被迷香迷倒，她看见两个姐姐倒在了地上，连忙捂住了鼻子，可是已经来不及了，她也中了迷香，只是没有那么严重，仅仅是没有了法力。她听见安安公主的脚步声，马上明白是安安公主放了迷香，于是也倒在地上假装被迷晕了，还讲胡话来迷惑安安公主。趁安安公主救小狼的时候，她马上把还没装进瓶子的魔药喝了下去，隐身之后，又趁安安公主拿魔药的时候跑去抓住了小狼图克拉。

安安看见小狼图克拉抓住了，又看见小巫婆不见了，立即猜到了是怎么一回事，她非常镇定，对小巫婆说："你放了图克拉，我就把独角兽犄角的粉末给你。"说完就把那包粉末举在头顶。

小巫婆看见粉末，手放松了小狼。只听安安公主喊："图克拉闭上眼睛！"安安公主飞起一脚，铲起地上的尘土，尘土扬进小巫婆的眼睛里，她赶忙放开图克拉去揉眼睛，张嘴一声惨叫："哎呀，我的眼睛！"

安安公主趁这个机会，掏出一整瓶魔药向小巫婆的方向洒去，一些魔药洒进小巫婆的口中，小巫婆马上现身了，安安公主上前，小狼图克拉也来帮忙，把没有法力的小巫婆扑倒在地，然后和其他两个巫婆绑在一起。安安公主抱起小狼，踩踩脚，飞快地离开了山洞。

十五

不一会儿工夫，安安公主他们已经来到了月亮国城外的山坡上，安安公主向城里望去，只见月亮国周围的森林全被砍光了，光秃秃的一片，只有月亮城孤零零地耸立在一片荒地上。城堡戒备森严，城墙上密密麻麻的士兵在巡逻，城门口紧闭。门外还站着很多守卫。安安公主心想，怎么进城呢？

想着，安安公主想起那个水晶球，于是把水晶球拿了出来，问道："圣洁的水晶啊，请你告诉我，我们应该怎样进入月亮城救出我爸爸呢？"水晶球发出一道刺眼的光芒，然后慢慢浮现出一幅画，黑洞洞的，什么一没有，什么也看不见。

安安公主觉得很奇怪，怎么什么也看不见呢？于是又问水晶球："圣洁的水晶啊，请你告诉我，我们应该怎样进入月亮城救出我爸爸呢？"水晶球又发出一道刺眼的光芒，然后慢慢浮现出一幅画，还是黑洞洞的，什么也没有，什么也看不见。

安安公主和图克拉正在纳闷，图克拉对她说："神女这个水晶球不会是假的吧，我们把它扔了吧，一块大石头，那么重，什么用都没有。"

正说着，面前的土地突然开始隆起，越隆越高，垒起一个小小的土堆，突然一小团土探出来，上面是两个小洞，里面有两个绿豆似的小眼睛闪着光。小土团甩了甩，露出小土拨鼠可爱的小脑袋和一双大板牙，安安公主和图克拉惊喜地扑过去把小土拨鼠从土里拽出来大叫："小土拨鼠，原来是你呀！！"

小土拨鼠也很高兴，抱着安安公主和图克拉说："呵呵，可找着你们啦！"

原来呀，小动物们不放心安安公主和小狼图克拉，很想去和公主他们一起去救大胡子阿鲁，可是雪山太高了，谁也爬不过去，快嘴八哥突然想到，说："我们可以让小土拨鼠从地底钻过去，说不定可以追上安安公主和小狼图克拉。"

小动物们都很兴奋，说这是个伟大的计划，于是搬来许多食物，给小土拨鼠带上，送它上路了。小土拨鼠在地里往月亮国的方向爬了两天，饿了就吃小动物们带的食物，渴了就喝地下河流的水，正喝着水，突然听到头顶上安安公主和小狼图克拉的对话，于是就钻了出来。

安安公主正在为见到小土拨鼠而高兴，突然想起水晶球的提示，对呀，可以跟着小土拨鼠从地底下钻洞进入城堡，这样月亮国国王和卫兵们一定发现不了。原来水晶的提示是让我们从地底下进入城里。安安公主就把她的想法和图克拉、土拨鼠说了，小狼图克拉说："是我错怪水晶球了，我怎么没想到呢？"

小狼和小土拨鼠赞同后，安安公主便拿出神奇地图，地图显示出月亮国城堡的地形来。安安公主看到国王的宫殿在最中央，旁边就是关押囚犯的牢房，厚厚的石墙。那么多间牢房，爸爸关在哪一间呢？安安又拿出水晶球来，问："圣洁的水晶啊，请你告诉我，爸爸大胡子阿鲁被月亮国坏国王关在了哪里？"水晶球金光一闪，慢慢呈现出一个巨大的城堡，上面是一座高塔，塔楼上，大胡子阿鲁正站在窗口望着雪山那边大森林的方向叹气。

安安公主看见大胡子阿鲁不禁失声叫道："爸爸！"水晶球里的影像消失了，她看了看地图，原来爸爸被关在城堡的最高处的塔楼里。安安公主看着地图，和小狼图克拉、小土拨鼠制订了救人计划。

太阳下山之前，三个小朋友坐在月亮国城外的小山坡上，吃了些干粮，喝了水，休息了一阵，决定开始营救计划。小土拨鼠在地上挖了个洞，钻了进去，跟着是安安公主，最后是小狼图克拉，三个小家伙就这样消失在我们的视野里，从地底向城堡前进。

十六

地底下黑洞洞的，伸手不见五指，小土拨鼠在前面勤奋地挖着挖着，为了让大胡子阿鲁到时候能够钻出来，安安公主和小狼图克拉还专门把洞挖得大些。挖着挖着，也不知道挖了多久，安安公主和小狼图克拉都累极了，小狼图克拉说："我们休息会儿吧，我现在不光是一只吃素的小狼，还是一只'土拨鼠'小狼了呢。"说完，吐吐舌头。

安安公主说："图克拉，你热吧，渴了吧，这里还有些牛奶，喝了吧。"说完，摸索着要递给图克拉。

图克拉说："公主，你不热吗？"

安安公主说：“呵呵，我脱了羽绒衣就不热了，可不像你啊，厚厚的毛皮可是脱不下来的。”

小土拨鼠突然说：“我们到了城里了，上面就是王宫。向上挖吧。快挖。”不一会儿，安安公主突然用手比在嘴唇上：“嘘——你们听，好像是爸爸的声音。”大家安静下来，听见大胡子阿鲁在骂那些士兵：“你们这些坏蛋，为了坏国王，破坏森林，屠杀小动物，我一定不饶过你们！”原来他们已经挖到了国王的宫殿下面。

安安公主说：“让我们来看看爸爸现在怎么样了。”说完，拿出水晶球。

只听安安公主对水晶球说：“圣洁的水晶啊，请你告诉我，爸爸现在怎么样了。”水晶球发出一道闪光，慢慢浮现出景象来。安安公主奇怪地发现，爸爸被带到了月亮国国王的王宫，国王坐在宝座上，黄金做成的宝座上镶满了各种宝石，上面还垫着兽皮。国王头戴王冠，手拿权杖，身上穿着华丽的天鹅绒外衣，内里全是动物的毛皮。国王一双手的每个手指上都套了戒指。小狼图克拉在一旁数着：“一、二、三、四、六、七、八、九、十、十一，哇，乖乖，这个坏国王戴了那么多戒指，十一个戒指，每个手指都带了一个，不得了，国王居然有十一个手指头！”

安安公主说：“你数错啦，是十个手指头。嘘——爸爸被带过来了。”

只听一阵杂乱的脚步声，一帮士兵前呼后拥地把大胡子阿鲁押进了王宫。一个人在前面拉着阿鲁的长胡子，其他人在后面推着他。大胡子阿鲁被一条粗粗的大绳子绑得结结实实，一路骂着：“你们这些坏蛋，为了坏国王，破坏森林，屠杀小动物，我一定不饶过你们！！”

只见坏国王一听大胡子阿鲁骂他，跳了起来，用权杖指着大胡子阿鲁说：“这是什么人？竟敢骂我！”

前面拽胡子的士兵“扑通”一声跪倒在地，毕恭毕敬地说：“尊敬的国王陛下，就是这个大胡子阿鲁，他在森林里阻挡我们捕捉小动物，还反抗，用箭射死了我们两个狩猎者。”

坏国王刚要说话，大胡子阿鲁大声说道：“你们这些人，你这个坏国王，为了王位你干了多少坏事？为了不让无尚国剥夺你的王位，现在月亮国附近土地上的森林全都被砍伐光了，小动物们没有了栖息之所，还有更多的小动物们都被杀死了，现在你又要破坏雪山那边的森林！我是绝对不允许你这样做的！只要有我大胡子阿鲁在，就不让你们杀一个动物，砍一棵树！”

十七

国王听完大胡子的话，疑惑地抓抓下巴，眼珠骨碌一转，说：“你让我想起一个人，一个被我赶出月亮国的人。你到底是谁？！”

大胡子阿鲁大声说：“我是谁？我就是你的亲弟弟，被你赶出王国的弟弟。”

在场的人都惊呆了，上了年纪的大臣们仔细打量了大胡子阿鲁，说：“真是小王子啊！小王子回来了！”

刚刚还押着大胡子阿鲁的士兵们纷纷把手放开，跪倒在地，拽胡子的士兵更是匍匐在地上向大胡子阿鲁赔罪，众人纷纷说道：“小王子，小王子回来啦，我们再也不用担心被无尚国侵略啦。”

国王也惊呆了，等他回过神来，发现大胡子阿鲁竟然被众人膜拜，气得他那短短的胡子都翘了起来。他举起权杖对众人说：“你们都给我住口，他是个囚犯，不是什么小王子！赶快把他押回他的牢房！”

士兵们听了国王的命令，看看他们心中的英雄小王子，又看看气得吹胡子瞪眼的国王，站在那里不知道该怎么办。

国王拿出权杖，指着大胡子阿鲁喊叫：“现在我是国王，你们，赶紧把他带回牢房！！否则我就砍你们的头！！”

士兵们害怕了，只能照办，大胡子阿鲁轻蔑地吹着口哨，和士兵们回到了塔楼上，不过士兵们没有绑着他，而是小心翼翼地带着他走回塔楼。

宫殿的地底下，我们的三个小家伙看着水晶球，小狼图克拉和小土拨鼠你看看我，我看看你，接下来该怎么办呢？它们都转过头来看着安安公主。安安公主说：“先别出声，你们听。”

只听国王对大殿里的大臣们说：“你们下去吧。”

安安公主对水晶球说：“圣洁的水晶啊，请你告诉我，坏国王现在在干什么？”水晶球发出一道闪光，慢慢浮现出大殿里的情形。大臣们都退下去了，这是国王说道："把那个人带上来。"门外的士兵们带上来一个人，踉踉跄跄地走了进来，"扑通"一声跪在地上，大声喊："国王陛下！"

安安公主和小狼图克拉大吃一惊，这个人他们都认识，就是矮胖子，一身衣服被树枝划成一绺绺的破布条披在身上，头发乱得像鸟窝，上面还真被小鸟拉了鸟屎，大饼脸上却是青一块紫一块的，看来他从森林里走出来可是费了很大的劲儿。可是他一双小绿豆眼却闪着贪婪的光。

国王冷笑一声，说："哼，我派你和高瘦子去找动物，你一只动物也没给我抓回来，一个人弄成这副样子回来了，高瘦子呢？"

十八

矮胖子一听国王问起高瘦子，想起那个恐怖的湖，打了个激灵，说："我们走在森林里找动物，可是不知被什么人施了魔法，那些动物全都不见了，这个时候突然出现一个小女孩和一个小狼仔，说是护林员的女儿，她一听我们是国王您派来的，就说可以带我们去找动物，谁知道她把我们骗到一个恐怖的大湖边上，自己跑掉了，高瘦子被湖里的妖怪给吃掉了。我费了好大的劲儿才走出森林。"

"慢着，你说护林员的女儿？"国王问道。

"是的，一个很漂亮很狡猾的小姑娘，带着一只小狼，那只狼很凶恶，见人就咬。”矮胖子说。

图克拉听见，生气极了，说：“骗人！我才没有，安安公主也是个很聪明的女孩，对付你这样的坏人，就要那样！我谁都不咬，就咬你！矮胖子！！”

安安公主并没有生气，只听国王对矮胖子说：“现在大胡子阿鲁被士兵们抓了回来，我感到很忧虑啊。”

矮胖子献媚说：“一个护林员还需要国王您忧虑吗？”

国王说：“你不知道啊，那个护林员本来是我的兄弟——小王子，因为他太优秀，太有威信了，我怕他会夺走我的王位，所以就用计把他赶走了。谁知道你们这些蠢蛋把他抓了回来，这下，那些人一旦拥戴他，我这个国王可就做不成了。”

矮胖子眼睛骨碌一转，对国王说：“那就把他——”然后用手在脖子上一比画。

安安公主和小狼图克拉一惊，矮胖子竟然要把大胡子阿鲁杀死？！只听国王说：“这——不好吧，他毕竟是我弟弟。”

矮胖子恶狠狠地说：“为了国王，我什么都愿意做，如果国王您下不了手，那就交给我来处置吧。”说着从破衣服的兜里拿出一个纸包，打开，里面装着白色的粉末，然后对国王说：“这是用世界上最毒的毒蛇的毒液提炼出来的毒药，把它放在水里，无色无味，喝下去必死无疑。”

国王害怕地往后躲了躲，低下头想了想，摆摆手说：“那，你去办吧，就今晚。”

矮胖子奸笑着走了出去。

安安公主和小狼图克拉大吃一惊，安安公主对两个伙伴说：“不好，爸爸有危险！我们得赶快挖，去救爸爸出来。”小土拨鼠和小狼图克拉赶紧挖地道。

突然矮胖子又折了回来，对国王说：“陛下，在我回来的路上，翻过雪山的时候有一个重大发现！”

小狼图克拉和小土拨鼠都停下了动作，安安公主说：“图克拉你留在这里等我们，监听国王；小土拨鼠，我们继续挖地道去救爸爸。”于是小狼留在原地，安安公主和小土拨鼠继续前进。

十九

宫殿里，国王一听，问道：“你有什么重大发现？”

矮胖子看了看四周，没有其他人，他压低了声音，说：“国王陛下，我路过雪山神女宫殿的时候，发现了她的花园里有一只独角兽。”

“独角兽？”国王没看过什么书，他第一次听说这种动物：“独角兽是什么？”

矮胖子得意地说：“独角兽锐利的角有着奇异的魔力，从角上锉下来的粉末可以解百毒，服下粉末即可抵御疾病、百毒不侵，更能够起死回生。如果陛下能够拥有这样神奇的角，就能长命百岁，长长久久地做国王了！”

国王一听，眼睛直放光，对矮胖子说：“怎样才能得到独角兽的角呢？”

矮胖子被问住了，皱皱眉头，他也不知道怎样才能得到独角兽的角。

国王摆摆手说：“你先去把那件大事办了，这件事以后再说也不迟。去吧。”

矮胖子鞠了一躬，退了下去。

太阳快下山了，安安公主和小土拨鼠很快就挖到了塔楼下面，小土拨鼠用它灵敏的听觉和挖地道的经验，在塔楼楼梯的下面挖了个洞钻了出来。安安公主钻出地面，觉得火把的光亮非常刺眼，好一会儿才恢复正常。她看了看四周，塔楼的门从外面锁上了，楼梯盘旋着向上通到顶楼的塔尖。爸爸就被关在那里。安安公主背好身上的宝物，对小土拨鼠说：“小土拨鼠，你就在这里等我们。如果太阳下山了我还没有把爸爸救出来，你就在外面的花园里挖一个洞。”

小土拨鼠点点头，对安安公主说：“公主，你要小心一点，祝你顺利。”

安安公主也点点头，跺跺脚，飞一般地向顶楼跑去。快到顶楼了，安安停了下来，从楼梯的缝隙往上看，爸爸的牢房房门紧闭，从外面锁住了，门口还站着两个彪形大汉，看守着。怎么进去呢？安安想着。这时，突然传来一阵脚步声，脚步声越来越近了，安安看看下面，又看看上面，有人来了，上去，是守卫，下去又会被人撞见，怎么办？安安突然想起了巫婆的隐形魔药，赶紧掏出一瓶，喝了一口。安安刚刚喝下魔药隐身，一个端着盘子的人就走了上来。来人从安安面前走过，安安这才看出来，原来是矮胖子。他换了一身衣服，洗掉了头上的鸟屎，端着一个盘子，里面装着食物，面包和葡萄，还有一杯牛奶。

二十

两个守卫看见矮胖子，拦住他说："你是干什么的？"

矮胖子说："我是给囚犯送食物的。"

两个守卫仔细检查了一下盘中的食物，看了看没什么问题，就打开门放矮胖子进去，然后关上了门。

矮胖子来到房间里，大胡子阿鲁正站在窗口看着雪山沉思，听见矮胖子进来，转过身去。

矮胖子对大胡子阿鲁说："尊敬的小王子殿下，这是您的晚餐，请慢用。"

大胡子阿鲁说："我现在不饿，你先出去吧。"说完，转过身去继续看着雪山发呆。

矮胖子说："您还是赶紧吃了吧，等下牛奶就会凉了的。"

大胡子阿鲁说："我不饿。你先下去吧。不要继续待在这里了，对你没好处。"

矮胖子没有办法，只得走出去，关上门之前看了看牛奶，又看了看大胡子阿鲁，叮嘱一句："小王子殿下，请您一定要趁热喝了牛奶啊。"然后就把门关上了。

大胡子阿鲁走过去，拿起牛奶刚要喝，只听耳边传来女儿安安公主的声音：“爸爸，我是安安，别出声，这个牛奶有毒，千万别喝。”

大胡子阿鲁非常镇定，他把牛奶放回桌上，对安安公主的方向，说：“安安？你在哪里，我怎么看不见你呢？”

安安公主又喝了一口魔药，现身了，跑上去拥抱爸爸，她太想太想爸爸，太担心爸爸了，然后对大胡子阿鲁说：“我喝了隐形魔药，现在没时间跟你解释了，我们得赶快逃出这个地方。”

二十一

大胡子阿鲁说：“门锁上了，我们出不去啊。”

安安公主说：“我们可以从窗户出去。”

大胡子阿鲁走到窗户前面，往下一看，高高的塔楼离地面可远可远了，跳下去必死无疑。大胡子阿鲁对安安公主说：“太高了，我们跳不下去啊。”

安安公主对大胡子阿鲁说：“可以用你的胡子爬下去啊。”

大胡子阿鲁看看自己的大胡子，这大胡子可长可长了，世界上没有任何一把尺子可以量出它的长度。安安早就帮爸爸把胡子编成一条长长的辫子盘在腰间。大胡子阿鲁说：“安安真聪明啊，赶快来帮爸爸把胡子辫子解开。”

安安帮爸爸解下胡子辫子，对大胡子阿鲁说：“爸爸，你也喝下魔药吧，这样我们就不会被士兵发现了。”说完抓住大胡子阿鲁的手递给他一个瓶子，又说：“喝一口就隐身，再喝一口就现身。”

大胡子喝下魔药，隐了身，把隐形胡子从窗口放下去，安安公主对大胡子阿鲁说：“我先爬下去了。”然后她也喝下魔药隐身，摸索着从隐形胡子爬下来，不一会儿就爬到了地面。大胡子阿鲁把胡子收上来，把最前面的胡子绑在屋子里的柱子上，然后慢慢爬了下去。来到地面上，大胡子阿鲁小声呼唤安安公主：“安安，你在哪里？”

安安公主说：“我在这里。爸爸，你爬下来了啊，我们快走！”

大胡子阿鲁说：“不行啊，我的胡子还绑在房间的柱子上啊，快把腰刀递给我，我把胡子割断。”

安安公主这才想起来，爸爸的胡子还绑在房间的柱子上，怎么能逃走呢？于是递给大胡子阿鲁腰刀。大胡子阿鲁割断胡子，对她说：“我留了那么长的胡子，这下可全都没有咯。”

安安公主对爸爸说：“爸爸的胡子还会再长出来的，牵着我的手，我们去花园找小土拨鼠挖的地洞就可以逃出城堡了。”

安安公主领着爸爸来到国王的花园，一路上守卫门全都没有发现他们。他们在一棵大树底下发现了小土拨鼠挖的洞，上面放着一片克力叶，这种只有在大森林里才有的神奇叶子是安安公主和小土拨鼠约定的记号。安安公主和大胡子阿鲁从地洞钻了进去，把洞口封好，去和小土拨鼠、小狼图克拉会合。

二十二

矮胖子在大胡子阿鲁的门外等了好一会儿，心想大胡子阿鲁应该把那杯牛奶喝掉了，于是叫两个守卫打开门。矮胖子进去一看，盘子里的食物和牛奶原封不动地放在桌子上，大胡子阿鲁却不见踪影了。

这可怎么办，人不见了！矮胖子连忙喊两个守卫进来，守卫进来一看，大胡子阿鲁不见了！他们在整个屋子里找来找去，什么人影也没有。矮胖子走到窗前往下一看，连忙捂住眼睛，他有恐高症，一看见那么高就头晕，心想大胡子阿鲁绝对不是从窗户逃出去的，难道他会飞？

一个守卫被大胡子阿鲁的胡子绊倒了，他回头看看，什么也看不见，觉得奇怪。这时，另一个守卫也被大胡子阿鲁的胡子绊倒了，他用手小心翼翼地探过去，摸到大胡子阿鲁毛茸茸的大胡子，吓得叫了起来。

矮胖子赶忙去报告国王大胡子阿鲁不见了。

矮胖子来到国王的宫殿，要求求见，国王让他进去，矮胖子一见到国王就“扑通”一声跪倒在地，对国王说：“陛下，大胡子阿鲁逃走了！”

国王大吃一惊，站起来说：“不可能！他怎么可能逃走呢？”

矮胖子说：“也不知道他施了什么魔法，我给他端去放了毒药的牛奶，可是他说不饿，不想吃，让我出去，可是等我再进去一看，他就不见了。”

国王想了想说：“也好，他逃走了也好，这样我就用不着杀了他来保全自己的王位了。”国王想了想，又说：“那么，我们来想想怎么样拿到独角兽的角吧。”

矮胖子正想着，突然一个士兵进来报告，说：“国王陛下，有三位女士求见。”

国王觉得奇怪，问：“三位女士？怎样的三位女士？”

只听见门口传来一阵怪异的笑，让人毛骨悚然：“哈哈哈哈，尊敬的月亮国国王陛下，我们三姐妹能够为你拿到独角兽的角。”

二十三

当三个神秘访客造访皇宫的时候，安安公主和大胡子阿鲁也正要赶去和小土拨鼠它们会合，黑黑的地道弯弯曲曲。

“爸爸，前面有亮光，我们过去看看？”在一个岔路口，安安公主发现其中一个岔路尽头有亮光，就问大胡子阿鲁。

大胡子阿鲁说：“好啊，去看看发生了什么事情。”

于是两个人向亮光的地方前进。走着走着，听到了一个男子的声音从光亮处传来，只听他说：“我是王子，你们竟然敢把我关起来？！放我出去，你们这些蠢货！”

安安公主和大胡子阿鲁走近一看，发现小土拨鼠在洞口向外张望，看见他们来了，“嘘——，别出声，这里有个王子。”

安安公主和大胡子阿鲁向洞外张望，原来小土拨鼠从城堡的另一个宫殿底下经过的时候，听见王子的喊叫声，于是在宫殿的桌子下面挖开了一个出口。

只见一个个子高挑、衣着华丽的英俊少年砸着门，对外面的人喊叫："放我出去，你们这些蠢货！"

只听门外的卫兵恭敬地对王子说："王子殿下，明天您就要迎娶我们月亮国的公主啦，今天请您下榻在此，鉴于贵国国王的御命，我们必须请您在这儿待着直到明天太阳升起，请您好好休息，无尚国王子殿下。"

原来月亮国国王因为森林快砍完了、动物快抓完了，为了巩固自己的王位，减免进贡的供品，要把自己的女儿嫁给无尚国国王的儿子，就是这位王子。可是月亮国国王的女儿是远近闻名的丑陋、狠毒，有一天她出外郊游，一个农民看见这样丑陋的公主，就说了一句："天呀，我今天算是见着比癞蛤蟆更丑的人了。"月亮国公主听见了，马上下令让人割了农民的舌头，还下令把全国上下所有的癞蛤蟆都抓起来处死，结果那年没有癞蛤蟆捉虫子，庄稼颗粒无收。无尚国国王当然知道这点，可是为了能继续控制月亮国，并且得到月亮国国王许诺的一大片森林，他觉得让王子委屈一点也不算什么，就答应了这门亲事。可无尚国王子怎么也不同意，于是从来迎亲的路上到抵达这个宫殿，一直吵闹反抗。国王只好派卫兵看守，生怕王子会逃走，坏了他们的好事。

无论王子在里面怎么喊叫，卫兵就是不开门。这个宫殿非常华丽，有各种宝石镶嵌的床，还有椅子，天鹅绒的窗帘，可是窗帘后面没有窗却是墙，简直就是一座华丽的监狱。王子的剑被拿走了，他没有办法打开门。

二十四

安安公主和大胡子阿鲁他们看见王子痛苦的模样，决定救他出来，于是从地下钻了出来。王子一看见这个突然出现的女孩吓了一大跳，然后哈哈大笑起来。安安公主很奇怪地说：“你笑什么呀，我们是来救你的。”

王子好不容易忍住笑，拿来一条毛巾，对安安公主说：“勇敢的小姐，如果不是您说话的话，我还真不知道您是位小姐呢，你看看，浑身都是土，只有两只眼睛在那里眨着，一张小猫脸，哈哈。”

安安公主走到镜子前面一看，果然，浑身上下都是土。她不好意思了，赶忙用毛巾擦擦干净，对王子说：“尊敬的王子殿下，我们快走吧，我们可以救你出去。”

王子就跟着他们进入地道。一行人去和小狼图克拉会合。终于来到小狼图克拉等候的地方。小狼告诉他们一个惊人的消息，原来那三个神秘来客就是巫婆姐妹三人，她们因为安安公主拿了飞靴、地图、魔药这些法宝而追踪至此，因为知道月亮国国王和矮胖子的计策，所以决定利用月亮国国王和矮胖子去雪山神女那里夺取独角兽的角。小狼图克拉焦急地说：“你们怎么才来呀，他们已经出发去找雪山神女了。”

大胡子阿鲁说：“我们快去追他们，小安安，你有飞靴，抱上图克拉快去给神女报信。王子殿下，你是要回去你的国家，还是……”

王子说：“我要和你们一起去，虽然我还不大清楚你们是什么人，但是我相信你们是好人，况且你们救了我，只要是我能帮忙的，我一定帮到底。”

于是，安安公主抱着小狼图克拉赶在巫婆和月亮国国王前面到达了雪山神女的神殿，把巫婆他们要来的事情告诉了她。雪山神女听了，低头沉思了一阵，然后在水晶魔镜里看到巫婆他们正从月亮国向着雪山进发，并且还带了一大帮军队，于是决定把独角兽转移到一个安全的地方。转移到哪里去呢？

安安公主想了想说：“我有个地方可以藏，不过，那个地方也不是很安全，但是神女一定可以把那个地方变成安全的地方。”

神女说：“你快说，是什么地方？”

安安说：“那是我和爸爸居住的森林深处的一个湖泊，曾经淹死过大象，而且矮胖子也亲眼看见自己的同伴高瘦子被湖里的妖怪拖下水去，他们绝对不会去那里。”

神女说：“既然湖里有妖怪，那独角兽怎么会安全呢？”

安安说：“你可以用你的神力，把湖水冰冻起来，这样妖怪就不会抓到岸边的独角兽了。”

神女连连夸安安公主聪明，于是连忙召集侍从把独角兽转移到森林里去。刚送走独角兽和神女，安安公主马上来到水晶魔镜前面，对魔镜说："圣洁的水晶石呀，请你告诉我，坏巫婆带领着月亮国国王的军队现在何处。"魔镜慢慢呈现出几千人的军队，队伍前面是国王一身盔甲坐在战车上，瘦瘦的身子穿着不合身的盔甲晃晃悠悠的，小脑袋上的头盔歪着，而一旁的矮胖子在战车旁边走着，大大的肚皮露在盔甲外面，一身肥肉，笨拙地跟在国王身边，抹着汗。

那三个巫婆呢？穿着黑色的斗篷，拄着魔杖，一声不吭地跟在队伍后面。安安公主看着这些坏巫婆，不由得打了个寒战。小狼图克拉一看到巫婆就狂叫起来："这些坏巫婆，坏巫婆！"还要扑上去咬她们。

安安公主连忙安慰它说："这是镜子里的幻影，真正的巫婆已经快到雪山脚下了，我们得想个办法应战才行。"

可是雪山神女已经和她的侍从们带着独角兽去了森林深处，大大的神殿空无一人，安安公主想，要怎么样才能阻止巫婆他们呢？

二十五

这时，安安公主来到水晶魔镜前，对魔镜说："圣洁的水晶石呀，请你告诉我，我的爸爸大胡子阿鲁和王子，还有小土拨鼠怎么样了。"镜子里，大胡子阿鲁和王子正在追着国王的军队，小土拨鼠看样子已经回大森林了。

安安公主对小狼图克拉说："我去和爸爸会合，你躲在这里，千万别让巫婆她们发现了。"安安公主想了想，把一直挂在脖子上的狼牙口哨摘下来给小狼图克拉戴上，说："这是独眼狼首领送给我的，你一吹它，无论多远，独眼狼和它的狼群就会来帮助你的。"然后给小狼图克拉喝下隐形魔药，留下一小瓶魔药给小狼现身用，自己也喝下魔药，穿着飞靴跺跺脚，去和大胡子阿鲁他们会合。

不一会儿，安安公主就在半山腰上看见国王和他的军队，好几千人的队伍，拖得老长老长，士兵们都忽冷忽热的，看看矮胖子就知道，走了一会热了，歇了一会儿又冷了，因为，离山顶越来越近了。安安从一旁经过，似乎没人察觉，于是她继续往回走，终于看见了大胡子阿鲁和王子。

安安公主喝下魔药现身，王子大为吃惊，说："你是仙女吗？会魔法？"

安安公主调皮地说："是呀，我的名字就叫安安公主，是个仙女。"

大胡子阿鲁说："现在情况怎么样了，通知了雪山神女吗？独角兽藏好了吗？"

安安公主把和神女见面的经过都说了，大胡子阿鲁摸摸安安公主的头说："干得好呀。这招是空城计啊，可是到时候巫婆他们看到一座空城，气急败坏地要破坏神殿怎么办呐？"

安安公主知道这是非常有可能的，这时，王子拔出他的剑说："让我来和他们战斗！保卫神女，保卫神殿，捍卫正义！"

安安举起自己的小匕首说："对，让我们来战斗，捍卫正义！"

大胡子阿鲁、安安公主、王子向神殿进发。走了没多久，果不其然，巫婆他们找不到神女也找不到独角兽，开始使用大炮轰神殿，神殿是用冰雪砌成的，不一会儿就被大炮轰了一个巨大的缺口。士兵们冲了进去，抢夺神女的宝藏。安安公主他们喝下最后一点魔药——当然还留了解药，看见士兵们哄抢神殿里的水晶，花园里，安安公主最喜欢的水晶苹果一个个掉在地上碎了。

矮胖子把头盔摘下来，装了一头盔的水晶过去献给国王，国王说："没找到独角兽，有这些财宝也不错啊。"

巫婆们却非常不高兴，非常失望，她们决定，挖地三尺都要把独角兽找出来，于是叫士兵们开始摧毁神殿。一边在想，神女把独角兽们都藏到什么地方去了呢？

二十六

这时候，只听一声尖利的哨声"嘀——"响过，原来小狼图克拉躲在神殿里，神殿被炮轰后，小狼图克拉被倒塌的柱子压在下面，动弹不得，士兵们来了，图克拉只得吹起狼牙口哨求救。

士兵们听见哨声愣了一下又继续抢东西，隐身的大胡子阿鲁和王子一前一后，把士兵们一个个击倒，击昏。安安公主听到哨声，知道是图克拉在求救，于是连忙朝发出哨声的方向跑去。她来到神殿里，发现有根柱子倒塌了，小狼图克拉在柱子下面疼得嗷嗷直叫，安安公主说："图克拉，快把药水喝下，我才能看见你，才能救你啊。"

小狼图克拉喝下药水现了形，安安公主用尽全力才把柱子移开一点点，把小狼图克拉救了出来。这时，安安听见三个巫婆要走进来，连忙把小狼图克拉藏进衣服里。

只听大巫婆说："神女怎么会不在这里，难道是有人给她送了信？"

二巫婆说："一定是的，不然怎么会留下一座空城给我们？"

这时小巫婆指着水晶魔镜大叫："原来她就是通过这块镜子找到我们的，我们也要通过这块镜子找到她。"

"咒语呢，咒语该怎么念呢？"大巫婆想了半天想不出来。二巫婆绕着镜子走了一圈，突然发现在镜子背面刻着："圣洁的水晶石啊，请你告诉我我想要知道的事情。"于是就照着念了一遍，魔镜上面立刻显示出神女和独角兽的身影，他们已经到达湖边。

安安公主一想，不好，不能让她们发现独角兽和神女的踪迹，于是捡起一块碎落的大水晶向镜子砸去，"哐当"一声，水晶魔镜碎在地上，变成几千几万片。

巫婆们大吃一惊，挥舞着魔杖，对准安安公主，念念有词。

二十七

巫婆们念起咒语，瞬间大片大片的雪白色的羽毛落下来，落在宫殿的地板上，落在倒下的柱子上，当然也落在了安安的身上和头上。这是些什么羽毛啊，上面是一层黏糊糊的糖浆，全都粘在了安安的身上，于是安安就像只白色的小鸟出现在巫婆们面前。

大巫婆说：“我就知道是你这个小坏蛋！”

图克拉跳下地，冲着巫婆们龇牙咧嘴，要扑过去，又被巫婆用魔杖打倒在地。

安安公主知道自己藏不了，干脆喝下解药，对巫婆说：“坏蛋说是坏蛋的人，一定就是好蛋！”

巫婆们用咒语把羽毛变没了，把安安公主和小狼图克拉用绳子捆了起来。出了神殿，巫婆们惊恐地发现，已经现了形的大胡子阿鲁和王子把好多士兵都给打昏在地了，最最令她们害怕的不是这些，而是在国王的战车周围有一大群龇牙咧嘴的狼，其他没有被大胡子阿鲁和王子打昏的士兵都被狼群吓跑了，逃回月亮国去了。国王坐在车上昏了过去，矮胖子紧紧地抓住国王的车轱辘，浑身发抖，还尿湿了裤子。

安安公主一眼就认出了独眼狼首领，小狼图克拉喊道：“首领，我们在这里！”

巫婆们连忙抓紧安安公主和小狼图克拉。大巫婆说：“你们统统住手，否则我就把这两个小东西变成癞蛤蟆！”

大胡子阿鲁和王子只好停下来，狼群们看着安安公主，只见安安说：“你们不要管我，千万别——”话还没说完，就被小巫婆施了魔法，不能说话了。

安安和小狼图克拉成了人质。巫婆从安安公主身上搜出了地图，拽下她脚上的飞靴，老树根她们可看不上眼，任由它别在安安公主的背上。让她和小狼图克拉觉得奇怪的是，水晶球在碰到巫婆的手的时候变成了一块其貌不扬的黑色石头。安安公主心想，巫婆她们实在太坏了，水晶球宁愿变成石头也不愿为她们所用。巫婆自然没有理会这块普通的石头，让它继续待在安安公主的口袋里。

巫婆说：“你们带我们去找雪山神女和独角兽，否则我就把他们两个变成癞蛤蟆！狼群，都给我散开！不许跟在我们后面，否则，你们的朋友就会一命呜呼！”小巫婆掐着小狼图克拉的脖子说。

狼群没有办法，只有散开，矮胖子见狼群散开，顾不得自己一身臭烘烘，就跪倒在巫婆姐妹三人面前，说：“谢谢三位法力高强的女士救了我，我一定为你们做牛做马……”

大巫婆不耐烦地摆摆手，说：“你只要把你们的国王弄回月亮国就行了。”国王其实是装晕，听见巫婆们叫他回家，马上跳起来说：“不行，我要得到独角兽的角，长生不老，永远做国王。”

大胡子阿鲁冷笑一声说：“无尚国见国中没有国王，没有军队，怕是早就占领了月亮国了，你还想着做国王？我一定要把侵略者赶出去！”

二十八

一旁的王子觉得很惭愧，说："我会帮助你们的，父王这样的做法实在不好。"

小巫婆不耐烦了，说："要去就一起去吧，矮胖子，你来拉国王的战车，看他的样子也走不了什么路，大胡子你们在前面带路。独眼狼，带着你的狼群走吧，不要跟着我们，听见了吗！？"

没有办法，大胡子阿鲁和王子只有走在前面，后面跟着巫婆三人押着安安公主和小狼图克拉，接着是矮胖子和月亮国国王，一行人向森林深处走去。一路上看不见小动物们的踪影。细心的安安公主发现，路边的草丛的土下面有轻轻地拨土声，她放心了，原来小土拨鼠一直跟着他们，不过是在地底下。知道安安公主被巫婆捉住后，小土拨鼠立即给森林里的小动物们送了信，让它们全都躲起来。

大胡子阿鲁非常清楚那个湖在哪里，一行人走了一天来到了湖边，可是安安公主、大胡子阿鲁、小狼图克拉、王子都惊讶地发现，湖面并没有结冰，也看不见独角兽和雪山神女的踪影！湖面静静的不起一丝波澜，周围的森林里不时传来一两声乌鸦的呱呱声，到处弥漫着一层轻薄的雾气。

一行人站在湖边，四处张望，周围看不到一只动物，甚至连动物的爪印都没有，巫婆们显然很生气，月亮国国王也很失望。巫婆给安安解了咒语，安安公主总算可以开口讲话。大巫婆问："神女他们究竟藏在哪里？！"

"神女确实来到了湖边，你们在魔镜里面都已经看到了啊。"安安公主说。虽然她装作一副满不在乎的样子，可是她心里比巫婆还着急，神女和独角兽他们去哪了呢，难不成被湖里的妖怪们吃掉了吗？

这个时候，安安公主突然觉得自己腰间的小包里面有个东西在跳动，突然一道亮光从安安的小包里射出来，一个发光的小球蹦出来直接升到了半空中，小狼图克拉不禁叫起来："看！是水晶球！"

水晶球在半空中发出万丈光芒，三个巫婆立即被水晶球的光芒照得趴在了地上，变成了三只癞蛤蟆，扑通扑通跳到森林里去了，马上有一条大蛇过来把她们吃掉了，爬进了森林！飞靴和地图掉在了地上，安安公主把它们捡起来放在身上。月亮国国王这回是真的晕了过去，矮胖子只好背起他。水晶球继续在半空中旋转，发出温暖的光芒，湖水慢慢分成了两半，中间居然出现了一个通道，有一个好多级好多级的台阶一直通到湖底深处看得见光亮的地方。

安安公主和小狼图克拉身上的绳索不知什么时候不见了，安安公主走在前面，跟着是小狼图克拉，然后是大胡子阿鲁和无尚国王子，一行人下了楼梯，沿着通道往下走。矮胖子一看就剩他和昏倒的国王在岸上了，着急了，也跟着进入通道。水晶球的光芒稍微暗了下来，随着他们进入了通道，分成两边的水又合拢了，湖面又恢复了平静，仿佛从来没有人来过一样。

二十九

水面合拢了，但是水下的通道还在，地面上干干的，一点水的痕迹都没有，水晶石在他们的头顶上方，发出柔和的光芒，为他们照亮前进的道路。安安公主看看两旁是两面平滑如镜子一般的水墙，伸出手轻轻地抚摸水墙，摸上去就像吃的果冻一样，很有弹性，滑滑的，凉凉的。咦，怎么有个圆圆黑黑的大盘子，突然被一层膜盖住，一会儿膜又不见了，还会转动，大胡子阿鲁、王子连忙挡在安安公主和小狼图克拉前面，原来是条巨大的鱼！全身上下都是黑漆漆的，安安面前整面水墙全都是黑漆漆的，这条鱼实在太大太大了！矮胖子背着昏过去的国王“哼哧哼哧”地跟在后面，满头大汗，他看见前面的人停了下来，正打算歇歇，放下国王坐在台阶上。

“咦，他们在看什么呢？”矮胖子觉得奇怪，也朝那个方向看，天啊！！那么大的一条鱼哦，一定是鱼怪，一定就是它把高瘦子给吞了的！！矮胖子吓坏了，拽过国王挡在自己前面。

国王被这样一折腾，醒了过来，说：“矮胖子你干什么呢？有什么好怕的啊？”

矮胖子指着大鱼结结巴巴地说：“鱼……鱼怪！”

国王漫不经心地转过头一看，立马又昏了过去。

大胡子阿鲁说话了：“看来这条大鱼并不想伤害我们，我们继续往前走吧。”

于是大胡子阿鲁、王子、安安公主和小狼图克拉继续往前走，矮胖子虽然害怕，可是留在后面让他更加害怕，只得背着国王跟着一起往前走了。

安安公主对小狼图克拉说：“这条大鱼好像很喜欢我们呢，也许它想跟我们做朋友。”

小狼图克拉对安安公主说：“真的是这样吗？可没准儿，它就是那个大水怪，吃掉了大象哈里和高瘦子的那个大水怪！”

安安公主说：“别把人都想得那么坏，你看坏巫婆就被水晶石照得现了形，大鱼也被照着，怎么没事儿？”

小狼图克拉不服气说：“那矮胖子和坏国王也没事儿啊，难道水晶石失灵了？”

三十

安安公主一下子想不明白，也不和小狼图克拉争了，继续往前走。楼梯好长好长，总算到了底，开始走平路了，过了一会儿又走上坡路了。安安光顾着想问题，忽然发现两旁的水墙不见了，变成了光滑的岩石，五彩斑斓的岩石，怪晃眼的。

小狼图克拉高兴地拍着手说：“真漂亮，比雪山神女的宫殿还漂亮好几倍呐！”突然又很惋惜地低下头说：“可是神女的宫殿被那些坏蛋给摧毁了，什么时候才能恢复原样啊？唉……”

说完，转过头看着矮胖子说：“大坏蛋，都是你们干的好事！”

矮胖子看见小狼这么凶，赶紧把手缩回来，原来他正打算挖两块五彩石头回去卖个好价钱！

安安公主连忙抱起小狼图克拉说：“别生气了，等我们找到神女就帮助她一起把神殿恢复原样，而且要建得比原来更漂亮。”

走出山洞，眼前豁然开朗，小狼图克拉兴奋地指着不远处说：“看呐！是独角兽！”哇，真是太美了，大片大片的森林中间是一块碧绿的草地，所有的树都长着银色的树干，金色的树叶，一条小河从草地上流过，河边，独角兽们在优雅地散步，白色的小鸟在它们头上盘旋，唱着优美动听的歌曲；远处，一缕炊烟冉冉升起，传来一阵不知名的乐器清雅的低吟。水晶石掠过他们的头顶，沿着一条小路继续向前飞去，

大胡子阿鲁、王子、安安公主和小狼图克拉跟着水晶球继续向前走去。矮胖子伸手想摘一片金树叶，一只强壮的独角兽跑过来，吓得矮胖子不敢逗留，背着国王气喘吁吁跟着一块儿走。这个地方实在太奇怪了。

水晶球在半空中飘浮着，不时停下来等等大胡子阿鲁和安安公主他们，矮胖子快要背不动国王了，慢慢走在后面，就这样，一群人走走停停，水晶球不一会儿带着他们来到一座巨大的山洞前面。这个山洞好大啊，洞口就有好几个人那么高，山洞的入口在五彩斑斓的一块巨石上，里面全是各式各样五彩斑斓的水晶石，美极了。

“哈哈哈哈，神仙，他们来了。”洞里传来一阵银铃般

的笑声。

安安公主和小狼图克拉异口同声惊喜地叫道：“是雪山神女！”然后就冲进洞里去了。

洞里是一个巨大的大厅，上面是光滑的水晶石铺成的地板，小狼图克拉干脆玩起了滑冰游戏，快活极了。地板透明可见，安安公主和小狼图克拉可以看见水晶石下面潺潺流水，那清澈见底的地下溪流，应该是雪山上圣洁的雪水融化形成的吧，溪流中还有各种颜色的小鱼游来游去，看见安安公主和小狼图克拉都游了过来，跟着它们的脚步前进。大厅的尽头是雪山神女正笑吟吟地看着安安公主和小狼图克拉，手里捧着那颗水晶球。大胡子阿鲁和王子也来了，他们看到神女都有礼貌地鞠躬行礼。矮胖子也来了，他背不动国王，干脆把他放在水晶地板上拖着走。这时，雪山神女拍了拍手掌，安安公主他们面前的一块巨大的水晶石缓缓上升，原来里面还有一个洞，只见一位白胡子老爷爷坐在一块凹凸不平的石头上，长长的胡子拖到地上。让他们惊奇的是，高瘦子居然站在一旁，更令人奇怪的是，那块石头居然动了起来，天呀，居然是大象哈里！

原来雪山神女带着独角兽来到湖边，吹了口气，湖水结了一层冰，突然，冰块裂开了，一条大鱼腾出水面，雪山神女吓了一跳，只听大鱼说：“神女，您来到这里，非常欢迎，水神仙请你去见他。”

雪山神女说：“水神仙是谁，我不认识他啊。”

大鱼说：“水神仙就是水晶球真正的主人，是他把水晶球送给了你，请你跟我去见他。”

雪山神女大吃一惊，原来几百年前，有一天太阳突然越变越大，越变越大，快要把雪山神殿给晒化了，一个路过的神仙把水晶球送给了雪山神女，水晶球不仅带来了凉意，而且把太阳冰冻起来，太阳经过冰冻，又回到了原来的样子，于是水晶球一直留在神殿上面守护着神女。而那位路过的神仙就是水神仙。

三十一

雪山神女想起了那个路过的神仙，难道神仙住在水底？这时水面分作两边，露出通道，雪山神女就这样到了水神仙的领地。看见了金色的树和一大群独角兽，独角兽也很高兴，就和其他独角兽一起在草地上自由自在，神女看到这么多独角兽，更加相信神仙是个好人，就来到了水神仙的山洞。

几百年过去了，水神仙变成了个老神仙，长长的胡子、长长的眉毛都变白了，长在一起，分不清是胡子还是眉毛。

雪山神女说：“真是非常感谢你，水神仙，谢谢你救了我两次。”

水神仙捋捋胡子说：“不用谢我，都是因为水晶石那个宝物啊。”

这时神女发现，高瘦子和大象哈里站在水神仙的身后，笑眯眯地看着她。原来水神仙守护着这座山洞里的快乐之泉，生命之泉，湖是山洞的入口，大鱼是卫士，湖水有魔法，凡是进入湖里的生灵全部都要守护生命之泉和快乐之泉。于是，高瘦子和大象哈里就被大鱼带到了山洞。水神仙也是因为路过湖的时候在湖里游泳才来到这里的。因为他最早来到这里，所以成了快乐之泉的守护神。喝了一口生命之泉、快乐之泉的泉水，就可以变成世界上最善良最快乐的人，要想长命百岁，就要喝十口，但是一定要生活在泉水边，一天不喝泉水就会死去。高瘦子他们愿意生活在这里，永远陪伴水神仙，所以就喝了十口水，再也回不到外面的世界了。

矮胖子见到高瘦子大喊："高瘦子，原来你在这里呀！"国王被他吵醒了，说："这是哪里呀？"矮胖子把事情的经过和泉水的传说告诉了国王，他听说了泉水的故事之后，想着："我到底要回去做国王呢，还是在这里长生不老呢？"最后他决定长生不老，就喝了十口泉水，永远地守护泉水啦。

雪山神女说："老神仙，这就是英勇的大胡子阿鲁，王子和最最善良勇敢的安安公主，还有小狼图克拉。"

水神仙微笑着走下宝座，牵起安安公主的手说："我代表世界上的生灵感谢你的善良和勇敢。"

水神仙接着说："我是守护泉水的水神仙，只要饮用了这泉水，你们就可以在这里成为一个真正善良的人，快乐地生活，并得到永生。大胡子阿鲁，安安公主，小狼图克拉，还有王子，你们要喝这泉水吗？"

只听大胡子阿鲁说："我们不需要喝这泉水。"

王子接着说："因为我们已经足够善良和勇敢。"

安安公主说："而且也足够快乐！"

小狼图克拉说："我要回到森林小屋去，和大胡子阿鲁还有安安公主一起快乐地生活在森林里，继续和小动物们做朋友。"

大胡子阿鲁说："王子殿下，请您回到月亮国，成为月亮国的国王来管理国家吧。你一定能够成为一个好国王的。"

于是水神仙送给王子一壶快乐泉水，他们又走上了回家的路。大胡子阿鲁留在森林里修理木屋，安安公主和小狼图克拉一起和雪山神女去神殿，雪山神女把水晶球抛向空中，水晶球在空中旋转了几圈之后发出刺眼的光芒，碎成几千几万片，落在地上，慢慢地形成了一座巍峨的宫殿，比原来的雪山神殿还要大还要美！

安安公主和小狼图克拉继续送王子去月亮国，站在山坡上，月亮国的土地上一棵树也没有，这时，安安公主突然想起了树神仙爷爷送的那根老树根，拿了出来，插在土里，不一会儿工夫，树根上面就发了芽，安安连忙倒了一些快活泉水，树根疯长，不一会儿就长成一棵参天大树！大树长着，地底下的树根也长着，不一会儿，满山遍野都长出了新的树苗，树苗又长成了一棵棵大树！一会儿工夫，光秃秃的土地又变成了绿色的海洋。小动物们从他们躲藏的地方又跑出来了，回到了森林里，森林里到处鸟语花香，各种小动物都来向安安公主道谢。

"绿色又回来咯！"安安公主和小狼图克拉高兴地又蹦又跳。

王子回到月亮国，把快乐泉水给月亮国公主喝了一口，月亮国公主从此变成了善良的公主，和王子结了婚，共同管理月亮国。

安安公主和小狼图克拉也回到了森林小屋，和大胡子阿鲁还有小动物们一直快乐地生活在大森林里。

小臭子

上

当你在大街上走着，经常会看到一群衣衫褴褛的小孩子疯跑，追逐着。他们是流浪儿，衣着破烂，身上没一片完整的布，从来没有洗过澡，全身黑乎乎、脏兮兮、臭烘烘的，每天背着一个破烂袋子在垃圾桶里捡破铜烂铁啦，废纸啦，拿来卖钱，运气好的时候还会拣到人家吃剩下的麦当劳的汉堡包，哇，那可是世界上最好吃的东西啦！不管多冷，他们都打着赤脚，身上臭烘烘的，大太阳天儿，会坐在墙根晒太阳，赶赶苍蝇，捉捉身上的虱子。有爸有妈疼的孩子谁会去当流浪儿呢？他们都是没有爸爸妈妈的穷孩子，只能自己养活自己。

这些流浪儿里面有个孩子个儿最小，当他每次发现有半个汉堡包时，总被别的大孩子抢了去。他长着一双大大的黑眼睛，脏脏的小脸上就只能看见这双清亮的大眼睛像两颗宝石一样闪着光。他一年到头都光着脚，光着头，头上的头发像个鸟窝似的。每次他捡了废品去卖钱，得来的那一点点都会拿去买一个热馒头，犒赏犒赏自己，打打牙祭。买了馒头，他把热馒头用报纸包好，揣在怀里焐着，然后走到井边去洗手，洗脸，洗干净了才跑到一个僻静的地方，把馒头拿出来吃，吃一半，留一半，谁知道下顿还能不能找到吃的。他叫小臭子。

这天，小臭子运气好极了，一所小学的孩子们卖了好多旧书，还有纸皮箱，这些大件当然是轮不到小臭子他们这些流浪儿去收的，只有那些有钱的破烂王才能收，小臭子他们就跟在破烂王的破烂车后面捡，书太多了，掉下来一些，小臭子跟在大孩子后面捡了好几本。小臭子不认识字，他打开那些书，上面有美丽的图画，有天安门的图画，还有漂亮的老师在明亮的教室里给孩子们上课的图画，还有戴着红领巾的小朋友敬队礼的图画，还有小猴子，小山羊……书可新了，就是空白的地方不知被哪个小朋友画了一个猪头，画了几只小鸟。小臭子舍不得把这些书卖掉，全部装进破烂袋子，拎着书，饿着肚子，又去附近的垃圾站找东西。一到垃圾站就看见新运来了一车垃圾，趁其他孩子没发现，小臭子捡了好多易拉罐、瓶子，今天可以卖一块多了，可以买好几个馒头，吃上好几天了。小臭子美滋滋地想着，把易拉罐拿去破烂王那里卖。

破烂王是个非常非常胖的大胖子，坐在一把木椅子上，可怜的木椅子被他压得“咯吱咯吱”乱响，一件大T恤也遮不住他鼓出来的大肚子，肚脐眼周围是一圈毛，流浪儿背地里都管他叫毛肚儿。毛肚儿左手的中指上带着一个硕大的金戒指，嘴上斜叼着根烟，俩小眼在眼皮子底下眯缝着，眼皮抬也不抬，对小臭子说："几个啊？"小臭子从破烂袋子里面拿出六个易拉罐，说："六个，一个两角，一共是一、二、三、四……一元二角钱。"毛肚儿从兜里掏出一个一元硬币，"啪"一声拍在小烂桌儿上，说："给你一元。"小臭子说："明明是六个，一个两角，一共是一元二角钱。"毛肚儿小眼睛一下子瞪得老大，对着地上狠狠地吐了一口痰说："呸，你小子还敢跟我讲价钱，不想混了是不是？！嗯？"小臭子没办法，只得走了。

不过小臭子还是挺高兴，一元钱啊，可以买好几个馒头了。小臭子把这一块钱揣在兜里，一想，兜会漏的，可千万别掉了，于是就把钱攥在手心里，走一走，看看周围没人，就拿出来在衣服上蹭蹭，蹭得亮亮的。眼前就是馒头铺了，看着白白胖胖，冒着热气的大白面馒头，小臭子咽咽口水，想着，还是先买一个算了。"喂喂喂！走开走开走开，臭死人了！"正要买，馒头铺的老板赶人了，他以为小臭子是要饭的。小臭子举起硬币理直气壮地说："我要一个馒头！喏，给您钱！"老板拿过钱，看了看钱又看了看小臭子，哼了一声，把钱扔进抽屉里，给小臭子夹了个馒头用报纸包好，然后找了九毛给小臭子说："拿着赶紧走，臭死人了。"小臭子拿过钱和馒头，高兴地说："谢谢老板！"转身走了。

迎面走来两个背着书包的小女孩，一个扎着一根马尾辫，一个扎着两个羊角辫，马尾辫看见小臭子连忙拉着羊角辫的手说："快躲开点，臭死人了！"羊角辫捂着鼻子嘟囔着说："要是我们学校有这样的人，我可不愿意念书了。"小臭子本来高高兴兴的，被她俩这么一说，马上什么心情都没有了。他觉得手上的书一下子重了，看着自己黑乎乎的一双光脚，头垂得低低的，躲进一条小巷子。

找了口井洗完手，小臭子在墙根坐下，打开书。这本书太有意思了，小臭子看了又看，把书抹抹平，放好，拿出馒头准备吃。"哎哟……哎哟……"突然不远的门洞里面传来一个老人的呻吟声。小臭子走过去，原来是个老爷爷倒在地上，看来很虚弱的样子。小臭子扶起老爷爷，问："老爷爷，你怎么啦？"老爷爷有气无力地说："饿啊。"小臭子把馒头拿过来给老爷爷吃，又去井边舀来清澈的井水，给老爷爷喝。老爷爷吃完那一个馒头，小臭子问："老爷爷，您好些了吗？"老爷爷还是有气无力地说："饿啊。"于是小臭子又去买了一个馒头回来，没想到老爷爷吃完以后还是饿。于是小臭子又去买，就这样，一元钱全买了馒头给老爷爷吃完了。老爷爷吃完最后一个馒头，一下子站起来说："这下可算是吃饱了，谢谢你啊小弟弟。"说完转身就走了。小臭子愣在那里，然后又回到墙根坐下，把破烂袋子当枕头，决定美美地睡上一觉。这时，小臭子听见有人在叫他："小臭子，小臭子。"小臭子抬头一看，原来是那位特能吃的老爷爷。小臭子站起来，有礼貌地问："老爷爷，有什么事吗？"

突然一阵扑鼻的清香，小臭子睁开眼睛一看，不得了，老爷爷变成了一位美丽的仙子站在他跟前，一手拿着魔棒，一手拿着一个淡绿色的小瓶子。小臭子不敢相信自己的眼睛，狠狠地在手臂上咬了一口，疼！仙子对小臭子说："小臭子，你真是个善良的孩子，谢谢你救了我，我可以满足你三个愿望，你有什么愿望吗？"小臭子想了想说："我想变得和您一样香喷喷的，行吗？"仙子说："我也希望你香喷喷的，这个小瓶子里是百花提炼出来的香精，你每天喷一点在身上就会香喷喷的啦。这个瓶子里的香精永远都用不完。第二个愿望是什么呢？"小臭子看了看自己的破烂袋子说："我想到学校里去念书。"仙子用魔棒在小臭子身上一晃，小臭子立即变成一个小学生的模样，背着书包，穿着校服，头发梳得光溜溜的，神奇极了。仙子说："这书包和新衣服是我送给你的礼物，喜欢吗？"小臭子点点头。

仙子又说："那你的第三个愿望是什么呢？"小臭子想了老半天，吞吞吐吐地说："我，我还想有三个愿望。这就是我的第三个愿望。"仙子愣住了，这可怎么办？仙子有些不高兴了说："没办法，既然我已经答应你了，你就说吧，还想有哪三个愿望？"小臭子说："等我想好再告诉您吧。我先上学去了。"说完就蹦蹦跳跳地去学校了。

仙子站在那里干瞪眼，觉得小臭子实在太狡猾了，是个坏小孩，可是答应了人家又不能反悔，懊恼极了。那么，小臭子真是坏小孩吗？

中

才走了几步，小臭子又回来了。冲着仙子说："仙子，仙子，我忘了我还没吃东西呐，你给我一个永远吃不完的面包吧，这样我就永远不会饿了。"仙子没办法，只得变了一个面包给他。小臭子啃着香喷喷的大面包，不一会儿，面包已经吃了一大半，小臭子看着面包，一眨眼工夫，面包又变成整个儿了，像刚出炉的一样！小臭子把永远吃不完的面包放进书包里，想了想说："那我怎么找到你呢？"仙子冷冷地说："你只要拿着香水瓶子，喷一下，然后说'仙子，仙子，快快来'，我就会出现在你面前了。小臭子喷了点香精，高高兴兴地上学去了。仙子在一边，无可奈何地叹了口气，一挥魔棒也不见了。

到了教室里，在街上取笑他的两个女生也在，小臭子故意从她们身边走过。马尾辫对羊角辫说："好香啊，这个男孩子怎么那么香啊。"这时老师领着小臭子向全班同学介绍："各位同学，这是我们班来的新同学，这位同学，你向大家作个自我介绍吧。"小臭子咽了咽口水。说："大家好，我叫小……祥，很高兴认识大家。"大家都鼓掌欢迎他。于是小臭子开始了上学的第一天。

小臭子来学校的时候，已经是下午了。上了一节劳动课上了一节体育课，小臭子跟着打扫了一下班级负责的卫生包干区，跟着同学们在操场上瞎跑几圈，这一个下午算是过完了。

同学们不怎么搭理他，快放学了，小臭子往窗外一望，我的天啊，校门口人头涌动，全是来接学生的家长。爸爸们一个个西装革履，皮鞋锃亮，头发也锃亮，左手拎个公文包，真皮的，锃亮，右手举个手机，一副款爷的模样。妈妈们一个个花枝招展，浓妆艳抹，发型各异，直的，卷的，半直半卷的，男人头的，还有一个光头的，穿得像仙女一样，不是，是比仙子还漂亮。爷爷们背着手，眯缝着眼睛伸长脖子往校园里望，一看个个都是退休老干部。奶奶们拎着菜篮子，雨伞，有的手里还拿着各种各样的好吃的，一边和其他奶奶们交流着孙子们的爱好，一边斜着眼睛注视着校园里的一举一动。

“铃——”放学铃响了，教室里哗啦哗啦一阵响动，不出两分钟，同学们全走光了，小臭子纳闷他们啥时候整的书包啊？一看校门口，爸爸妈妈爷爷奶奶们一拥而上，这个拎包，那个擦汗，这个喂吃的，那个喂喝的。孩子们“爸爸”“妈妈”“爷爷”“奶奶”的一阵撒娇，跟着回家了。小臭子一个人孤零零地走出校门口，跟着人流往前走，该去哪里呢？回家？小臭子可没有家，小巷子里的垃圾袋就是他的枕头他的床了。走到路口一看，乖乖，汽车大排长龙，什么样的都有，也是锃亮锃亮的，豪华轿车。同学们一个个钻进了车里，马尾辫也钻进一辆，羊角辫看着，对爸爸说：“爸爸，明天把我们家的宝马车开来，不比她们家那辆本田车威风多了？”羊角辫爸爸说：“好好好，我的小祖宗，明天咱们就开宝马车啊。”说完就领着女儿上了一辆奥迪车。

小臭子可知道那些名车，他之前给别人洗过车，那可都是些天价车，他这辈子想都不敢想的车。羊角辫和马尾辫都坐在车里，塞车呀，家家都用小车接，路都给堵死了，可每辆车都开着冷气，车尾巴后面的排气管冒着烟，熏得小臭子睁不开眼睛。“刷——”奥迪车的车窗拉下来，露出羊角辫得意扬扬的漂亮小脸蛋，冲着小臭子说：“小祥同学，你爸爸妈妈没来接你吗？”小臭子支支吾吾地说：“他们很忙，没空来。”羊角辫上下打量了小臭子一番，说：“那你们家司机呢？怎么不开车来接你啊？”小臭子脸涨得通红，说：“在后面，现在塞车，我得走过去坐车。我先走了，再见。”说完就跑着走了。

小臭子回到巷子里，想着同学们讥笑的眼神和话语，越想越伤心，自己没有爸爸妈妈，更不用说还有什么车来接了，于是小臭子想到了仙子，拿出香水瓶子，喷一下，然后说：“仙子仙子快快来。”一群小星星闪啊闪啊，仙子就出现在小臭子面前。仙子板着脸对小臭子说：“有什么愿望啊？”小臭子说：“我想要非常有钱的爸爸妈妈。”仙子挥舞了一下魔棒，眼前马上出现了一对男女，男的穿着名牌西服，打着领带，女的一身香水味，浓妆艳抹，拉着小臭子就说：“孩子，怎么在这么个鬼地方，跟妈妈回家去，我和你爸还有个饭局，今晚你可得一个人在家啦。”小臭子要说什么，仙子一挥魔棒早就不见了。臭子爸说：“快点，怎么这么麻烦，人家都打了好几通电话催我们啦。”不由分说地就把小臭子领到巷口，巷口停着一辆“7”字头的宝马车，小臭子上了车，臭子爸臭子妈一路数落他，好不容易车开到了一座大房子跟前，一个阿姨站在门口，小臭子下了车，那阿姨说："少爷回来啦。"就把小臭子领进了屋，臭子妈臭子爸早就坐着车子走了。

哇，真是宫殿似的大房子啊，小臭子站在门口不敢进。地上铺着厚厚的地毯，天花板上吊着水晶大吊灯，客厅里放着一架大大的三角钢琴，好几间都是客厅一样的，一间是专门看电视的，一堵墙整个是个超大电视机，一间房是专门聊天用的，放着几个大沙发，从客厅望出去还有游泳池。那阿姨把臭子领进了他的房间，这房间什么都有，有各种各样的玩具，变形人，各种棋，还有足球篮球，还有一个游戏机，各种各样，把小臭子眼睛都看花了。小臭子坐在游戏机面前开始玩游戏。不一会儿，阿姨把冒着热气的饭菜给小臭子端了过来，小臭子吃完，接着玩游戏。玩着玩着，睡着了。

第二天早上，小臭子醒来，揉揉眼睛，看看周围，还不敢相信自己已经有了爸爸妈妈，还有这么好的大房子住，高兴得不行。走下楼，大大的饭厅一个人也没有，桌子上放着煎荷包蛋和火腿肠、三明治、牛奶、果汁，还有大大的苹果、紫色的葡萄。小臭子坐下狼吞虎咽地吃完，正要用袖子抹嘴，阿姨赶忙递过一条丝绸的手绢，小臭子边抹嘴边问："爸爸妈妈呢？怎么不来吃早餐啊。"阿姨说："先生和太太已经上班去了，少爷快点吧，司机已经在等您了。"小臭子赶到学校，同学们都在议论纷纷，谈论他和那辆宝马车，还有穿制服戴白手套的司机。小臭子觉得美极了，昂首挺胸地走进教室。

接下来的日子，小臭子几乎见不着爸爸妈妈，每天放学回来爸爸妈妈还没回来，今天这个饭局，明天那个请客，有时还要加班，每天早上起来的时候，爸爸妈妈已经出门了，他们还经常出差。小臭子一开始觉得有吃有喝有穿有住实在太幸福了，久而久之，每天一个人待在大房子里，阿姨很多工作，也不陪他说话，晚上，空荡荡的房子黑乎乎的，怪吓人的。太没意思了。

马上期终考试了，学校要开家长会。学校提早三天发了一张通知书给家长，可直到家长会召开的当天，小臭子爸妈也没露脸。小臭子打电话给爸爸，爸爸说："让你妈去。"打电话给妈妈，妈妈说："让你爸去。"最后，只有阿姨陪小臭子去。家长会结束了，马尾辫和羊角辫也是家里的司机代表来的，老师说，有的家长太不关心孩子，家长会也不来开。小臭子心里越想越不是滋味。回家的路上，小臭子想，这爸爸妈妈有跟没有不是差不多吗？还是以前捡破烂的日子自在，至少可以和那些流浪儿在一起。正想着，阿姨领着小臭子过马路，司机等着呢，小臭子低着头想事儿呢，一个不在意，一辆大货车来不及刹车，把小臭子撞了。司机猛一刹车，一看撞了人了，撒丫子一踩油门就跑。阿姨在一旁着急得要哭了，小臭子躺在路中间没了动静。

下

小臭子迷迷糊糊之间，感到自己的身体轻飘飘地飘到了空中，看着自己躺在路中间，阿姨在一旁蹲着哭，他越来越轻，拼命想站在地上却向空中飞去，离自己的身体越来越远。小臭子穿过云雾，来到云的上方，在一片金色的光芒之中，他看到了仙子的影子。仙子拿着魔棒笑盈盈地对他说："小臭子，怎么那么不小心呢？"小臭子说："我也不知道，怎么就……"仙子说："不要紧，你知道你现在在什么地方吗？你在天堂的入口。现在给你两个选择，第一，跟我进入天堂，无忧无虑地生活，放弃剩下的两个愿望。第二，回到地面上，继续生活，但是只有两个愿望。你打算选择哪一个呢？"

小臭子想了想，问道："天堂里面有什么啊？"仙子说："有各种各样的天使和仙人啊，美味的果实，还有各种各样的食物。"小臭子说："可我什么法术，魔力都没有。也许只能做个打杂的小工。可是在人间我也是想玩什么就玩什么啊，多好。我还是回去吧，这样的话还有两个愿望呢！"仙子没有办法，只得说："你要回到地面上就得用掉一个愿望。"说完，魔棒一挥，小臭子突然觉得自己变重了，向地面坠落。当他睁开眼睛的时候，已经是在医院的病床上了。

臭子妈正在数落阿姨："你怎么那么不小心呐！孩子万一有

个三长两短你赔得起吗？”小臭子一下子坐了起来说：“妈妈，我没事儿啦，您不要再责怪阿姨了，是我不小心。”臭子妈又说了两句，一个电话打来，只听臭子妈说：“孩子爸啊，咱们家儿子没啥事儿，你就不用回来了啊，这里有我就行了。”说完电话就挂了。又来了一个电话，臭子妈说：“你说什么，赔了15万啊，那么多，好，我马上回来！”边挂电话边说：“阿姨啊，待会儿你帮我儿子办出院手续啊，这里是钱，还有卡，不够用就去取。我有事儿先走了。臭子，乖乖听话啊。妈妈先走了。”话音未落，人已经走出去了。

臭子觉得自己的心凉凉的。阿姨去办出院手续了，他拿出香水瓶，喷一下，然后说：“仙子，仙子，快快来。”一群小星星闪啊闪啊，仙子就出现在小臭子面前，仙子对小臭子说：“小臭子，想明白了吗？去天堂还是留在人间？”小臭子说：“我最后一个愿望是再给我三个愿望。”仙子生气地说：“我愿望是一定要给你的，可是你这样一直下去不是没完没了了吗？”臭子说：“你先听我说完吧。第一个愿望，给流浪儿一人一个永远吃不完的面包；第二个愿望，所有的爸爸妈妈都要爱孩子，每天都要陪孩子玩、讲故事什么的，至少要有三个小时，不能把孩子一个人扔在家里；第三个愿望，我要去天堂成为一个儿童天使，每天为一个孩子实现一个愿望！”

仙子听完，眼泪流了下来，说：“小臭子，你真是一个好孩子啊，我可以完成你的第一第二个愿望，第三个愿望一定要跟上帝说。”于是仙子拉起小臭子的手，从病房的窗口飞出去，飞呀飞呀，小臭子感觉到云从身边掠过，轻柔无比。站在云端，仙子和小臭子俯瞰着整个大地，已经是晚上了，万家灯火烘托出浓浓的暖意。可是小臭子还是能看到街上光着脚的流浪儿，在垃圾堆里找东西吃，对仙子说：“快把面包给他们吧。”仙子又飞了起来，在天空中飞舞着，魔棒在手中转动，划出流星一样的轨迹，一瞬间，小臭子看到流浪儿手中都有了永远吃不完的面包，高兴得又蹦又跳！小仙子累得满头大汗，说：“等从上帝那儿回来，我还要给所有非洲小朋友手里一人塞一个永远吃不完的面包。”小臭子说：“你是世界上最最伟大的天使！”

仙子有些不好意思，绯红着脸。然后她又跳到空中，在城市上空绕了一个大大的圈，把魔棒往圈的中央一扔，魔棒在圈的中间悬着，散发出万丈光芒，只一瞬，当光线黯淡下来的时候，小臭子看见许多加班的人们从摩天大楼里，从工厂矿山里，从酒楼食肆里出来，坐车，开车，走路，去向各个居民楼，小社区。爸爸妈妈们都回来了，迎接他们的是孩子们热烈的拥抱！小臭子一想：“爸爸妈妈找不见我该担心了。”一看，还有一个小臭子和爸爸妈妈在一起，原来和仙子在一起的是小臭子的半个灵魂。

小臭子的前两个愿望实现了，仙子带他来到上帝面前，上帝坐在一块巨大的白色石头上，小臭子看不清他的脸，但是，他可以感觉到一股圣洁的力量在周围弥漫。仙子对上帝说：“上帝，您曾经说过有个孩子会帮助一个落难的老人，这就是那个孩子。我按照您的指示满足他三个愿望，没想到他三个之后又三个……我知道您都知道这些事情了，他的愿望帮助了许多孩子，他的最后一个愿望是希望成为一个天使，每天满足一个孩子一个愿望，您会准许吗？”

上帝说：“刚好现在缺少一个愿望天使，你就是那个愿望天使吧。不过你要记住，你的职责是每天夜晚睡觉前聆听一个孩子的愿望，这个愿望必须是为别人着想的，帮助别人的愿望。孩子们善良的心就是你实现愿望的法力！去吧，愿望天使，去帮助那些想要帮助别人而又没有力量的孩子们吧！”

从此，我们的小臭子，不，是我们的愿望天使，一身洁白的衣服，头顶光环，手握愿望仙棒，双肩长出一对巨大翅膀，来到了人间，聆听孩子们美丽的愿望，将它实现。

苹果

秋天来了，漫山遍野的树叶都成了金子，闪闪发光，果园里一片生机勃勃，清香阵阵，苹果们都熟透了，红扑扑地在枝头上炫耀自己的成熟与美貌。

果农架着长梯来到果园采摘成熟的苹果，不一会儿，果篮就盛满了。这时，果农把手伸向枝头一个闪着红光的大苹果，刚要把它摘下，苹果说：“我很愿意为主人效劳，可是先别摘啊，我的核烂了，被虫子咬的，怕是不好吃了，到时候坏了您的名声。”果农一听，把手缩了回去，摘别的苹果去了。苹果很委屈，可是没办法啊，谁叫它被虫子咬了呢？

第二天，果农的伙计来到果园查看有没有漏摘的苹果，看见那个苹果在高高的枝头上晃荡着红扑扑的脸蛋。伙计想：这么好的苹果怎么没有摘？于是架了梯子去摘苹果，苹果又对他说：“我很愿意为主人效劳，可是先别摘啊，我的核烂了，被虫子咬的，怕是不好吃了，到时候坏了您的名声。”伙计说：“没关系，被虫子咬过的苹果才是最甜的呀，我摘下来吃吧。”说完就把苹果摘下来，洗干净，把坏的去掉，果然是又香又甜。

苹果在伙计的嘴里粉身碎骨，不过，它很幸福。

小草精

世界上有千万朵花，每一朵花上都有一位美丽的小花仙，玫瑰花上的叫玫瑰花仙，百合花上的是百合花仙，水仙花上的是水仙花仙……小花仙身上有各种花的幽香，穿着各种花瓣做的美丽裙子，挥舞着花蕊做的魔棒，拍打着小翅膀在花儿周围盘旋，歌唱。

世界上有千万棵树，每一棵树上都住着一位聪明的小树精，桦树上住的是桦树精，银杏树上住的是银杏树精，水杉树上住的是水杉树精……小树精身上穿着用树皮做的衣服和帽子，腰上别着树叶做成的横笛，坐在树枝上吹着，小鸟们随着悠扬的笛声起舞，人只有有着水晶一般纯净的心才能听到。

世界上有千万株小草，每一株小草上都有一位可爱的小草精，兰草上住着兰草精，车前草上住着车前草精，狗尾巴草上当然是住着狗尾巴草精……小草精用小草织成布穿在身上，每天早晨张开嘴，用脚蹬蹬盖在身上的小草叶子，甘美的露水就从草上滑落到嘴里。小草精没有小花仙那么会唱歌，跳舞，也没有小树精那么会吹笛子，不过他们最拿手的就是变魔术，能够把一条蚯蚓变成两条，两条都有头有尾，还能把蟋蟀的六条腿变成四条再变回来。

这天早晨，太阳从树林子后面慢慢升了起来，小草精咂巴咂巴嘴，把草被子又拉了拉盖住头，接着睡。太阳穿过树梢，小树精拨开叶子，让露珠反射了阳光照在小草精的脸上，小草精揉揉眼睛，翻过身继续睡。太阳照过花园，玫瑰花仙醒过来，用露水洗洗脸，飞到小草精的草床前，说："小草精快起床，给我们变魔术！"然后用力在上面跳跳，小草精噘着嘴嘟囔着："你们就不能让我多睡会儿吗？"这才伸了个懒腰起床了。

小花仙早就等着他了，想要叫他变魔术，还把花粉用花瓣盛着给他做早餐，小草精皱皱鼻子说："好吧，我给你们变魔术。"小草精在自己的衣服上拔下一根草来，两只手一搓，哇，一条美丽的绿裙子就变出来了，小花仙们都鼓掌。这时，小百合花仙说："为了谢谢你，我们要带你去个地方。跟我来。"说完就往前飞去。玫瑰花仙和风铃草仙拉着小草精的手，小草精就飞起来了，小草精高兴地在天空中翻筋斗。

不一会儿，飞到了森林里一棵大树下，小树精说："你们来了，我们进去吧。"于是就领着小草精他们进了树洞。树洞里黑黑的，小草精什么也看不见，这时一道阳光照进来，只见小花仙们已经在洞里很深处了，四处飞舞，闪着亮光。小草精不知什么时候也飞了起来，树洞里的空间越来越大，越来越大，成了无限大的世界。

亮光在四周泛起，星星点点，像是满天星光，小草精在这个新的宇宙中飞翔，飞翔，飞过仙女座星云，飞过狮子座星云，飞过射手座星云，飞过室女座星云……真美啊，数不清的星星构成一座座美丽的星云，有的是蓝色，有的是绿色，有的五彩缤纷，星云形状各异，有的像个螃蟹，星星们都自由自在地来回跑着，有的像个皮球，星星们都抱成一团，有的像个甜甜圈，星星们围成圈赛跑，谁都不跑出自己的轨道。

小草精飞着飞着，前面是一个像甜甜圈的星云，小草精决定飞进去看看，不一会儿，他就置身在星星的河流里，大大小小的星围着他；过了一会儿，他看见一个大大的火球，旁边还有九个小球围着他转啊转啊，其中有个小球可美可美了，蔚蓝色，像天使的眼睛一样蓝，小草精决定飞过去瞧瞧。

这不是地球吗？小草精觉得很奇怪，树洞里的世界怎么会有个地球呢？他找了片森林降落下来，前面是一棵大树，大树下是一个树洞，小树精在洞门口说："你来啦，我们进去吧。"

小草精一惊，一蹬，一弹，骨碌滚了下来，"哎哟——"原来是个梦。只听小花仙说："小草精快起床，给我们变魔术！"小草精噘着嘴嘟囔着："你们就不能让我多睡会儿吗？"这才伸了个懒腰起床了。

贝壳

小贝壳在海底细软的沙子里躺着，一张一合吹泡泡玩："真没劲啊，天天躺在这里，要是可以四处走走，到哪儿去玩玩就好了。"没有人听见它的话，再说，它已经习惯了自言自语。大海在它看来是混沌的，偶尔一条小鱼游过，搅动了身旁的细沙，周围就模糊了。小贝壳紧紧地闭上，不让沙子沾到自己细嫩的内核。太阳穿过厚厚的海水，泛着柔和的光，顶上是数不清的鱼儿组成的鱼群游过，就像黑压压的乌云，小贝壳没见过乌云，它听说过水的上面是光，是什么都没有的地方，有时候会有人类的大船和渔网进到水里。

夜晚的大海是宁静的，小贝壳也睡得很香。一只大花斑鱼饿了，出来找夜宵吃。小贝壳睡着了，微微地张着，忘了保护它细嫩的内核。大花斑鱼张开嘴，衔着小贝壳用舌头一卷，小贝壳细嫩的内核就这样没有了。小贝壳伤心极了，没有了内核，它再也长不大了。它觉得自己老了，老了的贝壳都会变得很轻很轻，随着水流漂浮，最后不知去向。

当一道刺目的光亮刺伤小贝壳的时候，它醒了，仍然是细软的沙子里，不过，没有了温柔的海水，周围是空旷一片，不远处是一大片蓝。“那，是海吗？”小贝壳自问。一只螃蟹走了过来：“第一次上岸吧，呵呵，陆地上可没有海里那么多吃的。啊呀，我得藏起来了，小姑娘，一会儿见，你真漂亮。”说完，两个大钳子扒拉扒拉沙子，弄了个洞钻了进去。小贝壳正愣神呢，突然觉得自己浮了起来，浮在空气中，还被一双柔软的钳子钳着。

“妈妈妈妈，快看，我拣到了一个好漂亮好漂亮的小贝壳哦！”小女孩被阳光晒得红扑扑的小脸兴奋地放着光。她举着小贝壳跑到妈妈的身边：“妈妈你看，好漂亮的小贝壳，还是紫色的呢，给我串条项链好不好？”妈妈接过小贝壳，捧在手心仔细看着。紫色的小贝壳惊恐地看着眼前的庞然大物，这就是人类了，以往见过的都是不会动的啊，人类在海里活不了的，原来他们在陆地上生活。小贝壳有些累了，它习惯了独自一人，不喜欢被人折腾，在妈妈晃晃悠悠的口袋里，小贝壳睡了过去。

再次醒来的时候，小贝壳已经晃荡在小女孩的颈项上，身上有个圆圆的小洞，一条美丽的粉红色丝线穿过。小贝壳觉得疼，不过，当小姑娘把它给朋友们看的时候，看到孩子们像阳光般灿烂的笑容时，它也忘记了自己的疼，跟着高兴起来。

紫色的小贝壳多么美啊，小女孩戴着小贝壳，在芳香的花丛中玩耍，妈妈拍了好多照片，小贝壳在小女孩的胸前和她一起看那些照片，真的很美啊！小贝壳开始喜欢人类了，人类多么鲜活，多么美啊，充满了爱意，小贝壳还可以跟着小女孩四处游走，享受阳光，美丽的花儿，幽静的树林，还有各种各样的书籍，有好多可爱的画面、文字。

这天晚上，小女孩睡觉前，把小贝壳放在了床头柜上，小贝壳也睡了，窗外的月光柔柔的，星星，它早就数了好多回，也回了几个小媚眼给它们，大家都心照不宣，成了眼神交流的朋友。突然："妈妈妈妈！快来，我害怕！"小女孩做了噩梦，尖叫起来，妈妈慌忙跑进房间，抱起孩子，不小心撞了床头柜，小贝壳从床头柜上滑落下来，妈妈的鞋，踩了过去，"啪"的一声脆响，小贝壳裂了一道小口。

第二天早晨，小女孩在床头柜上摸索着。"小贝壳，美丽的小贝壳呢，怎么不见了？"她跳下床，看见豁口的小贝壳静静地躺在地毯上。"啊，妈妈，我的小贝壳坏了。"小女孩拿着豁口的小贝壳给妈妈看。妈妈拿过来，说："没事，下次去海边，再捡一个吧。这个坏了，扔了吧。"妈妈正要扔，小女孩说："等等。"接过小贝壳，把它身上的小丝线解下来："丝线还能用的。"小贝壳感到自己突然变重了，一瞬间，一次撞击之后，它已经躺在了垃圾桶里。周围肮脏而充满恶臭。

小贝壳觉得身上的伤口疼极了，最疼的，还是那个圆圆的小洞。

迁徙

夏天到来了，象群忍受不了酷热，决定向北方迁徙。大象们都在准备的时候，小象哈里正在河里游泳。水里真凉快啊，小象哈里用长鼻子吸了一鼻子水，喷水玩，水射得老高老高，把一只北飞的燕子的翅膀都给打湿了。燕子很生气，在小象哈里头上盘旋着，叽叽喳喳地抗议："小象哈里，你也太贪玩儿了，你看，你爷爷奶奶爸爸妈妈都准备向北方迁徙呢！"小象回头一看，妈妈正向它招招鼻子，叫它过去呢。

小象哈里极不情愿地从水里起来，上了岸，伸出长鼻子钩住妈妈的长鼻子，冲妈妈撒娇说："妈妈妈妈，我们为什么要去北方啊，这里多好啊。"妈妈说："孩子，天气越来越热了，太阳越来越猛烈了，河里的水会越来越浅的，我们必须迁徙到凉爽的北方去。"大象爷爷慢吞吞地走过来，用象鼻子蹭蹭小象的小脑袋瓜儿，说："北方的草原才是我们的故乡，你虽然在这里出生，可是也是要回到故乡的，况且我们曾经被狮子赶出草原几百年，好不容易前些年才收复失地，要回去好好守护我们的故乡啊。孩子，快快长大吧，变强才能不被别人欺负。”小象哈里似懂非懂地点点头。

象群出发了，奶奶和妈妈走在前面，小象走在中间，爸爸和爷爷走在后面。一路上，周围的树叶子越来越小，草地的颜色越来越深，天气也越来越凉爽，小象看到了好多从没见过的东西，各种美丽的小花漫山遍野地开放，空气不像小河边那么湿润、闷热，到处都干爽宜人，小象快活地东跑西颠，用鼻子摘下一朵儿小花插在妈妈的头上，说："妈妈真漂亮！"在一片草儿最茂盛、花儿最灿烂的草原上，大象们都停住了脚步，爸爸说："我们到了。"小象在地上转着圈儿，打着滚儿，说："到了到了，回到老家了！"

突然妈妈说："孩子快过来，回到我们中间来！"小象被妈妈紧张的声音吓了一跳，一骨碌爬起来，跑到妈妈的身旁："妈妈妈，怎么了？"小象妈妈低声说："狮子们来了。"小象从大象们的腿中间向外面看，呀，是狮群！慢慢地踱着步，一双双眼睛恶狠狠地瞪着象群，其中一个看上去是狮子首领，走到象爷爷跟前，傲慢地说："你们为什么要到这里来？这里已经不属于你们了！滚出去！"象爷爷说："这里是我们的故土，我们自然要在这里生存。"狮子说："那是几百年前的事情了。我们狮子家族在这里已经繁衍生息了几百年，凭什么要把这里让给你们？"

双方都不甘示弱，于是打了起来。小象哈里害怕极了，躲在妈妈的身后。这场争夺领土的战斗持续了一天一夜。狮子用爪子抓，用尖牙咬，可大象的皮太厚了，抓咬根本不起什么作用。而大象呢，用长鼻子把狮子一卷、一抛就扔得远远的。战斗结束了，狮子们一个个摔得鼻青脸肿，拖着瘸腿撤退了，大象占据了草原，狮子在不远处窥视。虽然大象们占据了草原，可是狮子还是时常来骚扰偷袭，象妈妈一直很紧张地保护小象，从不让小象离开它的身边。

一天象妈妈带着小象哈里去河边喝水，突然看见一只小狮子也在河边玩水，大象妈妈走过去用鼻子把小狮子卷了起来，小狮子“哇哇”大叫起来，象妈妈正要把它扔出去，小象哈里忙说：“妈妈，别，它和我一样都是孩子啊，不会伤害我们的。”象妈妈犹豫了一下，放下了小狮子。象妈妈喝水去了，一旁的小狮子很感谢哈里，说：“谢谢你，我叫嘟比，我们交个朋友吧。”于是小象哈里和小狮子嘟比成了一对好朋友，经常在一块儿玩耍，小象哈里把鼻子给小狮子嘟比当秋千玩，而小狮子呢，经常给小象摘很多嫩叶来吃。

日子一天天过去，小象哈里和小狮子嘟比都长大了。这天，大象们正在草地上庆祝小象哈里一周岁的生日，大家都很高兴。清晨的时候，小象哈里和小狮子嘟比偷偷在河边见了面，小狮子嘟比送给了哈里一个美丽的花环做生日礼物，小象正戴着它，大象们用长鼻子一个个碰碰小象哈里的头，祝福它。突然，大地震动起来，只见远处滚滚烟尘，放眼望去，原来狮子跑去其他动物那里诉苦，说大象把他们赶出了领地，狮子头领拖着被象爷爷摔断的前腿去找鹰王，爱打抱不平的鹰王答应帮助狮子们赶走大象，还有野马、野牛、斑马、豹子、狼獾……象爷爷怕小象哈里受到伤害，决定和狮子它们谈判。谈判的结果是，大象必须离开北方草原。

小象哈里伤心极了，它舍不得草原上的小鸟，昆虫，舍不得清澈的小溪，更舍不得小狮子嘟比。象妈妈说："我们一定要在这里给哈里过两周岁生日。"象爸爸用鼻子揽住象妈妈说："我们还是走吧。"象奶奶想起祖先为了夺回草原牺牲了性命，自己也忍受不了离开故土的痛苦，和象爷爷木然地走向大象的坟墓，大家再也没有见过它们。小象失去了亲人，可是在众多敌人的面前，它还那么弱，根本没有力量抗衡。

象爸爸、象妈妈带着小象哈里黯然地走上了迁徙的旅程。小象哈里心想："我还会回来的。等我长大的时候……可是眼下，哪里才是我们的家？"

云宝宝

洁白的云朵，每天从我们的头顶飘过，轻柔无比，像一团巨大的棉花糖，真馋人啊！可是，你有没有注意到云朵在看你呢？每朵云都是云宝宝，白白胖胖的云宝宝，它们在天上飞着、飘着，和风娃娃们一起玩儿，就像我们在水里游泳一样。顽皮的风娃娃有时会和云宝宝捉迷藏，把云宝宝推得团团转。

有天，云小宝和小云宝玩角力，风娃娃做裁判，云小宝说："风娃娃吹口气，把我们俩推到一起我们才能玩角力呀。"于是，第一次做裁判的风娃娃狠狠地吸了一大口气，"呼——"吹过去，糟糕！两个云宝宝搅在一块儿了，抱在一起难舍难分，风娃娃死命把它们俩拉开，哟，云小宝穿了小云宝的裤子，小云宝穿了云小宝的衣服了。

云小宝每天在天上飘着，风娃娃睡着的时候，它躺在天上，头顶是蔚蓝的天空，一点杂质也没有，就像块平滑的丝绸，很美啊。可是看久了它会眼花，还是地上好看，那么多森林啊，草原啊，河流啊，还有黄一块青一块的农田，农田的旁边是红屋顶的小房子，小人儿走来走去，穿着花花绿绿的衣服，还有小狗小猫啊，在打闹嬉戏，真快乐啊。哇，那边是一大片一大片的花海，紫色的薰衣草，云小宝深深地吸了一口气，真香啊，原来风娃娃假装睡着，却跑到花海去闻花香了，还和花儿们亲吻，云小宝很伤心，因为自己太轻太轻了，怎么也落不到地上。

小云宝一直飘在云小宝旁边，身上还穿着云小宝的衣服，呵呵，看样子，它们得再角力一次才能换回来啦。小云宝也闻到了花香，它冲云小宝眨眨眼睛说："花儿真香啊，很想凑近些闻闻。"云小宝说："对呀，可是我们太轻了，只能这样飘在空中啊。"小云宝皱皱眉头，突然灵机一动说："我们抱在一起吧，这样不就重些了吗？"云小宝高兴地咧开嘴笑了。于是两个云宝宝抱在了一起，可是还是不够重啊，于是，它们叫来了小宝云、云宝小、宝小云和宝云小，叠在一块。

还不够重呢，怎么办呢？这时，风娃娃带着一阵花香回来了，一副陶醉的样子，云宝宝们看见了说："风娃娃，你怎么一个人去闻花香啊，我们也想去，你帮我们吧。"风娃娃不好意思了，说："你们太轻了呀，不过你们现在抱在一起，一定要团紧些才行，这样吧，我带你们去沙漠，装点沙子在口袋里、衣服里，这样不就够重了吗？"于是风娃娃把云宝宝们带到了沙漠，风娃娃吹呀吹呀，吹得嘴都肿了，吹起漫天黄沙，云宝宝也不顾沙子会迷了眼睛，冲到沙子底下，让沙砾打在自己的身上，可疼了，可云宝宝忍着，为了紫色的花儿，为了芬芳的花香，云宝宝什么都可以忍耐。

要回到花海上空可不是一件容易的事，云宝宝这时已经不再白净了，浑身脏兮兮的、沉甸甸的。风娃娃只得使出吃奶的劲儿，用力地推啊推啊，好不容易才把云宝宝推到花海上边。云宝宝这时可是个又大又胖的黑胖子了，看着湖面上自己的倒影，云宝宝有些伤心，觉得自己太丑了。风娃娃为了凉快互相吹着，着急地说："我可没办法了，你们离地面还远呢。"云小宝着急了，责怪小云宝说："都是你出的坏主意，这下好啦，闻不了花香不说，还把自个儿弄得脏兮兮的。"小云宝觉得委屈，说："我也是为了帮你呀，你以为我喜欢脏兮兮地和你们挤在一块儿啊。"小宝云和云宝小不高兴了，说："你们也真是，现在好了，我们想走也走不了啦。"云宝宝们吵起来了，地上的花农看看天上，天空中电闪雷鸣，好不热闹。

云宝宝们吵着吵着都生气啦，你拽我一下，我踢你一脚，打起来啦！还是小云宝力气大，一脚把云小宝踢了出去，云小宝气坏了，居然哭了起来，越哭越瘦，整个身体都化成眼泪了。

云小宝终于落到了地面上，不过，大家再也看不见这朵名叫云小宝的云宝宝了，因为它已经变成雨落了下来，它闻到花香了吗？没有。花儿被雨点砸碎了，落了一地。云小宝伤心极了，抱着花儿汇聚成小溪，流入大河，流向大海，在阳光的照耀下重新升腾成云。也许，你看到的那朵紫红色的云，就是有着花香的云小宝呢。

松鼠与松树

今年秋天来得可真早啊，不到十月，漫山遍野已经是一片金黄。夕阳斜照过树林，白桦树林披上了一层金色的外衣。顽皮的小松鼠在林间欢跳着穿梭，大大的尾巴高高翘着，阳光下也泛着金光，可爱极了。白桦树们都用自己树干上的大眼睛看着这个快乐的小精灵。小松鼠跳到一棵白桦树姐姐的枝丫上，白桦树姐姐问小松鼠："小松鼠，今天有什么事这么高兴呀？"小松鼠举起手中的松果说："喏，你看，今天我捡到了这么大一个松果呢！"说完用鼻子嗅嗅，陶醉地说："真香啊！"

白桦树姐姐听了，微微一笑。这时，小松鼠在树杈上坐了下来，大尾巴往树上一靠，像个柔软的褥子，它准备美美地睡上一觉，然后再享用它的晚餐。没想到大尾巴不小心挠了白桦树姐姐的胳肢窝，白桦树姐姐忍不住痒，"哈哈哈哈"笑了起来，笑得花枝乱颤。小松鼠一下没站稳，伸手去扶树干，咕噜一声，大松果滚到地上去了。小松鼠跳下树，捡起松果，紧紧抱在怀里，美滋滋地一溜烟又不知跑哪里去了。

秋天很快就结束了，白桦树落下了最后一片黄叶的那天，洁白的雪花纷纷扬扬，不久，白雪层层叠叠，大地银装素裹。不过，冬天很快就过去了，春天来了，小草从土里钻出来，冬眠的小动物们也伸着懒腰，打着呵欠，纷纷从树洞里、岩洞里、土洞里钻了出来，沐浴春天的阳光。小松鼠一身轻快地到处游玩，来到了白桦树林，白桦树也长出了绒绒的一层绿色。咦？在白桦树姐姐身旁怎么长出了一棵松树的小树苗？小松鼠跑过去嗅嗅，又跳上白桦树姐姐的肩膀看看四周，只有这一棵小松树！

白桦树姐姐看着小松鼠惊讶的样子，笑了，说：“上次的大松果掉下来的时候，有一颗种子掉到地上，这不，春天来了，就长出了这棵小松树。”小松鼠高兴极了，想，如果我好好照顾这棵树，到了秋天，它就可以结出又大又香的大松果了。于是小松鼠很勤奋地每天给小松树浇水、施肥，还捉来蚯蚓给小树松土。夏天到了，小松鼠褪去一身冬装，换上了轻便的夏装，小松树也越长越高，小松鼠看着小树一天天长大，高兴极了。一天，小松鼠的好朋友小兔来林中吃草，看见小松鼠在给小树浇水，就蹦蹦跳跳地跑过去，问：“小松鼠你在干什么呐？”小松鼠说：“这是我种下的小树苗，我好好照顾它，今年秋天就会有又大又香的松果吃了。”小兔说：“让我来帮助你吧。”于是两个小家伙每天都精心照顾小松树。

在小松鼠每天的照顾下，小松树渐渐爱上小松鼠了，它每天都努力地长着，踮起脚尖努力向上生长，根深深地扎进土壤里汲取养料，它想，秋天，我一定要结出又大又香的松果送给小松鼠，让它吃个饱。小松树的努力没有白费，它越长越粗壮，可是却挤坏了白桦树姐姐，它把白桦树姐姐的养料也吸光了，枝丫也开始遮挡白桦树姐姐原本能够晒到的阳光。周围的白桦树哥哥姐姐们不乐意，对小松鼠说："小松鼠，你不能因为自己要吃大松果就影响了我们的生活呀，你看白桦树姐姐都因为营养不良而奄奄一息了。"白桦树姐姐又说："再说松树应该回到松树林里去，白桦树林里长着一棵松树多奇怪呀。"

小松鼠听了，很不高兴，对小松树说："你长慢一点儿吧，这样对你我都好。"小松树伤心极了，这时小兔过来了说："小松鼠不喜欢你，有我呢。我来照顾你。"小松鼠再给小树浇水的时候，小树不理它，水都从草地上流过，渗不到地下。小松鼠觉得小树不再需要它了，于是再也没有给小松树施过肥、浇过水，每天从它身边路过，都看见小兔在帮小树浇水捉虫子。小松树赌气地天天喝很多水，汲取很多养料。而小松鼠也很伤心，本来小松树爱着它，可是现在却仿佛爱着自己最好的朋友小兔，每天叹气。

秋天到了，小松树长得比白桦树姐姐还高了，可营养不良的白桦树姐姐早就被饿得奄奄一息。小松鼠愧疚极了，不再到白桦树林里来。而小松树呢，把蓄积了整个夏天的营养全部长成了又大又香的松果，挂满了枝头，把松枝压得弯弯的。小兔在一旁高兴地说："真好，你终于达成心愿啦。"可是小松树多么希望小松鼠能够来到这里，尝尝它结的松果啊，全部摘去它也毫无怨言。

可是整整一个秋天过去，小松鼠再也没来过白桦林。当最后一片黄叶从白桦树上飘落的时候，洁白的雪花纷纷扬扬从天而降，而固执的小松树仍然牢牢地把松果挂在树上，痴痴地等着小松鼠。大雪层层叠叠，大地银装素裹，只听“咔嚓”“咔嚓”，小松树再也承受不了松果和大雪的重量，折弯在地。

春天来了，小松鼠路过白桦林，白桦树梢沙沙作响，谈论着，曾经有棵小松树，它爱着小松鼠……

四季的童话

一

春夏秋冬四季交替着，人们已经习惯了，可是，四季宝宝们却腻烦了。春宝宝走了夏宝宝来接班，见着春宝宝一天，之后是秋宝宝，然后是冬宝宝，接着又是春宝宝，挨着的两个人每年可以见一天，剩下的呢，像冬宝宝和夏宝宝可是从来都没有见过面的。

四季宝宝们觉得不好玩了，冬宝宝一直很想见夏宝宝，于是，用了半年的时间请春宝宝带话给夏宝宝，说："夏宝宝，我想见你，我想在夏天吃雪糕、游泳。"春宝宝等了三个月，总算等到夏宝宝，于是把冬宝宝的愿望告诉她，并且也跟夏宝宝说："我从来没见过秋宝宝，很想看看漫山的红叶是什么样子的，还有那么多柔柔嫩嫩的小树苗长成硕果累累的果树的样子，您帮我转告他吧。"夏宝宝说："好的，一定转告。"

夏天过去了，夏宝宝见着秋宝宝，把春宝宝的愿望告诉了他，秋宝宝说："欢迎欢迎，我也想看看嫩绿的小草和美丽的鲜花呐。"夏宝宝也请秋宝宝告诉冬宝宝，她想看看飘雪的天空，还想和四季宝宝们一起堆雪人，打雪仗。

就这样，又过了一年，四季宝宝们决定聚会了，这天是冬宝宝和春宝宝交接班的日子，夏宝宝和秋宝宝也来了，冬宝宝不走了，辟出一块空地，下了一天雪，夏宝宝鼻子冻得红红的，递给冬宝宝一根冰棍说："尝尝吧，可好吃了，奶油巧克力的。"冬宝宝一口咬下去，嘎崩一声，一口牙全崩了，冬宝宝忙抓了几块冰块塞进嘴里，代替牙。夏宝宝玩着雪，一个雪人还没堆完就打起了喷嚏，天上马上乌云滚滚，下起雷雨来了，把春宝宝好不容易催长出来的禾苗全给淹了。春宝宝忙说："乌云走开，别挡着我的太阳了。"太阳是出来了，可是一阵秋风吹过，禾苗还没长大就变黄了。农民都没有粮食了，今年要挨饿了。冬宝宝跑到海边去游泳，晒太阳，结果把大海冻起来了。四季宝宝们在这个巨大的溜冰场滑冰，玩得可高兴了，可是渔船全给冻住了，渔民们捕不到鱼了，纷纷抱怨说："怎么回事啊，捕不到鱼，这日子怎么过呀。"

四季宝宝一看因为自己贪玩惹了祸，都不知道怎么办才好。大地妈妈说话了："孩子们，因为你们的贪玩影响了万物生长的规律，你们还是回到原位，各司其职吧。每个人都有自己的位置，不要任性，要明白，你们都有自己的使命，自己的责任。回去吧。"四季宝宝只得回到自己的位置上了。

不过四季宝宝们还是偶尔会串串门，你们在夏天看到冰雹的时候，就是冬宝宝去看夏宝宝了。

二

冬宝宝爱上了夏宝宝的热情，于是，常常趁她不注意跑去看看她，看看她波澜壮阔的大海在阳光下闪烁，看看似她般热情如火的女郎在沙滩上嬉戏，尝尝美味的冰激凌仿佛冬天般的味道，冬宝宝想，也许夏宝宝也是爱他的，于是，他决定留在夏宝宝身边。

夏宝宝实在太可爱了，美丽的花环戴在她的秀发上，还有香甜的水果围在她周围，即使偶尔发发小脾气，也马上雨过天晴，彩虹一抹，美不胜收。冬宝宝如此迷恋这样的美丽与快乐，于是不再想回去了。

没有了冬天，人们似乎也很高兴，多好啊，省了不少柴火，何况，春天和秋天延长了，还可以多种一季粮食呐。可是也有例外的，孩子们不满意了，打不了雪仗，堆不了雪人，滑不了冰了；哈尔滨没有了雾凇与冰雕，再也不敢称自己是冰城了；没有了厚厚的积雪，虫子们冻不死了，到处祸害庄稼。最可怕的是，两极的冰雪都融化了，什么上海啊，东京啊，纽约啊全淹水里了。

冬宝宝还是回去了，因为除了给人们带来的困扰之外，夏宝宝还告诉他：“我也一直爱着你啊，只是，我爱你的冷峻、严厉、谨慎，爱你冬日的暖阳，温暖的雪被子，雪地上的脚印两行，爱你漫长的夜晚，绚烂的极光，只是，这是夏天没有的啊，离了冬天，这些我爱的都不见了。你还是回去吧，让我继续爱那个真正的你，不要为我改变什么，最真的你才是最可爱的啊。”

冬宝宝还是回去了，夏宝宝依然爱着他，他也爱着夏宝宝，只是，春风和秋雨传递着他们的爱情，辗转而缠绵……

风筝

本来没有风筝，只有一张白纸，几根竹子。主人用竹子搭了架子，把白纸糊上，用彩色的画笔画上美丽的图案，于是，有了风筝。主人给风筝系上线，装了个线轱辘，决定拿去试飞。风筝很高兴，可以看到绿草、蓝天，真的很高兴。

风筝躺在主人的书桌上，望着窗外的蓝天白云，天空中有许多像它一样的风筝在飞，蜻蜓，蝴蝶，金鱼，还有老鹰啊，面具啊，孙悟空啊，各种各样的风筝。风筝想象着自己在天空中飞翔的情形，不禁笑出声来。

主人拿起风筝刚要跨出门槛，想起还没给风筝取名字，风筝从镜子里看见自己，是一只美丽的蝴蝶，身后还有两条美丽的长尾巴，有了它们，它可以在天空中飞得更高，更远。主人对风筝说：“就叫你蝴蝶吧。”蝴蝶很喜欢这个名字，觉得世界上没有比它更美的蝴蝶了，也没有比它更美的风筝了。

草地上，放风筝的人还真不少，一个小男孩走过来对主人说："先生，您的风筝真漂亮，是你做的？"主人有些羞涩地点点头，小男孩说："那，我们比比吧，看谁的风筝飞得高，飞得远。"主人看了看蝴蝶，蝴蝶急于展示自己的美丽与轻盈，随着风儿点点头，主人说："好吧，蝴蝶一定可以飞得很高，很远。"

蝴蝶就这样，乘着风儿飞上了天空，蝴蝶看着主人离自己越来越远，有些担忧，不过，看看系在身上的线，又安心了。不远处是小男孩的风筝，一条美丽的金鱼，摇摆着尾巴，向她游来。蝴蝶随着风，努力地向上飞着，飞着，金鱼也游着，游着。金鱼对蝴蝶说："蝴蝶，你真美，愿意嫁给我吗？"蝴蝶撇撇嘴，说："哪有刚认识就求婚的啊。"金鱼说："也是，像您这样美丽的女孩，一定会有很多人喜欢你的。"

这时，一只面具风筝飞过来，红脸京剧脸谱，蝴蝶揉揉眼睛，心想："这张脸可真吓人。"没想到脸谱说："美丽的蝴蝶仙子，愿意成为我的女朋友吗？有我在，没人敢欺负你。"蝴蝶说："不，不必了，我还要跟金鱼比赛，先走了啊。"说完，又努力向更高更远处飞去。

主人手中的线越拉越紧，看样子是快要到头了，金鱼和脸谱也被蝴蝶甩得老远。这时，一抹美丽的彩虹飞过蝴蝶的身旁，蝴蝶转头一看，原来是和它一样美丽的一只蝴蝶风筝在飞舞着，蝴蝶心想："它可真美啊，而且飞得比我还高。"蝴蝶向它飞了过去。花蝴蝶傲慢地看看蝴蝶说："你想成为我的爱人吗？"蝴蝶急切却又羞涩地点点头，花蝴蝶说："那你必须飞得像我一样高才行啊。"蝴蝶听完，更加努力的向上飞着……

“啪”一声轻响，主人手中的线断了，蝴蝶自由地随着花蝴蝶飞翔。在他的身边，是多么的幸福啊。可是，花蝴蝶突然不动了，然后一步步向下降落，蝴蝶惊恐地发现自己随着风越走越远，想要回去，已经不可能了。渐渐地，蝴蝶的呼喊声被呼呼的风声淹没，眼见着心爱的人儿渐行渐远，消失在视野之中。

乌云来了，暴风雨来了，无情的风雨将断线的蝴蝶击打，蝴蝶昏迷了过去，醒来时，已经降落在一棵枯萎的树上，身上的美丽花纹被雨水浸透了，在树枝上划出一道道裂痕。蝴蝶微微抬了抬眼，是主人！主人来找寻她了！！蝴蝶残破的尾在风中飞舞，主人看见了，爬上树，把她摘下来。

回家，缝缝补补之后，风筝又复活了，只是，空中少了一只无所适从的蝴蝶，多了一只骄傲而成熟的凤凰，线的一端在身上，另一端轻轻地握在主人手中……

种西瓜

懒懒猴和邋遢兔一起住在一间小木屋里，它们虽然属于不同物种，但是却有很多相同之处，都懒，且馋，可以说是臭味相投。这天又来了个新房客皮皮猪。皮皮猪因为时常喜欢在泥里滚，猪妈妈每天给它洗衣服，一件洗好还没晾，皮皮猪就已经一身烂泥回来了，还嚷着要换衣服。过了没多久，猪妈妈洗衣服洗得先是累瘦了，然后累病了，没过几天就累死了。皮皮猪的爸爸也被送去了屠宰场，于是皮皮猪成了孤儿。它那么脏，农场主怕卖不出去还要花钱买饲料养活它，想来想去觉得不划算，最后就把它扔到森林里了。

皮皮猪在森林里遇见了懒懒猴。它们见面的第一天，皮皮猪正在烂泥里晒太阳，懒懒猴在树上张着嘴，等着果子掉到自己的嘴里。皮皮猪晒完太阳跑到树下蹭痒痒，谁知道力气太大，把树蹭得动摇西摆，懒懒猴一个没留神，从树上滑到地上。懒懒猴懒得起来，冲皮皮猪眨眨眼睛，懒洋洋地说：“你好啊，新来的啊？”皮皮猪正在担心它有没有摔疼，看样子估计没事，然后就说：“是呀是呀，我叫皮皮猪，被农场主赶出来了，没地方可去。”懒懒猴朝自己努努嘴说：“我，懒懒猴，你把我背回家，以后就跟我们住吧。”皮皮猪一听有地方住，高兴了，说：“那有东西吃吗？”懒懒猴懒洋洋地说：“当然有了，你把我背回家，我拿给你吃。”于是皮皮猪就把懒懒猴背回家了。

到了小木屋，我的天呀，连个下脚的地方都没有，只看见一个灰色的小毛球在墙角一大堆杂物里面晃动着。皮皮猪说：“哎呀呀，你看你都残疾了，也没个人照顾你，真是可怜呀！”懒懒猴听见立马站了起来说：“谁残疾了谁残疾了，看看清楚，胳膊腿脚灵活着呐！会说话吗？”皮皮猪拽拽头上几根稀稀拉拉的猪毛，它一搞不清楚状况就这样，说：“那你干嘛叫我背你回来啊，我还以为你腿摔坏了呐！”懒懒猴说：“那不是懒得走嘛。邋遢兔呢，兔子，在家吗？这是新房客皮皮猪。”墙角灰色的小毛球突然变大了，一个灰色的小兔子突然站在皮皮猪面前，伸出小爪子跟皮皮猪握手：“你好，我叫邋遢兔。”还没等皮皮猪回答呐，邋遢兔就冲懒懒猴嚷：“看见我的那个西瓜籽了吗？我找了一天了也没找着，快帮我找找！”说完又打算钻到杂物里面去找了。懒懒猴一屁股坐在地下说：“皮皮猪你帮它找吧，我懒得找。”

皮皮猪憨痴痴地说：“不用找了，我知道在哪里。”邋遢兔跳过来，瞪着一双红眼睛急切地说：“在哪里，在哪里？！”皮皮猪把手在邋遢兔的嘴边一晃，摊开手，一颗乌黑油亮大大的西瓜籽就老老实实地躺在它的手心里。邋遢兔说："我说怎么找不着呐，原来是你拿了啊。"皮皮猪憨笑说："不是挂在你的嘴边上吗？"邋遢兔高兴地说："找到就好了，我说，上次那个房客叫什么来着，贤惠羊啊，它说在这里养我们两个大懒虫会饿死自己的，我看我们也不用求别人，自己动手丰衣足食，我们种西瓜好了，到时候啊，想吃了自己去地里挖来，不就有了吗？"懒懒猴说："我没意见，皮皮猪觉得怎么样？"皮皮猪举起小猪蹄说："好耶，我最喜欢吃西瓜了！"

由谁来种呢？大家公推邋遢兔最聪明，它认为要吃到西瓜嘛，分三个步骤，一是种西瓜，二是摘西瓜，三是切西瓜，最后就能吃西瓜了。于是，经过一个晚上的激烈讨论，最后得出的结果是：皮皮猪负责种西瓜，邋遢兔负责摘西瓜，懒懒猴负责切西瓜，然后大家一起吃。大家对这个安排都很满意，于是开始工作了。

皮皮猪看着这颗乌黑油亮大大的西瓜籽，心想，要是可以种出有橘子味、香蕉味、菠萝味、蓝莓味、杨桃味、草莓味的西瓜就好了，于是它找来了这些水果的种子，捣烂，把西瓜籽放在中间，从猪皮上刮了点烂泥把这些混合在一起搓成一个小球，然后埋在土里。

过不了几天，土里发芽了，皮皮猪浇水施肥松土捉虫，又过了几个星期，瓜藤已经爬满了屋前屋后，邋遢兔看着绿油油的瓜叶可馋了，要不是皮皮猪拦着，它早就扑上去吃个痛快了。懒懒猴还是那样，一天到晚在树底下张着嘴躺着，等着果子掉到嘴里来。又过了不久，瓜藤上开花了，好漂亮啊，是七彩的西瓜花，美极了，皮皮猪知道一朵花就是一个大西瓜，所以它决不让其他人碰它的西瓜花，还请来蜜蜂和蝴蝶给西瓜花传粉。

日子一天天过去，西瓜花凋谢了，子房却一天天鼓胀起来，一个个绿油油的小西瓜长大了。皮皮猪帮小西瓜们挪开叶子，让它们每天都可以晒到充足的阳光，松土施肥浇水。在皮皮猪精心的照料下，小西瓜们一个个长大了。

丰收的季节来临了，邋遢兔出场了，它一蹦一跳地挨个儿数过去，1，2，3，4……哇，足足有30多个大西瓜呐，全都安安静静地躺在瓜田里，等它去摘呐。邋遢兔挑了一个一般大的摘下来，拿回屋子里，懒懒猴已经拿着把刀等着切西瓜啦。皮皮猪说："先洗洗再切吧。"懒懒猴说："不用了，挺干净的，我切了啊！"说完，一刀下去了。

哇！真香啊！等等，这，是西瓜的香味吗？明明还有橘子味、香蕉味、菠萝味、蓝莓味、杨桃味、草莓味在里面啊，满屋子都是各种水果的香味，实在太馋人了！切开西瓜一看，不得了，七种颜色排成一圈，美丽得就跟彩虹一样。邋遢兔不管三七二十一，抓起一块就吃。懒懒猴也不甘人后，拿起一块就啃。皮皮猪拿起一块西瓜，轻轻咬了一口，真香，真甜，真好吃啊！各种水果的香味混合西瓜的甜蜜口味，实在是太美味了。

"咳咳，什么好东西啊，那么香？"小狐狸卡卡不知道什么时候站在门外了。皮皮猪热情地拿过一块给他，说："可好吃了，是我们种的，七彩西瓜，你尝尝吧。”小狐狸卡卡接过西瓜咬了一口，哇，真是太美味了！小狐狸卡卡眼珠子滴溜一转，说：“可以送给我一个吗？”三个小家伙嘴里塞得满满的异口同声地说：“没问题！”小狐狸卡卡捧起三个小家伙送给它的西瓜，这就走了。

小家伙们把地里的西瓜摘下来放在屋子里，慢慢吃。森林里的小动物们闻到香味都来到小屋，品尝七彩西瓜。一传十十传百，森林里的王者狮子大王也来了。它吃着七彩西瓜，对三个小家伙赞不绝口，决定举行一个盛大的晚会表彰它们对森林小动物们做的贡献。晚会就定在狮子大王的狮子岩下面举行。

晚会那天，邋遢兔、皮皮猪和懒懒猴都认认真真地洗头洗澡。皮皮猪惊讶地发现，原来邋遢兔是只美丽的雪白的小兔兔啊。大家都穿上自己最好的衣服来到狮子大王的狮子岩下。狮子岩是一块巨大的岩石，下面是一片空地，是森林动物们开大会的地方。狮子大王已经在狮子岩上面坐下了。狮子大王说：“下面有请七彩西瓜的种植者邋遢兔、皮皮猪和懒懒猴上来讲话，动物们都欢呼起来，三个小家伙晕晕乎乎地走上狮子岩，你推我我推你，都不好意思说话。最后决定由邋遢兔代表大家说话，它说：“谢谢狮子大王，谢谢小动物们的支持，我们这个七彩西瓜的种子是我培育的，皮皮猪和懒懒猴很好地配合了我的工作，才有了今天的成绩。我们会继续努力，种好七彩西瓜，一定不让大家失望。”台下掌声雷动，皮皮猪张张嘴想要说些什么，可是最终还是没有说。

狮子大王微笑着点点头，说："为了表彰你们的成绩，我将颁发给你们一个荣誉证书……"话音未落，一个声音说道："大王，且慢！这个西瓜不是他们培育的！！"大家都惊呆了，窃窃私语起来。只见小狐狸卡卡拿着一张证书走过来说："这个西瓜是我的成果，我已经申请了专利！大王请看！"狮子大王满腹狐疑地拿过那张证书仔细看看，只见上面有森林文、草原文、湖泊文、海洋文好多种文字写着："七彩西瓜已由狐狸卡卡注册为专利产品。"并且还盖了动物世界委员会的公章。狐狸卡卡说："是它们剽窃了我的科研成果，您不能颁奖给它们，它们还应该赔偿我的经济和精神损失！请大王明断！"狮子大王看看狐狸卡卡又看看三个小家伙，邋遢兔连忙摆摆手说："这，这西瓜不是我种的啊，是皮皮猪种的，不信您问懒懒猴！"懒懒猴连忙点点头说："是，是皮皮猪种的。"

狮子大王问小狐狸卡卡："这个西瓜的种子有什么特别之处吗？"小狐狸卡卡被问住了，一下子答不上来。"皮皮猪你说。"皮皮猪拽拽头上几根稀稀拉拉的猪毛，说："我想，要是可以种出有橘子味、香蕉味、菠萝味、蓝莓味、杨桃味、草莓味的西瓜就好了，于是就找来了这些水果的种子，捣烂，把西瓜籽放在中间，从我的身上刮了点烂泥把这些混合在一起搓成一个小球，埋在土里。然后浇水施肥松土捉虫，用了两个多月才种出这个西瓜的。"

狮子大王对小动物们说："你们觉得谁说的是真话？"小动物们沉默了一会儿，一个尖细的声音说："是皮皮猪。"其他人也跟着说："是皮皮猪。是皮皮猪。"狮子大王把狐狸的证书撕得粉碎，然后严厉地说："我马上会派人向动物世界委员会说明这件事的！"然后把自己手里的荣誉证书给皮皮猪，说："这是你应得的，下次记得去申请专利！"小动物欢呼："大王英明，大王万岁！皮皮猪万岁！"

回到家，邋遢兔和懒懒猴向皮皮猪道歉了。皮皮猪原谅了它们。三个小家伙坐在西瓜堆上啃着香甜的西瓜，看着荣誉证书，别提多高兴了。

幻境

幻境 No.1

田间的雾霭很浓，很凉，穿过我的衣裙，穿过背后高高的芦苇花，穿过小木屋的玻璃窗……

我故意不走门前的沙土路，偏偏要穿越一片芦苇花的领地。鼹鼠弟弟跟着我的脚步，在浅浅的脚印里玩耍、追逐。总有几只顽皮的芦苇花钻到我的面前，侍弄我的鼻尖，让我打喷嚏。阿嚏！惊得它们花枝乱颤，一波波把我推了出去。

眼前豁然开朗，铺着碎石的马路在一望无边的原野面前，就像画框最下端的边缘。在不同层次的种种绿色构成的背景之下，薄薄的雾气仿佛柔丝，仿佛细纱缠绕着或远或近的树腰、屋梁，涌动，涌动。深深地呼吸，清凉湿润的空气带着原野的芬芳，所到之处仿佛经上帝的手抚摸之后的洁净。

路的一端传来叮叮当当的声响，由远及近。

手中的书信挣脱束缚，飞向天空，游向苇塘，化作雪白的飞鸟，化作银色的游鱼，离我而去。那些只是白色的一片，

一片，各种墨迹印在我的皮肤，渗入我的身体，烙印在我的血管，我的心。

路的一端传来叮叮当当的声响，渐渐逼近。

一只黑鸟停在我的帽檐，才发现，我是田边的稻草人，不知不觉，破烂的衣衫遮不住稻草芯。脸上总是挂着憨傻的笑。一只一只的黑鸟，停在我无力的肩膀。我自己的手臂都要仰仗木料，你们就请别开玩笑了吧。黑鸟早已习惯我的表情，无所谓地大呼小叫。

路的一端传来叮叮当当的声响，已在耳畔。

黑色的骏马却拉着一辆破旧的马车，橡木的车轮上斑斑裂痕。我说，用铁树来做就好啦，那可是世界上最坚硬的树啊。我慌忙捂住嘴，柔软的嘴唇和冰凉的小手。马车上的老爷爷说："王子等你好久了，快上来吧。"马车的门开了，车上没有一个人。我上车，向黑鸟们招手告别，它们却仿佛看不到我，啄着车后巨大的尾巴，有鳞的鱼尾。雾霭仿佛海浪，卷曲，翻腾。黑鸟们啄食着翻滚的雾浪混合尘土带来的各种小虫、贝壳的化石、亮晶晶的宝石，饱餐了一顿。

耳畔的叮叮当当，响个不停。

沿着通天的白色巨桥，女巫在银色的马车里发出惊叫，破洞的巫师帽在桥洞中飞舞，驾车的卫兵穿着火红的制服，脸上挂着诡异的微笑，鞭子在他手里欢跳。阳光下闪光的是独角兽缎子似的皮毛，还有晶莹剔透的犄角。女巫的枯手妄想抓住舞动的鞭子，回到手中的只有破帽。士兵回头狡黠一笑："别急，就快到了。"路的尽头是彩旗挥舞的白色宫殿，望望脚下，除了云，没有其他。

幻境 No.2

我吹个泡泡，咬着它上天。

逃离豚鼠的追捕，麻雀的唠叨，泉水的呜咽。

一分钟前，它们愕然地看着我，飘远。

泡泡里装着，我的肺过滤后的气体。

生物老师告诉我，那是二氧化碳和氮气，还有一点水蒸汽。

我突然想念我的乐高玩具，那么多，好几个生日才凑齐。

泡泡晃了晃，里面居然装着我的乐高玩具！太——

不等我说完，泡泡就要离我而去，我急忙抓住就要飘走的气门，才侥幸救了自己。

我的心里一阵恐惧，地面正离我远去。

听不到豚鼠的咒骂，麻雀的唠叨，泉水的哭泣。

一个小时前，我还吃着冰淇淋，高高的雪球一个踩着一个，争先恐后地涌进我的嘴里。

泡泡晃了晃，冰激凌在里面舞蹈，数也数不清。

我咽咽口水，草莓、哈密瓜、香芋、薄荷、巧克力，还有我最最喜欢的芝士和绿茶。

我对着气门吹了吹气，别化了，我亲爱的冰淇淋，目的地还有很远的距离！

目的地，哪里是我的目的地？
那里没有豚鼠的咒骂，麻雀的唠叨，泉水的哭泣。
带着我的玩具，带着我的冰淇淋，总有一刻要找到那里。

看呐，快看！那里，就是那里！
美丽的小岛在向我召唤！
巍峨的孤峰高耸入云，山脚却包裹着金色的裙边！
我要飞向那里，在那里着陆，在那里继续生活下去！
风似乎也为我欢呼，吹着我，飞向那里……

我没有看到我的脚下，是黄沙，无际。

幻境 No.3

我的背囊瘪瘪的，但是并不空虚。它漏了，有个我看不到的破洞，无论我往里面装什么，都会趁我不注意的时候漏出来。还好，我总是会在途中发现一些可爱之物放进背囊，还好，这些可爱之物总会在我忘记它们的时候，从我的背囊，逃离。

我不停地走着，路过斑斓的城市，宁静的村庄，丰饶的田野，肃杀的坟场，干涸的河床，喧闹的海港，冷峻的山峦，广袤的荒原，路过……从不驻足停留，从不慌忙逃离，不因为风景的美，更不惧路途的崎岖。尽管双脚伤痕累累，尽管足迹血迹斑斑，我不停地走着，走着。采撷秋天的枫叶，捕捉夏日的萤火虫，品尝春露的甘美，冬雪的纯洁，我走着，不停地走。

我总会忘记一些过往，总会。记忆仿佛一个大匣子，装不了许多，总要挤出一点儿来才能再塞点儿进去。我的背囊，永远不空。

当枫叶又红了的时候，当小路在夕阳中泛着金光的时候，有个小丑拦住我，为我表演杂耍和哑剧。我笑了，亲吻了他的脸颊，他的油彩粘在我的脸庞，直到遇见冰川，才看见我的大花脸。我想起了他，伸手在背囊中搜寻一个圆球，那是他的红鼻头，我用一个豁口的石榴换来的，他的红鼻头，不见了。

我不停地走着，一个雪白的脸庞出现在眼前，漆黑的眼，

发青的两颊。这个孩子，在黑夜里，在黑色的斗篷里，露出雪白的脸，同样雪白的双手抚摸着一根白色的小骨头。她看不到我，走来，走来，撞在我的膝盖，终于停下来站住。我蹲下来，她并不看我。我问她，家在哪？她问，你呢？我默默地抱住她，摇摇头。可我什么也没有抱住。起身一看，地上，只有一根白色的小骨头。我把它放进背囊中，继续走，不停地走。

春天的狗儿总是很兴奋，猫儿也是，我也跟着它们一起高兴，脚步轻快。一只金色皮毛的大狗，衔着根骨头，绕着我转圈，一、二、三，示意我跟着它走。我走着，停住，因为我终于想要停下来，不想再走。这里有间小屋，还算坚固，有条小河，还算清澈，有片树林，还算茂盛，有块田地，还算肥沃，为什么不停下来呢？大狗突然狂吠，另一只狗在抢它的骨头。骨头？我的骨头呢？我慌忙放下背囊，翻找我的骨头，白色的小骨头，可是，背囊里只有一片嫩叶，一把樱花，一把断齿的木梳。

我的骨头，我的白色的小骨头呢？那个破洞在哪儿？它什么时候掉下？我的骨头，我的白色的小骨头呢？？也许，我的身体里，就有这样一根，白色的小骨头，也许，我的脑中，就有这样一个，破洞。

幻境 No.4

上帝原来是头驴。所以，我们也长成一头驴。我们祈祷，我们庆幸，我们可以长得和上帝一样。

它多么健壮，灰色的皮肤，黑亮的棕毛，透亮的眸子，粗大的鼻孔，雪白整齐的牙齿，结实的腿肉。他吃着燕麦，男人种植的，女人进贡的。人们为他洗澡、刷毛。人类啊，仿佛天生的仆役，感谢上帝的创造！

月圆之夜，它漫步田野，月亮也飞累了，翅膀休息着。翅膀，哪里来的那么多翅膀？飞舞着飞舞着，雪片似的羽毛纷纷扬扬，惹得它一个劲儿地打喷嚏。翅膀，落在它的身上，长在它的肩上，瞬间地，它多了一种感觉，挥舞翅膀，起飞，起飞，在翅膀的大雨中飞翔。

仿佛有一刻，它看到前面飞着的，是另一头驴，用雪白的翅膀飞翔，它不禁想，难道上帝也有翅膀？它甩甩尾巴，仿佛浑身痒痒。飞翔，飞翔，去到离上帝更近的地方。

一头，一头，又一头的驴啊，加入它们的行列。酣睡着的驴们，在睡梦中拍打着翅膀。田地里，酣睡着的男人，女人，棕色，咖啡色，白色，黄色，黑色，正是麦收的季节，它们累了。

幻境 No.5

我在巨鸟的身上，找寻你，翻开一片片羽毛，查看每一张酣睡的脸庞，可是，像你，又不是你。乘着巨鸟去旅行，不知疲倦的只有巨鸟，还有和我一样，寻找幸福的人。

巨鸟的羽毛，五彩缤纷，外表坚韧，内里绵软，遮风挡雨且舒适无比。疲倦的你，会在哪一片羽毛之下，等待我的来临？你要去的，原本不是我的目的地，可我却抓住巨鸟的尾羽，追随着你，上升，上升，穿过云雾，在云海与太阳之间飞行。

太阳的炙烤下，我挥汗如雨，终于来到巨鸟巨大的阴影里小憩。它的双脚滑过云端，绵软的云朵诱惑着我踏上去。我乘着巨鸟这艘船，在云海里徜徉。我轻轻拔下一朵羽绒，裹在身上，多么温暖的袍啊。海上的风，撩拨我的长发，我的睫毛，我的裙角，我只好收紧了透明的翅，蜷缩进巨鸟的温暖的羽翼里。

终于，我沉沉地睡去。

黑暗里，是暴风骤雨，温床不再温暖，冰冷、潮湿、喧闹的空气，却透出死亡般的寂静。酣睡的脸庞永远地凝固在黑色的海上，仿佛白色的泡沫，随着海浪颤抖。巨鸟的遗体仿佛巨大的彩色冰川，冰冷的黯淡了的色彩。

我想要飞起来，可是透明的翅早已经撕裂。我费力地爬上巨鸟的翅膀，却毫不费力地拔下一片巨大的羽，这是一艘救亡的船，我在寻找，你的踪影。

我在这儿，爱儿，我在这。

我来了，我看见你了，等着我，一定要等着我！

在黯淡的彩色羽毛之上，我们拥抱，仿佛要这样一直到死去。

爱儿。

一束金色的光芒打破黑暗的巨鼎，温暖的潮涌，我睁开双眼，你正看着我。巨鸟温暖的羽翼包裹着我的身体，周围依旧是洁白的云海，乌云正在悄悄退去。我终于找到了你，幻梦的眼泪仿佛珠贝，洒向云海，留下淡淡的涟漪。

幻境 No.6

当我的脚趾轻触冰面，它就化了，小小的旋涡温柔地旋转，引着我前行。

发端的冰晶随着蓝色的火苗喷涌，接着，安逸地停在空中，最后一次晒太阳，乐此不疲。

一头雄鹿闯入我的视野，横穿冰原，似乎想从峡湾东面的杉树林冲向西面的杉树林。

我慌张地倒退一步，面前留下一个小小的旋涡，它急忙地停下，同样慌张地看着我。

那一眼，仿佛，一个世纪。

穿过幽深的双眼，我看到树妖冷峻的脸，我看到女巫的舞蹈，熊熊的火焰。

穿越一片片茂密的树林，在每一株树妖前舞蹈，献媚，雄健的角成了为它们的工具。

擦去厚厚的青苔，地衣，看到的，是洪荒之前的烙印。

我轻吐一口气，那是上帝的文字，流淌着生命的血液，眼睛的主人也惊跳，为了膜拜而跪地不起。

这块空地，没有被树妖占据，甚至，没有一星半点的生命。

站在它的中央，千丝万缕旋转旋转，搭建通天的阶梯。

不要低头看，朝圣者要谦逊，要卑微，要温驯。

可是，你没有在意，只一眼，仿佛从天堂坠入地狱。

魑魅魍魉扑向你，你只有逃离。

一个世纪，终究过去，眼前的，只有风的指甲划出的裂痕，冰的尘在热舞，在嬉戏，在狂奔。

我继续走向峡湾的尽头，穿越那峡谷，春的女神在向我挥手。

身后的涟漪晕染开来，听不到冰裂的声音。

耳畔轻响的，是花苞绽放的乐音。

梦境

我和王子约好了，我要去他的城堡。来到大路上，一个个头矮小的小丑坐在一辆马车上等我。没有马拉车，而且马车很精巧，我很担心自己坐上去马车会塌掉。没想到我上车之后，马车晃了一下就飞奔起来。小丑和我说笑话，我不记得他说什么了，只是觉得他很可爱，他手里握着缰绳，好像驾驭着一匹看不见的马。

我们奔驰着，穿过道路，来到一片高原上，这里有巍峨的宫殿，可是就在我要进入宫殿去赴约的时候，愕然发现有只巨大的龙在宫殿门口等着我们。这只龙好像一直在我身边，对我很有感情，它不允许我去见王子。我说："请让我进去吧。"它恐吓似的朝我和小丑喷出火焰。

我和小丑连忙躲藏，来到高原下的一排旧民宅，老式的单元楼，废弃了，留下残垣断壁，我找了好几个楼道，最后在一个楼道中间的柱子后面躲了起来。没想到龙追来了，我们感到脚下的土地在震动，整个单元楼被震了起来，掀倒在地。可是，龙还是没有找到我们。我和小丑走出破败的楼梯间时，正看着龙消失在高原的地平线上。

我们爬上山坡，没想到几乎家族的所有亲戚朋友都在，他们说一直跟着我们，躲避龙，并且累极了，山坡那边居然是个公园，很多人在那里野餐。亲戚们说他们要休息，而我想早些进入宫殿，但是不是为了见王子，而是为了完成这个任务，这个约定而已。我担心龙会再来，于是问他们有没有看见，他们说龙走了，穿过公园的湖走了，并且因为一直没有找到我很伤心，人们指着地上太阳的照过宫殿的屋顶留下的影子说，龙不能过这个影子，在影子里，你是安全的了。

之后，我就醒了，只觉得自己很同情龙，觉得龙才是真正爱我、依恋我的。

唉，这个梦到底是怎么回事呢?

假期

森林里的重重雾霭，我从湿润的空气中走过，这是我完美假期的开端，在这个初秋的早晨。

远山渐渐清晰了，草上的露水擦洗着我泥泞的鞋底。我在田野上漫无目的地游走，没有找寻，只有吸引。

阳光是最圣洁的仪式，专制而无私地照耀着广袤的原野，也照耀着我的身体。

外套下的身体渗出细细的汗珠，每一朵不知名的小花都引诱着我前行。

听，潺潺流水，不远处的芦苇丛里躲着一条小溪，清澈见底。我掬起一汪，带着青草芬芳的溪水，一饮而尽，甘甜无比。

嘘，前面是一个巢，谁的？噗啦啦，有着绿色羽毛的野鸭爸爸和野鸭妈妈飞来了，我悄悄地蹲在一旁，不敢惊了它们。

我挪着脚步，轻轻地向不远处的高地走去。

高地上的嫩草柔软无比，对不起，我是否踩疼了你？微风拂过我的面颊，吹乱我的头发，梳过小草的浓发。小草摇摇头，说，没关系，我们喜欢你，我们不害怕，我们在长大。

我羞涩地笑笑，看见一株和其他没什么两样的小草，它大方地邀请我："别客气，坐下吧，和我们一起享受阳光。"

我害羞了，在它的身旁轻轻坐下，白云环绕着远山，还是远山环绕着白云？

中午的阳光温暖却不刺眼，我在温暖的抚慰下，欲睡。

小草说，躺下吧，大地的毡子柔软无比。我小心翼翼地躺下，躺在小草们的身体上，感觉到一股生命的力量在我的身体之下灵动不已。

风，掠过耳梢，呼呼作响。我，闭上眼睛，冥想……

红红的，是个巨大的煎饼，在红红的炉子里烘烤，暖香扑鼻。我探过身要去取，哇，真烫啊，好不容易把饼拿出来，饼却飞了起来！我追啊，追啊，它飞呀，飞呀……

它在一片草地上停下。我张嘴要咬，它又前飞一阵，停下，我又去咬，可是总也咬不到……

我着急，张开手要去抓，只看见红红大大的煎饼就在眼前，可是怎么也抓不着……

小草笑嘻嘻地说，夕阳真美啊，对吗？

我坐起来，望着天边的火红夕阳，挠挠头，笑笑。

诗语

树·影

旷野里的一棵树，
孤独，沉寂，
陪他的，只有他的影子。
长长短短，短短长长，
阳光下，树影变换着她的形状。

影子里住着的，是树影的灵魂，
茂密的树冠里，是树的魂灵。

树魂不说话，
只是静静等待，正午的到来。
因为那时，阳光直直地照在他的身上，
紧紧拥着他的是她，树影。

树影不说话，
只是静静等待，夜幕的降临。
因为那一刻，她将融化在浓墨渲染的黑暗里，
离开树，四处游走，无牵无挂。

夜晚树影的游走，
留下树魂孤独一人，
他无奈，
他诅咒黑夜，崇拜太阳，
企求月儿明亮，云儿不要遮挡，
可是，
树影还是四处游走，
直到黎明时分，
才拖着疲惫的身体回来。

正午的阳光下，
树影背对着树，
无奈地蜷缩着身体。
他的怀抱，仿佛要烫伤她。
正午一过，她就迫不及待地开始逃离。

他难过地看着她的背影，了无声息。

一列驼队来了，
在树下支起帐篷，圈起马匹。

太阳沉入地平线，用最后的余晖卷起烟尘而去。
树影融入黑暗里，她再一次自在如昔。

当东方泛起白色，
树影急忙要回去，
只是，
远远的，
旷野里，
再也不见树魂茂盛的冠宇。

旷野的上空，
缕缕轻烟袅袅，
树影揉揉自己模糊的双眼，
微白的天空中，
烟雾仿佛他那张温暖的笑脸，
展开双臂，迎接着她的归来……

树影，
永远躲在黑暗里，
再也见不到白色的沙地，

赤红的旷野，
有的，只是一片绝望的黑域。

只有，黑暗掠过曾经的树，
残留的树桩，他的灰烬。
她，轻抚那烧焦的黑色，
抱在怀里，
天亮时，又是分离。

星空下的独白

魔王的火舌舔舐着最初的血腥，
恐怖的黑暗时代就要来临，
人们都惊恐万分，
只有星辰置若罔闻，熟视无睹。
千百年来，这样的黑暗还少吗？

失去爱情并不痛苦，痛苦的是无法忘却。
星星也有爱情，
只是恒久与短暂对他们来说仅仅是爱情的两种。
可苦恼的是每天都是再见，
星星的爱情，
只是光的交汇，
星星的情人节，也许就是银河回光流转的时节。

魔王的黑手已伸向天空，

那无数枯骨的黑手包裹着冤魂的嚎叫散发着恶臭，

鲜花碰到它立刻化为灰烬，田地在它的蹂躏下化为焦土，

黑手投下重重的黑影，

让流淌的黑色黄金燃烧，让清源苦涩，

让暴风夹着酸雨冰雹砸向大地。

闪亮的河流运载着无数的星，躲避着黑手的袭击，

世道轮回，

星，又将在另一片天空相恋。

蜗牛

慢，才能看尽沿途的风景。
坚硬的壳下是柔软的身体，敏感的触角，潮湿的心。
壳虽沉，却也能遮风挡雨。
仿佛生来，就是为了旅行。

掠过的蝴蝶，飘舞的落叶，也能感受你的爱意。
壳，本就有无数个抽屉，装满一个又一个爱的回忆。
恋物癖的蜗牛，装满爱意的抽屉，
一缕细丝，一颗尘土，一滴晨露……
只为这爱的证明。

旅人的爱，只能装进抽屉。
生就是孤独，死亦是孤寂。
蜗牛，只能继续，一个人的旅行。

惘志

一

同情不等于爱，
也许他并不需要同情，
也许我只是想要学会怎样爱，
也许我只想简单地对一个人好，让他高兴，我就高兴。
或许，这也是爱？

诉说是为了什么？
得到同情吗？
那么拒绝诉说，是不是就是拒绝被同情？
不仅仅是同情，只是，不想触碰已经尘封的记忆。

那么，诉说需要交换吗？
如果是这样，任何的诉说都不仅仅是因为需要倾听，只是残忍地自揭伤疤之后，再让对方无奈地痛戳自己正在愈合的伤口。

于人，于己，都是残忍的吧！

也许只是因为，

揭开的伤疤，流血的伤口，

才有机会长在一起，

不再仅仅是一个人的痛。

难道这样，

痛，就会减轻吗？

或者，加倍？

二

为什么要有纪念日呢？

为什么要有一个个周而复始的轮回？

当日历上又是这一天，提醒我们过去的永远不会过去，

你的心，再一次，与过去纠缠在一起，

绞痛。

总在想，为什么？

总在想，或许。

明明知道没有答案，日子依然继续。

因为那个留下伤疤的日子，生命里又多了一个周期。
憎恨日历吗？
不，只是将这一页，怀着满心的留念，撕去。

三

因为不想释放悲伤哀愁，所以装聋作哑。
那些郁结的心气从口腔排泄出来，
借着菜肴香气的掩盖，
仿佛芳香的毒气。
无意地恶比有意地恶更可怕。

已经发生的事，是否还有必要讨论呢？
必然要发生的事，是否还有必要担忧呢？
命运已有主宰，
不要做无用的争斗吧，
不要有无谓的妄想吧。

细数，愕然发现，
我早已顺着他的指引迤逦而行。
或许孤独一人走上蜿蜒的山路，
纵使孤单只影挨过无尽的崎岖，

我早已顺着他指引的路，
迤逦而行。

前行，前行。
你会告诉我的未来，
偶然浮出尘世的惘然，
你也明白，我不一定懂得，
只是你喜欢看着，我恍然大悟的一刻，
眼中的光芒，脸上的表情。

四

啪的一声巴掌之后，地裂了。
他就在对面，
可是犹如魂灵，远去，消散了。

别人奖赏自己的，是一杯冰爽茶，
自己奖赏自己的，是一个汉堡包。
刚好可以美美地吃上一顿，
富人的垃圾，穷人的佳肴。

不想说不想说不想说……
留下的只是茫然一片。

大口地吞咽食物，可以让你吞下即将喷薄而出的眼泪吗？
松软的面包可以饱吸你的泪水吗？
那么之后呢？
臃肿的身体，丰厚的脂肪，能包裹你破碎的心吗？

又如何，
又如何，
又如何？

他曾经告诉你的，你记得多少？
你曾经看到他的，还能抹去吗？

你，又犯傻了；
你，又害怕了。
好好，我们不去看，不去听，不去想。
沙发的温暖怀抱，热可可的馥郁浓香，
醒来，又是新的一天了。
你，会好起来的。

五

不知道为什么，其实我是非常在乎母亲的看法的，
可悲的是，明明知道自己无法让她理解，我还是努力去说服。

最后，总是以争吵和决绝的声明了结。

他们的爱是粗暴的，我无法忍耐的，

即使是爱，也是多么沉重啊！

为什么一定要以这样的方式表达呢？

也许是他们从未学会试着了解我，或许，

或许是我，从未想让他们了解。

面对他们，我总是紧紧地关上门，因为我从未奢望他们会理解我吧。

可是，我是多么地在意他们的看法啊！

可悲，

我还是孩子吗？

我，一定要过完和别人一样长的童年期才会长大吗？

即使我知道自己永远不可能回到过去，即使我知道回到过去也无法改变任何事。

我永远会怨恨他们吗？

是的。

我不怕承认这一点，

只是因为，一切的怨恨都源于比恨更多的爱啊！

渴望爱，

忘了爱，

他们只是忘了怎样爱，或是从未学会过吧。

不见了

打火机不见了，香烟不见了，可是烟灰缸还在。
开瓶器不见了，酒也不见了，可是酒杯还在。
香烟味不见了，古龙水味不见了，可是，他也不见了。

臆想还在，疯癫还在，痴笑还在，可是，灵却不见了。
绵软还在，温暖还在，柔丝还在，可是，心却不见了。

奶嘴还在，摇篮还在，尿布还在，可是，孩子不见了。

你还在，可是，我却不见了。
我还在，可是，他却不见了。

不见了，
不见了，
不见了，
……

假如，我的记忆只有7秒

假如，我的记忆只有7秒，
我一定是个白目。
我会像个婴儿整天傻笑，
即使你一直对我使坏，我也永远只难过7秒。
即使爱你7秒后我也忘掉。

假如，我的记忆只有7秒，
我不知道美与丑。
即使你是青蛙王子，我也不会介怀，
只要你对我微笑，我会一直对你微笑，
我的问题，永远来不及知道答案，
我会静静地等待死亡。

假如，我的记忆只有7秒，
天空永远只有一种颜色 。
或者是蓝，或者是橙，或者是紫，或者是红。

假如，我的记忆只有 7 秒，
树叶永远只有一个样子，
或者是嫩芽，或者是青绿，或者是枯黄，或者是卷曲。

假如，我的记忆只有 7 秒，
我永远只有一种表情，
或者是哭，或者是笑，或者是专注，或者是好奇。

假如，我的记忆只有 7 秒，
我永远只有一种心情，
或者是愁，或者是怒，或者是悲伤，或者是欢喜。

假如，我的记忆只有 7 秒，
你的 7 秒却是我的一生，
看着我 7 秒，拥有我的一生，
背对我 7 秒，拥有你，在我的一生。

假如，我的记忆只有 7 秒，
我决不虚度光阴，
我要用每一秒钟记住你的样子，
在第 8 秒重新开始爱你。

假如，我的记忆只有 7 秒……

总让人感怀

即使在人群之中，
偶然响起一首不知名的乐曲，
也会让人感怀。

即使在嘈杂的庙宇，
偶尔飞起的一只白鹭，
也会让人感怀它的自由、空灵。

即使是路旁的一朵稚菊，
临风摇曳，
也会让人感怀它的脆弱、柔嫩。

一片落叶，
一个足印，

一朵雪花，
一条伤疤，
总叫人感怀。

感怀这一切，证明我的心还在。

无题

一

即使在自己的窝里，
哭泣也无声。

二

她的脸，固执地流在水里，
锈水流过，
还是血水流过？

三

我发现了深秋的秘密，
嘘，

我只告诉你。

四

我赦免你的罪，
只要你赦免你自己。

五

越来越沉默，
因为无话可说。

六

孤单是自己的选择。
虽然是自己的选择，
可是，
为什么呢？
害怕什么呢？

但愿，
有个和我的心中一样，
流淌着歌声的人，

与我一道唱吟，
即使是悲歌。

七

爱情的美往往只是一瞬，
一瞬却值得回味一生。

八

假如玩偶也有感情，
玩偶的心情或许就是你的心境，
透过残损的四肢，清亮的双眸望着你。
破损的玩偶，
我宁愿被抛弃，也不愿被修理，
修理过的我，身形也许完整，却是满身伤痕。
抛弃我，也许你的心里还存有我的美丽。

九

觉得冷吗？
那就蜷缩起来吧。

自己给自己温暖，

在这冰冷的世界。

等待春天吗？

在这冰雪世界，春天是不会有的，

只有迁徙。

十

斑驳的你的脸，

不过是些泪水，

人群中最寂寞，

即使温暖也是冷漠。

冷暖尤自知，

况乎寂寥。

十一

乌云上面是蓝天，

绝望之后是希望。

即使是天空中最轻柔的白云，

没有了太阳，

也会忧郁，

铅灰色慢慢飘移。

十二

一个人吗？

不是！

还有影子陪我啊，

还有风轻抚我啊，

还有云看着我啊，

还有阳光温暖我啊，

一个人？

不是啊！

十三

恶魔的网，

被雨水无情地冲刷。

可是，你要知道，

对于他来说，

雨水，才是恶魔。

徒劳的，

徒劳。

十四

树，荒原上的树，

那棵树，爱她许久了。

微风拂过，她才羞涩地点点头。

闻着风带来的她的气息，

根在地底纠缠。

十五

“妈妈，您咬疼我了。”

“谁叫你不听话。”

“妈妈，我听话。带我回家，

好吗？”

十六

明知是不归路，

可是，你却勇往直前。

冰冷的旷野，

只有心，炙热。

十七

你曾路过湖泊，

谁是那划桨的人，

干旱，带来死亡；

洪水，亦是永别。

搁浅，

孤独无边。

十八

深秋的烈焰，

灼疼了我的眼，

阳光穿越你的身体，

看到的是鲜活流动的血脉。

十九

你是否看见一辆马车，
绝尘而去，
去到威严的城堡，
救赎我的爱人。

公主，
等待着王子。

你是否看见一辆囚车，
缓缓驶过，
去到溢着血污的刑场，
绞杀，
我的爱人。

诀别。

而你，
默默，
无语。

二十

天高云淡的时节，
你想起了谁？
站在水中看天，
云在水里，
水在心里。

二十一

找了好久，还是找不到。
幸运的，四叶三叶草，
如果找到，
愿望就一定能实现。

四叶三叶草，
也许只是传说，
可是，
拥有希望，
比什么都重要。

我，还要继续寻找，

幸运的，
四叶三叶草。

二十二

嘘，上帝的灵光，
别吵醒了酣睡中的精灵。

二十三

孤独地等待，
穿过层层雾霭，
孤独的我，
看不到人间。

迷惘地游走，
穿过层层的雾霭，
孤独的我，
独自在异界。

二十四

落叶自有凋零的芬芳，
死了，
亦灿烂辉煌。

我轻轻伏在她的身体上，
冰冷，
感伤。

炙热如烈火般的，
是她的身体，
而不是阳光。

我将化作她的形状，
蒸腾而上。

二十五

我本清纯，
缘何刺眼，

都怨弄巧成拙的你，
镁光灯独独玷污了我的美。

二十六

羊群们怕的不是你，
而是你那手中的鞭。

马儿打着响鼻，
心想，
我的腿儿长，让羊儿跑前。

一声鞭响，
马儿嘶，羊儿叫。
暮色染尘埃，
荒漠，狼烟。

二十七

绿洲是如此绝情，
离去，

了无踪影，
留下被遗忘的河流，
渐渐干涸，
直到泪水流尽。

二十八

虽是地球的皱纹，
但也如此美丽。
性感的曲线，
大地之母的性感表情。
知道吗？
这也许是人类最后的资源。
原来，
我们冥冥之中，
竟然在完成上天的指示，
讽刺。

二十九

不要以为我是多么坚强，
这只不过是我本性，

赞美留给大地，
一切由她孕育。

三十

就是在这一天，
云宝宝爱上了花香、
花海、
云海、
树海、
心海。

三十一

白衣裙，
紫贝壳，
乌黑长发轻盈。

蓝衬衫，
金沙滩，
点漆双瞳沉凝。

夕阳下，

沙滩上，

酒窝般，

脚印两行。

三十二

海浪爱着沙滩，

大洋深处的魔咒，

冷月的妖术。

看，

海浪似是无情，

击打沙滩，

温婉的曲线，

柔和的面颊，

沙滩忍受着爱的疼痛。

三十三

造物主创造的完美爱情，

天鹅来完成 。

三十四

冰雪消融之后，
春天就要来临。

三尺之寒，
孕育着春日的生机 。

三十五

还冷吗?
不冷，
有你的炙热眼神。

刹那间，
融化在风里。

残忍的美丽，
生气的眼睛布满血丝，
心脏上密布的大小血管，
烟花冲天炮，
珊瑚?

哦，
只不过是闪电。

我们触怒了您，
您却给予如此绚烂的惩罚。
我们，
羞愧难当。

三十六

别用这样的眼神看我，
即使蝴蝶前来助阵。
装点你周围的空气，
我还是无法爱你。

三十七

不要害怕被拒绝，
因为拒绝不是轻视，
而是珍重。
不要害怕会受伤，
因为，如果勉强接受，

会更伤。

三十八

你我交会的时刻，

仿佛童话般神奇。

不可思议的是，

我竟然发现我不爱你。

三十九

这片草地是我们儿时的乐园，

闭上眼，

仿佛在和你捉迷藏。

只是，

我还在这里，

你已在天堂。

四十

路的尽头，

是无望，

抑或是希望。

不懂，

不问，

不看，

不想。

四十一

如果记忆可以备份，

你的眉、你的眼、你的唇。

如果记忆可以备份，

你的轻盈、你的温柔、你的叹息。

只是不需要如果，

关于你的记忆我已留底。

四十二

精灵刚刚从这里挽起长发，

蕴染了一池湖水，

湖水也迷茫。

四十三

你以为我在崇拜神迹吗?

我在崇拜自然。

只不过几块巨石，

毫无美感，

天空，不是要美丽得多，

神秘得多吗?

愚蠢的人类。

四十四

阿尔卑斯山下的小山庄，

适合幻想的乐园，

快步走过去。

香甜酥脆的烤松饼正等着你，

别忘了，

还有暖洋洋的咖啡。

四十五

未来的火星，
是否有这般瑰丽的风景？

四十六

穿过一片芳草萋萋，
我听见天使的嬉闹，
精灵的吟唱。
我如梦似幻，
沉入梦乡。

四十七

童年，
我，
追逐我的球。
如今，
我，
追逐我的梦。

它总在前面，

顽皮地东躲西藏。

我喘着，

终于捉住它。

它静静的，

却没有灵动。

我疑惑地看着它，

忘了，

我为什么会追逐。

四十八

愤怒的颜色，也可以是绿。

只是平静的水面不理会，

怒不可遏的你。

天空，

只能瞅着海水中自己的倒影，

干着急。

四十九

树林上方的耶稣光，

美丽，温暖，

代表广博的爱意。

可是，

在都市，

耶稣希望将光芒照射过来，

人们却用污浊的空气拒绝了。

耶稣无奈，

人类悲哀。

五十

冷冷地互相对望，

转眼已千年，

不可触摸的，

是你阴晴不定的脸。

五十一

过去从来不会走远，就像影子永远存在。

这一秒即成过去，我们的身，活在现在，心，却活在过去。

不要试图遗忘，越努力遗忘，记忆就会像蚂蟥越吸越紧。

敷上些盐，它自然会掉下来，伤口还在流着血。

在记忆里，

我们重塑自己，重塑他人，重塑生活。

在记忆里，

美好更加美好，丑恶更加丑恶，平淡消失无影。

在记忆里，

我们看着自己，如水中的倒影，

泛着涟漪，朦胧着，触摸不到。

在记忆里，

居然也有声音，

同样刺耳，同样温柔，同样让人心池荡漾。

记忆里有多少我们幻想的未来……

我们的未来搭建在记忆之上，不是历史之上。

历史是属于他人的，记忆则属于自己。

秘密花园里，蔷薇的枝条倚着红墙，蔓延……

宁愿醉着死 不愿醒着生

与其说爱情是毒药，
不如说爱情是杯毒酒，
有着甘醇的香味和致死的剧毒，
尝过的人永远忘不了它的美妙。
也永远无法言说；
喝完的人即使死去，
也决不会后悔自己的贪杯。
清醒地活着，
不比死更无趣吗？
醉了，
死了，
一切都是自己的选择。
宁愿醉着死，
不愿醒着生。

黑镜头

滴血的心，那景象让我耻于为人。

人，你什么时候才能停止杀戮？
人，你什么时候才能忘记仇恨？
人，你什么时候才能走出黑暗？
人，你什么时候才能拥有和平？

上帝，你在看吗？
看到你的子民如此自相残杀，
看到丧失理性的野兽行为，
看到自誉为天之骄子的人，
看到人皮下的野兽之心。

上帝，你在笑吗？
有没有谁来拯救我们？
那么多的罪孽，谁来宽恕？
谁？
谁？？

写给青

——博友的留言

其实不用知道我的很多事也能了解我的心情，这就是你过人之处。是否回应你我犹豫了一阵，因为觉得任何回应似乎都有些多余。有的人每天都按照自己的意志生活，有的人则不是。看看你的心情记录也是给自己一个遐想的机会，又会不经意小心翼翼地自问：这样单纯唯美的世界会存留下来吗？毕竟这个世界……

每个人都有一个秘密花园——心灵中至纯至美之境。

我们是不是应该珍视这一份仅有的纯真呢？

可爱的女人一定美丽，美丽的女人却不一定可爱。

你是可爱的。

生日快乐！

如果你是山间的青松，你的年轮又添一圈，依然北密南疏。

如果你是山涧的卵石，你的棱角又平一块，但依然石如心坚。

日子在指缝中如水般流过，没有来处，没有去处。

我们在时间的河流中生老病死，碌碌而为。

快乐，是浪的乐音，

平静，是波澜不兴，

水底的旋涡无人能懂，

徒自暗涌。

蝴蝶破茧而出，炫目的美丽，

夏蝉蛰伏十七载，只为一日的阳光。

墙

我的一次突破，
被那堵墙又一次弹回原地。
这堵透明的墙，看不到，但听得到，
摸不到，但闻得到。
看到的是墙外的自由而混乱危险的境地，
听到的是天宇梵音，
抓在手里是空气，
闻到是熏人的香气混合着墙外的辛辣气味。

心中是无奈，
眼里是悲哀。

读书

读《男人这东西》

渡边淳一："我认为女性读完《男人这东西》这本小说，没有必要有恐怖的感觉，我觉得男性和女性之间应该相互坦诚，把所有的东西展露出来，这样更有利于双方的了解。"

渡边淳一把男女之爱看得太透，读这本书的时刻，我心里是不断比照，并逐渐下沉的过程，而后释然，却有一种过于轻松的空虚。真相就是如此，可我却不甘承受，所以不甘成为迷惘者，但也不知该如何反应。

就好像把美妙的传说打破，把奇幻的梦境唤醒，他所揭示的男性的本质的确让我难以接受。不过事实是不是就是如此呢？婚姻的不幸，爱情的悲剧，一切的悲哀只是因为男女双方的不理解、不谅解吗？他又告诉我们，男女之间之所以互相吸引，是因为男女有别，而不幸的产生，也是因为男女有别。正是男性与女性的差别永远无法消除，造成了这个世界的生生不息与纯爱的自我毁灭。

甚至在他的眼中，很多幸福的家庭大都戴着虚伪的面具，否则这样的幸福假象就难以维持，而双方就都无法从中获利。也许婚姻本来就是利益交换的一种社会活动，而我们在没有认识到这一点之前，男人们说婚姻是爱情的坟墓，女人们说婚姻是幸福的开始。所以，看透是残酷的，它粉碎了一切幻想和希冀，留下的只是冷酷的现实。

看透是否就是成熟，我无法去阐释是因为看透是主观的，是人自身的认为，也是他人的观察，感受在于自己；而成熟是属于社会的，同意主流社会的各种准则和规范并游刃有余地掌握运用。融入主流社会，这就是成熟。

而渡边淳一所说的一切基础就是人的动物性，并且这种动物性是地球上大多数和人相近的动物所具有的共同特征。这个共同特征就是："统观动物界，除了鹤等一部分动物属例外之外，雄性与雌性终生相伴者极为少见。最为常见的情形是交尾一结束，雄性便离去。即使有些场合雄性也会参与生儿育女，但是，一旦孩子长大成熟，雄性便与雌性分道扬镳。而且，雌性也会重新选择可做孩子父亲的雄性。"因此他认为："采用了一夫一妻制，男性就无须做上述努力了。说它轻松，的确轻松。但是，正因为如此可以说雄性和雌性都会理所当然地失去激情。这种一夫一妻制对生物而言是相当不合理的制度，至少可以说它不利于男女之间维持情欲和性爱。"并且"一夫一妻制是现代社会随意杜撰出来的相当无理的制度"。

可是人真正不同于动物的就在于智慧的升华和精神的崇

高，而不仅仅是依本能发展前进。人类的进化速度高于任何一个物种，变异速度仅次于病毒。一夫一妻制只是一种社会最小单位“家庭”的组成方式，也是去除人类动物性，增强人性的一种方式。规范了社会秩序，具有相当的稳定性，明确了社会责任，优化生育质量。

所以，我想，渡边的这些言论只是自私的男性思考，正是他所说的出于动物性的本能的思考，是一种倒退，而非进步。真正适合人类社会发展的制度才是最佳的。制度被淘汰，说明它已经不适合这个时代，当然目前不适合不代表今后不适合，因为人类社会的发展总是会出现一些反复。也有很多制度和思想被我们超前使用，因为不适应而抛弃。制度的淘汰其实是一种封存，待适合的时候再重新启用。但是，在现代社会，渡边的一夫一妻制否定论是否成立，还有待商榷。相信婚姻制度也会随着人类社会的发展而进化，从而解决现在的问题。

不是天书

好的剧本一定要念出来、演出来才能深入其中，领会要义。所以，朗诵剧本也算是我的爱好之一。我喜欢戏剧，喜欢一个个或真或假的人物，通过他们的嘴说出我们不敢说出的话；通过他们做我们不敢去做的事；通过他们追思曾经的自己；通过他们了解人世间种种的可能。

梁坏坏是个什么样的人呢？我只不过偶然点开了他的博客，仿佛有一阵我常遇见他，当然是在网上。他在很多篇日志里提到了《天书》，这是对他来说很重要，很有意义的一个词语，仿佛是人生中的一个标杆。我想，在这标杆上也有很多体验，极具震撼力，因此永远地烙在他的心里。昨天，他发布了《话剧〈天书〉大事记》，让我想起我们毕业时上演戏剧的情形，也让我好奇这《天书》到底是怎样的一个话剧。我很快获得了剧本，他很诚恳也很谦虚，这让我很不好意思，于是我打印了下来，细细阅读。

这不是天书。我想到，至少我看到了讽刺与悲悯，惶惑与厌倦。编剧者思考着、表达着，关于永生的话题，对尘世浮躁的批判，能看到这些，至少这不是天书。

只有在表演的时刻，文字才成为了剧，所以我很羡慕《天书》的演出，我们需要让世界了解自己的观点，或者我们需要让世界知道我们要告诉这个世界的，我们以为这个世界没有发觉的，或大多数人麻木其中的事实。无论这观众是浮躁的，是彷徨的，是花钱找乐的还是附庸风雅的，艺术的意义就在于通过美的载体渗透思想的细流。

就像有人说，能一根筋做点什么真好。一根筋写本书，一根筋画画，一根筋编曲，一根筋创作……最可贵是有这样的伙伴和你一样一根筋。

读《我和上帝有个约》

上周收到《SOHO 小报》，看到这本书的介绍，编者荐言：“恨不得把北村杀了。”荐言很长，仅仅这一句话就可以概括全貌了，于是我就网购了这本书。昨天早上离家前才看到，晚上下班回家吃完饭，又一口气读完才睡下。

这本书给我最大的印象就是，这是一场辩论赛的实录，内心的辩论，不同观点的人之间的辩论，读者心中的辩论。按照北村的写作意图，通过情节的推进，一点点地通过主人公和其他人物的口舌之辩、内心之辩，自己编的一个个谎言被拆穿，真相浮出水面。这些真相不仅仅是故事的真相，还包括种种我们一直恐惧的真相，一直想掩盖的真相，人性的真相，即“原罪”。

从某种意义上说，这是一本基督教小说，它强调人的原罪，强调人需要认错，需要忏悔，需要弥补自己的错并请求宽恕，“上帝赦免你所有的罪”。相信这些，于是一个杀人犯通过认错和弥补，从惶惶不可终日中找到了自己惶恐的原因，得到了自己内心的平静。而在这里，上帝的代言人，也就是故事中的苏云起总是在那里等待一个个忏悔者的到来。

书中的真相，让我们扪心自问，甚至总是或多或少刺着我们的痛处，每个人都试图告诉自己，我是一个好人，可是真的是这样吗？每个人或多或少都有罪，或是罪念，或是罪行，是我们明知是恶却偏偏做了或想过的罪，我们当然不愿当众承认，可是心中明明知道自己的罪，却还是要骗自己，真正的恐惧正是源于此。所以有人看了北村的书会说“他以为他是谁？”会说“你得了吧！”还有不少人瑟缩在被子里惶惶。

认错，真有那么难吗？至少我们承认，认错就像放下平举了很久的桶，瞬间的虚脱之后是长久的平静与安逸。

北村的心理描写细致入微，也很有针对性，很多对话的方式我想也是我们平常内心斗争的方式，即原则与原罪斗争的方式，这也正是他成功的地方。那些厌恶他的人，那些憎恨他的人，或许真正厌恶和憎恨的，正是他们自己，这样的厌恶与憎恨只是他们恐惧的证明。

读《房龙传》

儿子写爸爸，视角独特，以一种批判的口吻来写，更加让人觉得真实。《房龙传》我看了四分之一，看得有点累，主要是为了让自己融入书里的环境，查找陌生的地名，手边的世界地图翻了又翻。为了更能理解房龙的生活空间，书中太多音译的地名、人名，让英语不好，更不懂荷兰语的我看得气喘吁吁，好在每一章都并不长，让我可以总结，喘息一阵。

一个人的性格和他的作品之间总是存在某些联系，在我还没有看过房龙的作品之前，我选择先看他的传记，也是我的读书路径之一。人的命运由性格决定。而性格一部分来自先天的遗传，一部分来自后天的养成。在房龙次子的眼里，房龙是心理有多种问题的人，甚至有疑病症、恋物癖，这与房龙童年的生活息息相关。

记得年初看李敖系列作品，我也是选择从他的自传看起，后来发现这是正确的。因为在李敖其他的批判作品里，不厌其烦地把在自传中批判过的进行批判，或者在写传之前，或者在写传之后，因才华而张狂，因张狂而更加彰显才华。了解房龙也是如此，从他的传记、自传，再看他在不同年代、不同背景、写给不同人群的书，这样更能理解真正的房龙，更能进行对比和分析。

作家写作之初，以此谋生的居多，比如古龙，比如房龙，也有在没有生活压力之下，因为热爱写作而成功的。以字为生而成名，是从码字人、写手、写匠升华为作家的过程。而房龙则是从新闻记者、播音员、自由撰稿人向学术文学的通俗化、少儿百科作家、历史研究者进化，再向集大成者过渡。他的作品涉及历史、社会学、艺术等诸多方面。他通晓乐器，最可爱的是他在书中画的小插图，即使是在生活窘迫时画的作品，也显示出一种怡然自得。

房龙庞大的身体里一直生活着一个孩子。儿子从父亲的言行中观察、总结而得出这一结论，读者也多从他的文字中获得此类信息。比如他的新书出版之后，销售量才300本，而且多半都是他自己买下并送出的，“送新书就像送名片一样”。是的，他没有一点文人的矜持。毕竟他不是文人，而是一个历史学家，一个集大成者，一个我想要成为的人。

读《兄弟》

看余华的《兄弟》，又一次验证了我不再那么容易被感动了。书中的文字让我再一次体会到了“含笑的眼泪”的感受，可是冷静的我也有着种种联想，早十年，怕是今天早上起来，眼睛都肿得看不到东西了。好久没有这样，渴望一口气把一本书读完，而且真的一口气读完了《兄弟》上下部。

上下部的对比很强烈，正如余华所说，人家几个世纪的生活，中国人四十年就经历了。跟着作者的思路会产生共鸣。不同的人受暗示心理不同，人们习惯在书中人物的情感、行为、经历中寻找自己的影子。既然读者群都是生活在这个时代的人，所产生的共鸣自然是巨大的。这也是本书影响面极大的原因。

这本书上部有着强烈的压抑感，并在下部达到了蓄积已久的爆发。在上半部，无论是性、意识形态、生存、压力这些，曾经压抑的情感，或是像李光头那样，无论是生存意识、发展意识、性意识被深深压抑的人，在下半部都得到了释放。

小说的魅力就在于，读者读起来会感到作者仿佛只是表达一个时代的演化，某些人物的生活，可是却同时表达了他想表达的一切，包括对伦理、爱情、社会、边缘人群、经济发展、历史问题的种种看法。缓缓地叙述，压迫着我们的神经，你不得不去思考表面文字后深层次的问题，这个世界怎么了？为什么会这样？

有趣的是，我在李光头身上看到了韦小宝的影子，一个永远不会懂得爱情的人。我在宋凡平身上看到了爸爸的影子，甚至在宋钢身上也看到了同样的特质，正直、倔强、不屈服、感情丰富，可是他们同样饱受苦难。余华想要表达的已经表达了，他想要人们看到的，却因人而异。

他夸张吗？是的，比如处美女大赛。但是，我们已经习惯了见到各种“奇闻”见诸报端，这些“新闻”大大麻痹了我们的神经系统，我们已经不那么容易产生惊异的情绪，几个世纪压缩到四十年里了，这个世界有什么是不可能的呢？

这本书真正震撼我们的，或者说真正让我们抬一抬那昏昏睡眼的，是这夸张之下的真实。一切都是荒唐的、丑恶的、滑稽的、悲惨的，可是我们知道，那些，确是无比真实。这也是我们心底真正的悲恸所在。宋凡平的惨死，那些刽子手呢？他们是不是就是如今的县长、五金厂的工人？还是就在我们中间？余华不问这个问题，只是让宋钢、李光头、李兰默默承受失去的痛苦，这是读者提出的问题，是他让我们自问的，凶手是谁呢？是那些“红卫兵”还是那打人的木棍？是那个时代还是那些“红卫兵”？还是那些麻木不仁的群众？中国人的隐忍再次得到了体现。仅仅一句“你会有好报的”就能让一个灵魂升华，仿佛天使一般。不求回报，可是受到帮助的人想报答却无以为报，只能把这“报”留待以后。至少，人们对未来还是充满了希望。

无论书中有多少苦难，看到最后我突然意识到，这字里行间没有任何“仇恨”，没有任何“报复”，一切仿佛都是那么平常，理所当然。这是作家的一种成熟。既成的事实，我们无法改变，只能记录，反思的机会留给会反思的人。我们承认历史的错误，历史的发生，不遮遮掩掩，不假意隐瞒，这样才会有崭新的开始，而不是仅仅活在过去，或是完全遗忘过去。

书中的群众呢？时间变换，群众却一直出现在任何场所，大场面，小角落，模糊而强大的影子，永远撑满了背景。群众是这故事、是每一个故事中不变的配角。

书中对配角的安排也是戏剧性的，潼关张王余，如果画张表格，横向是人的情况，纵向是各个年代，一定能很清晰地反映人物关系，不知道余华创作之时是否这样做过。鱼骨图在创作之初对于情节的安排和人物命运的设计应该都是很有效果的。

讽刺的效果在这里达到极致。那14个“忠臣”，他们让李光头二十岁成了李厂长，他们“兵临城下”为李光头向林红求爱，他们的“忠诚”与各色人物的狡猾、奸诈、伪善、失信产生了强烈的对比，也成为小说最有深意的调味剂。

我不能理解的是小说的结局，为什么要安排林红成为那样一个角色，有些突兀。也许真正的原因，只有余华才知道吧。

读《一个人的非洲》

看洛艺嘉的《一个人的非洲》，我因为黑人的好笑故事而笑出声来，但是心中却始终有个疑问：她为什么出走？文中说是因为自己追随的感觉，尊重自我的选择，所以她走遍了欧洲、非洲，一个女子，走遍了世界。书中作者对于自己经历刚果的内战也是轻描淡写，完全不似一般的战争让人那么紧张。也许是特意让文字变得平淡，也许本身真实就是平淡。埃及的调皮男孩，东非的马赛人，西非顶着桌椅行走的妇女，伊丽莎白的树屋，旁若无人的狮子，吃面粉的大象，拼凑出我眼中她所经历的非洲。

终于有一个被人冠以美女作家头衔的女子让我觉得真的美了。那种独立、坚韧、自由与博大才是真正的美。所谓的“美女作家”已经被太多的人玷污，美已经沦为肤浅的表皮，仿佛过期蛋糕上干结的奶油。她不同，仿佛耶稣的圣饼，给需要她的人源源不断的坚忍与宽慰，构建一个圣地，一条朝圣之路，无论是欧洲还是非洲，无论是地球乃至宇宙中的任何一个角落，她的书都告诉你，找到一切的答案关键在于自己。

如她的旅人作家正在增多。如毛姆所说，如果一个人的一生有九十年的时光，前三十年用作学习，中间三十年用来游历，最后三十年用于钻研和著作。我想这就是完美的人生了吧。时间对于我们而言确实太少，我们需要经历的也着实太多。

流浪，自我放逐，在自我放逐中找到自我，使人生更博大、更泰然、更安详，也许这就是一个人旅行的真谛吧。出走本身或许最初并不是因为出走，而是一种逃离，一种找寻新的方向的尝试，而这样的尝试总有风险。只是这期间多少悲哀、伤痛，我们只能想象。事后的想象总是阻绝了事前的向往。

在旅途中，或许真能找到自我。我们似一个个迷惘的灵魂，或在书中寻找答案，或在现实的泥沼中裹足不前，或在一个人的旅途上游荡。

在旅途中，什么都有可能发生。

关于

关于轮回

问过我信仰的人不多，不过我仿佛总是在自问，抑或是一种自我暗示：我信仰的，是一种在一切表象之下的规律，也可以说是一种真理。也许穷尽我的一生，我也要找到这个真理。我总是不断在生命的每一个时刻，验证着，推演着，直到我死去或者这真理最终水落石出。我只是冥冥之中感觉它的存在，就好像我相信一切自有安排。我不喜欢人们归纳一些名词来命名它，但是我承认它是一种宿命。我也不喜欢用不同的宗教来分割人群，其实每一种信仰都有共通之处。宗教是一种群体的信仰，在蒙昧之人还不知道真理的时候，宗教就会被私欲所利用，成为政治或是其他集团、个人谋取私利的工具。可是一切自有定数，今天的因就会有明天的果，明天的果又成为后天的因，循环往复，生生不息。

在一个地方待的时间长了，生活的记忆就会重叠在一起，仿佛每天都在重复，又仿佛每天都是崭新的一天，变化在悄悄地进行。历史总是重复的，只是在不同的时空里重复着，告诫这一波又一波短暂的生命：蒙昧之人，这个轮回是我们永远也逃脱不了的宿命。可是人们还是在重复着。千百年来，物质世界发生了翻天覆地的变化，而我们的灵魂呢？我们一直没有摆脱妒忌、仇恨、偏狭、哀怨等种种灰色阴霾，总是在欲望、无知中挣扎，仿佛走进了死胡同。当我们发现一个新事物，或者解答了一个问题，就会有更多的问题出现，仿佛上天在警告我们，不要再继续了。我们仍然继续，就像青春期的少年，无畏而叛逆。

有人说人类是上帝的次品，仿佛不属于地球。例如我们燃烧化石燃料疯狂地排放废气，或许我们本来就喜欢呼吸硫化物，只是长期以来我们仿佛适应了氧气，而我们的本能，或者说人类集体的潜意识在让我们不断地制造适合我们远祖的气体，把地球改造成为适合我们远祖的环境。仿佛我们的本性被一步步地唤醒。当地球从宇宙中消失，成为和其他星体一样荒凉时，我们的历史使命也就完成了吧。人类最终会脱离物质，恢复以灵魂形式存在吗？让这样的人类史在宇宙中不断轮回？猜想一下吧。

我们也许就是一种能量体，只是以一种能量的形式存在，不然为什么我们要借助越来越进步的交通工具向周围发展，努力让每个空间都留下我们的踪迹呢？从能行走奔跑的肉体，到各种车辆、船只、飞行器，人类一直梦想飞行、遁地，甚至遨游太空，那是因为我们本来就是一群自由的灵魂，只是受到某种惩罚被关进了肉体的监狱，并且为这自由的欲望而不断地受到惩罚，受到上天的惩罚，受到其他被困者的惩罚，因为所有人因为灵魂的不自由而心里渴望自由。可是我们有着本性，总想逃离什么，只是为了自由。也许，这就是我们被困的原因。

关于改变

毕竟不是每个人都可以找到最适合自己的人。
要一个人改变很难，所以不要妄图改变他人。
但是改变自己还是可以的，虽然也很难。

这样的改变会是有无穷可能的。
或是改变自己的种种质素，或是改变自己的选择。
可是总有钻牛角尖的人，执迷不悟。
改变自己的本质未必可行，可是却忘了改变自己的选择。

抑或是惧怕改变已有的选择？
因为居心叵测的世人说，这是不道德的。
甘愿做艺人的木偶，还是做操控木偶的艺人？
毕竟艺人没有木偶多。

关于婚姻

“婚外情”这三个字最近频频出现在我的生活里，不得不说说，希望通过说出来就能把它暂时从我脑子里赶出去。昨晚，一名司机一直在数落他的妻子：“不工作待在家里，又懒，又丑，脾气又坏，眼泪又浅，说两句就吵架，不管孩子，不收拾自己，不会做饭，整一个抑郁症……”和陌生人倾诉是安全的，所以他毫无顾忌。但，我累了，也不想让几分钟的旅途变得气氛紧张，等他的宣泄告一段落，我总结“你不爱她了”。他所诉说的这些，都是他选择或者即将选择婚外情的借口，这样的人是不会离婚的。恐怕这也是诸多人婚外情的借口之一。

一个记录自己与已婚男人感情生活的博客，跳到我的跟前，上次看她是几个月前。“不做爱，就分手吧”，这是早先的帖子，如今的文章全是情欲。我留言道：“回过头来看看，我丝毫不怀疑他的虚情和你的自我欺骗。不过如果自我欺骗可以让你快乐的话，也许不需要自我欺骗，情欲就可以让你快乐，或者是一种窃喜，这样的生活对你而言也没什么不好。”如果快乐，自欺欺人也未尝不可。

有人说对身边人的隐瞒婚外情的事实或许也是一种爱。在我看来，对出轨者的熟视无睹是自欺，但未必是因为爱，而是出于自我保护。知情者，或是听戏人，只有共情才能体会当事者的心情。别人的事其实和自己的生活并无太大联系，只怪人总爱联想，倘若如何，万一如何，恐惧未来所以痛斥、鄙视、唾骂，更有过来人借口来宣泄怒气、恨意、妒忌。谁都没有得到最终的快乐，上帝总爱搅局。

因为这种情的不真实感，让人产生逃离现实的幻觉，无法自拔，只有放任。甚至以为自己的奉献就是伟大，就是纯洁，和那些借此换取利益的人是天与地的距离。换取利益必然伤及他人，或许因为这样才让人痛恨。如果这些对旁人没有伤害，也不会成为话题。局中人幻想着真的能做到不伤害他人，可这种心存侥幸等于心有顾忌，或许这才是这种罪快乐的根本。

而人为什么不结婚，为什么要结婚。在我的博客里，似乎很少出现爱情的字眼。不是因为我要刻意回避，而是目前的单身生活很享受，很惬意，让我没有空间来释放对爱情的看法。我是经常会想到爱情的，因为孤单，但是，奇怪的是，最近一段时间与人交往的过程中，往往没有了性别概念，少了许多脸红心跳。

婚姻是什么？许多人选择不婚，原因有很多。我想，恐惧心理是有的，因为惧怕不可知的未来。周围太多反面的事例，离婚，婚外情，如此种种。这样的恐惧是因为，我们对爱情的期望值过高。婚姻不是依赖爱情来维系的，或许它是依赖爱情建立的，但是，最终，它依赖爱来维系。只要有爱，婚姻就能白头到老。只是，许多人只是认清了爱情的短暂，却对爱的永恒没有信心。或许，也是对自己没有信心。

害怕失去。不知道从什么时候开始，我们变得如此脆弱了，总是害怕失去。拥有的时刻，最快乐的时刻，突然就会想到别离。不怪我们，只怪这个世界真爱太少，只怪没有人教会我们如何去爱。

爱无能。我们没有时间来爱，我们要生存；我们没有精力来爱，我们要生活；我们甚至没有心情去爱，因为我们渐渐没有了心情，堕入虚无之中。

害怕伤害，做多错多。没有爱，就不会不爱，没有相聚的甜蜜就不会有分离的苦痛。因为害怕分离，所以不如不要相聚。

一切的一切，都是因为我们太过脆弱。

结婚，为了什么？他说，因为到了年龄；她说，因为爸爸妈妈急着抱孙子；她说，因为单位里开始有人指指戳戳；她说，因为我爱他；他说，因为她怀孕了；他说，因为她爸爸是市委书记；她说，因为他可以带我出国；她说，因为他答应我结婚以后可以不用工作了……

婚姻到底是什么？在这个物欲横流的时代，有多少人把婚姻当作手段，当作工具，当作交易。这样，真的快乐吗？对待婚姻的态度与一个人的价值观是一致的。

我的周围，有些是因为赌气而结婚的，有些是因为一方过激的行为而结婚的。无论是为了物质、权力而结婚，还是任性而为，最终的结果，于个人，于各自的家庭，还有孩子，都是不幸的。

我们总是在犹豫，婚姻，就像打自由靶，你必须在最恰当的时刻照准目标射击。在对的时间遇到对的人，也许，一切都是命运。轻率没有幸福，过分谨慎也会与幸福失之交臂。

婚姻只是一个誓言，法律的约束其实是无用的。与心爱的人长相守，生儿育女，就是婚姻的真谛。至于它的社会功能，它的社会意义，这些，我们有谁会真的在意吗？只不过是在婚姻这个现象发生之后，人为的解剖罢了。这些对于婚姻中的人们又有多少意义呢？爱了，结婚了，不爱了，离婚了。一切，只不过因为需要寻找属于自己的幸福。

长相守。

一生只为与你，

长相守。

关于距离

距离产生美，这是很多人经常用来解释自己欣赏或喜欢却得不到心仪之人的原因。简而言之，癞蛤蟆吃不到天鹅肉的原因，也就是因为距离。同样，这句话也用来解释为什么人们在得到之后又会心生厌倦、厌烦。厌恶的来由，还是因为距离。距离的种类发生了变化，无论是认为以自己为原点的距他人的距离发生了正负变化，方向的改变，还是认为距离消失了，原点没有了……说来说去，都是因为距离的消失或变化影响了曾经的美感。

距离产生的，不仅仅只有美，还有恐惧、敬仰、自我贬低、自大、厌恶、反抗种种情绪和心理。因为距离产生了曲解，无论是哪一方，主观臆想都掩盖了事情的本质。不过这样说也许过于客观，主观并不一定就不是事实，毕竟我们还有直觉，但是距离却让我们相信自己在没有全面观察后得出的结论。

若有似无地，我们总是给自己划个圈，和别的人保持着距离，这个世界就是由这样的距离构成框架，形成体系。当距离只发生在横向的时候，至少我们还是平等的，可是一旦距离的关系成为纵向，我们就仿佛处在两个不同的世界，很难融合。

明白了这一点，当我们爱人，我们会想找到与之相平行的距离，我们不希望被纵向的距离分割开来，成为两个世界的人，甚至是两个物种的人，在下的谓之癞蛤蟆，在上的谓之天鹅肉。当我们厌恶，希望远离，我们就会保持距离，寻找与之垂直的距离，用以隔绝他人，暗示对方我与你永远不在一个平面之上。因此，遇到被隔离时，人们无论做再多的努力改变自身，缩短距离，也总会找到垂直的差距，除非，改变人心。

距离代表了秩序，代表了这个世界的本质，再细小的微粒如质子和中子都存在距离，何况人与人之间。

关于成功

著名的希腊哲学家赫拉克利特说过一句话，“人不能两次踏进同一条河流”。不必深究那么多原因，因为人也不能同时踏进两条河流。正如我不能同一时间做两件事一样。

正因为如此，我们在选择这一时间做这件事的时候，必定会放弃在这一时刻做那件事，命运就此走向另一条岔路。或许是因为外力作用，或许是因为自己的一念之差，随之而来的，或是庆幸，或是抱憾终身。

成功，谁不曾渴望呢？有一种成功，或是出人头地，或是功德圆满，或是儿孙满堂，或是衣锦还乡。可是这样的成功总是意味着有失去，有失败。我们不得不为了某种得到而舍弃一些东西，比如名誉、道德、良心、金钱、爱情，甚至生命。有的人，为了金钱，摘掉了道德的帽子，放弃了纯洁的爱情；有的人为了保有自己的节操，毅然决然抛开风光的工作与高薪。这一切都是因为，他们所要的不一样，于是走上了不同的路。即使是再要好的朋友，再恩爱的眷侣，一旦被不同的灯塔吸引，必定分道扬镳，背道而驰。

可是，还有一种成功是人生的成功，是你不会因为失败而妄自菲薄，因为挫折而气馁，因为失去而懊悔，而是因为种种不幸更加燃起希望，更加充满力量；是你不会因为成功而得意非常，因为褒奖而忘情，因为拥有而炫耀，而是因为种种幸运更加懂得珍惜所有，更加博大、平和。

鼠目寸光者能体会这样的成功吗？能够抱有这样的希望吗？我想是不会的。或许在他们离开这条道路的时刻就已经放弃了这样的希望；或许他们早已确信在离开这个世界的时候，自己也不会明白这成功的真正含义了。

成功，便在于适时的舍弃，适当的坚持。我们总是在年少时心怀梦想，可是到了中年，许多人愕然发现自己与理想、梦想早已相去甚远。因为这样、那样的原因，因为挫败而放弃了追求梦想的勇气，或是因为追、追、追，梦想依然遥不可及。这些都不算什么，更有人对当初那个追风少年嗤之以鼻。或许，他们只能自我解嘲，寻找平衡了吧。

成功者总有共同点，那就是坚持，努力不断向梦想迈进。即使梦想总是遥不可及，可是依然坚信自己有一天会到达那里。即使命运之神在途中带走了自己，那也是在生命的最后一刻，到达了一生中离梦想最近的地方，又有什么可遗憾的呢？

荆棘之路，磕磕绊绊。那些绊脚的石头弄疼的，只是你的脚，而不是你的心。路上有多少石头，我们无法决定，可是有一点可以确定，看着路标一直走，每一步都更靠近。

关于友情

敏锐的感觉在面对你在乎的人的时候会更加敏锐。但，不能分担感应却是痛苦的。或许，这是爱的表征。爱了，就想分享；只是，被拒绝分享，意味着爱被拒绝。所以，感应而不能分享是痛苦的。

敏锐的感觉还可以是“皇帝不急，急死太监”。就比如我曾经说过拒绝帮助的人是不值得同情的，可是说归说，同情又不能控制。情绪产生时，没有转换的余地。所以，还是愚人快乐，不懂得便少了几分痛苦，多了几分快乐。情绪的空间是有限的，悲伤多了，快乐自然被挤掉了，快乐多了，悲伤就自然少了。

但在友情面前，这样的痛苦都是不存在的。你认为什么样的感情是友情呢？仿佛臧天朔的那首《朋友》唱的：“如果你正享受幸福 / 请你忘记我……如果你正承受不幸 / 请你告诉我。”仿佛友情就是强调自我牺牲。或许更是无印良品的《朋友》中唱的那样："谁能够划船不用桨 / 谁能够扬帆没有风向 / 谁能够离开好朋友没有感伤……"相扶相持，惺惺相惜。

经常有那样的一刻，只需一个眼神，只需一声唏嘘，立刻心领神会，默契异常，仿佛连体婴似的心电感应。这个世界是多么的奇妙，就是有这样一个人洞悉我心里的一切秘密却让我觉得安心，她也心安。我只能摇头轻叹造物的神奇。其实很多时候，并不是她主动想知道，而是你希望她知道，她便知道了。

很多时候，我并不理解男人之间的友情，比如说明知是错的，为了义气还要去做。再比如分不清酒肉朋友与真正的挚友之间的区别，因此在失意的时候突然滑落到冰窖，自以为感受了世态炎凉，从此或一蹶不振，或冷酷无情。不理解的，不宜多说，罢了罢了。

女性之间的朋友关系呢？朋友自是有深浅，一起购物的是一种，一起分享爱情的小秘密的是一种，一起减肥的是一种，一起温书的是一种，一起对付异己的又是另一种。这种关系时常会有变动的，或几十年不变的，各有各的理由。因为友情和爱情一样，一看缘，二看分。有缘无分，即使成了朋友，最终也会因为各种各样的原因分离。说起分离，很奇怪，离开挚友的时刻，眼泪夺眶而出，说好了不哭，可是就是止也止不住。有时候对同性朋友的眷恋很让自己感到吃惊，甚至怀疑自己的性取向是不是发生了变化。也许是因为女人最了解女人的缘故吧。

从小爸爸就对我说，男女之间没有纯粹的友谊，所以我就上了心。为什么一个知识分子这样教育自己的女儿呢？我想爸爸是有自己的理由的，因为他成长的经历告诉他的。或许在那个年代，两性之间压抑太多，幻想和误解也就越多吧。正是因为不了解，所以才会有这样的误会，仿佛1和0之间不再有0.5似的。可是一切感情，无论友情、爱情、亲情，都是不可量化的啊，怎么能说绝对的有和绝对的无呢？友情和爱情的距离是多少，没有人知道，但是我知道，爱情到来的那一刻，我一定可以分得清，到底是爱，还是情。友情和爱情之间尺度的拿捏，或许不需要过多的人为，上帝之手自会判断。

我们害怕孤独，我们需要安慰。我们害怕听到各种各样的烦心事，负面的情绪，可是在朋友倾诉的时刻，我们只想伸出手去，握紧他的手，哪怕自己的心也被压得喘不过气来，哪怕自己的心伤痕累累。我们总会希望朋友一个肯定的眼神，一句温暖的鼓励，那一刻，只觉得疲乏的身心充满了力气。

和朋友在一起，你会如何呢？是发泄压抑已久的情绪，委屈的哭诉一场，得到拥抱，轻轻抚慰你受伤的心？还是静静而坐，细细品茗，莞尔倾听？是报喜不报忧，强装硬汉铁娘子，不想朋友担心？或是一起大笑，一起畅饮，互相打气，让每次聚会都成为你的充电器？无论是哪一种，我们都在享受友情，享受友情带给我们的种种安全感和幸福。

朋友跟我说，暗恋最终无疾而终，可是，我总认为，分手了，还可以是朋友。

就这样吧，

做一辈子的朋友。

或许，

比爱情更长久。

关于幸运

从父亲的精子进入母亲成熟而健康的卵子那一刹那开始，没有因为孕期母亲服错药而患病，没有遗传父母祖上的家族病，出生的一刻没有难产，没有因为缺氧而脑瘫，没有小儿麻痹，没有龋齿，没有因为顽皮而摔成骨折，没有因为鞭炮而炸伤眼睛，没有因为游泳而窒息，没有因为青春期的逆反情绪而误入歧途，到现在还健健康康活得很好，就是一种幸运。

能听到声音，即使不喜欢音乐，也不要紧，因为那是一种幸运。

能看到一切，即使不喜欢名画，也不要紧，因为那是一种幸运。

双腿踏实地支撑着身体，双脚稳稳地站立，能跑能跳，偶尔一个转身要要帅，也是一种幸运。

从小到大交朋友，没有遭遇朋友早逝，没有被朋友背叛，没有面临过友情和爱情的抉择，没有因为世仇而分崩离析，没有因为自己的怪癖而被责怪，没有因为仗义而被开除，甚至犯罪，没有碍于面子不去解释误会而分离，就是一种幸运。

初恋没有怀孕，没有流产，没有遭受毁灭性的打击，没有碰到具有变态人格的人，没有因为情变被人伤害，没有因为得不到而疯掉，没有因为得不到而毁灭，没有因为得不到而自毁，就是一种幸运。

不曾失去亲人，是幸运。家庭不曾破裂，是幸运。

因为失去懂得珍惜，是幸运。因为不完整所以爱惜，是幸运。

因为受伤懂得疗伤是幸运。

因为饿过知道饱之不易是幸运。

懂得不因为狗叫而丧失一天的好心情，是一种幸运。

懂得丢了旧饭碗才有新饭碗，是一种幸运。

懂得吃着晚餐时计划明天的早餐，是一种幸运。

懂得感恩，最是幸运。

能用手指握笔，写信给你，何尝不是莫大的幸运。

能用牙齿嚼碎你炒的菜，舌尖感受你赋予的美味，仿佛自己是上帝的宠儿，如此幸运。

早晨被窝里的余温，浴室里的留兰香，阳光穿过干净的衣裳照在桌上，小锅里的白粥甜香飘扬……

最最幸运的是，

遇到了你。

关于纯洁

前两天买了一百多块钱的盗版DVD，因为不少片子是要等爷爷奶奶走了才能看，我一直忍着没看。但我今天实在忍不住了，所以我选了李英爱主演的《亲切的金子》作为新年第一碟，因为这个名字和李英爱在我心目中娴雅的形象让我认为此片不至于让爷爷奶奶受到惊吓。不过开场15分钟之后我决定关掉。

这是一个关于复仇的故事。一个绑匪绑架了金子的孩子，要金子去顶罪，随之而来的是金子长达十三年的狱中生活，也是复仇计划的筹备期。最后金子复仇成功。我当初只是笑笑，我也不知道这居然不是文艺片而是惊悚片，变态的气氛充斥整个故事。老爷子问我怎么喜欢看这种电影。其实不是我喜欢看血腥、暴力和变态的人格，而是我喜欢去揣摩人心底最深入的那部分，人的心理也好，思想也罢，说是原罪或许更为确切。

好的作品就在于，即使是通过主人公的口吻，作者也不会表达太多直白的思想，而是让观众自己去揣摩，玩味。说了这么多，该入正题了。关于纯洁。

一直很想谈这个话题，在看了《亲切的金子》之后总算找到突破口。所以，等爷爷奶奶出去遛弯儿了，我又打开了电视机。

“吃吧，吃了这盘豆腐，你就会像豆腐一般纯洁，不再犯罪。”

金子默默地注视着豆腐，抬手把整个盘子掀翻在地。

这是金子十三年后出狱时的情形。传教士递上豆腐，是因为习俗，人们认为身犯罪孽的人在净化自己之后，离开监狱之时吃豆腐或者蛋白，就会在今后如同豆腐般纯洁，不再犯罪。金子年少时因为家庭的破裂，离家出走，并且怀上了一个男孩的孩子，并被抛弃。迫于无奈，求助于曾经教过她的实习教师白老师，为了孩子，她被迫被白老师控制。白老师是个私生子，年少时受到外婆和母亲的折磨，杀死外婆和母亲离家出走，这也造成他的变态人格。为了拥有梦想中的帆船，白老师唆使金子与他一同绑架自己所在贵族学校的学生，并向孩子的父母索取巨额赎金。可是在家长们送钱来之前，他就已经把孩子残忍地杀害了。由于手法不同，一直没有被人发现。最后事情败露，白老师继而绑架金子的女儿，让金子承认所有的罪行。

突然觉得自己的叙述有些平淡。所以，还是建议大家自己看吧（在家长陪同下）。

一直祈求遇害孩子原谅的金子，她的手上，也沾染了血腥。我喜欢金子，我认为她并不像她自己认为的那样邪恶，她虽有罪，但也是个受害者。她纯洁的母爱让她甘愿承受与女儿分离的痛苦，或许，女人也认为这是她参与绑架的报应，她已经因为她的罪行得到了最重的惩罚。可是正是因为她纯洁的天性，她一直背负着心灵的罪，不愿放弃复仇的执念。

金子在狱中信奉上帝，不知是有意还是无意，她只是需要忏悔，就可以寻求心灵的平静。人们之所以叫她亲切的金子，是因为她善解人意，为狱友们杀害恶毒的“魔女”，为孩子的父母除去了恐怖的白老师。她用恐怖，用血腥，换来的是什么呢？是正义的伸张，人们的平安。可是，她的内心是否平静了呢？不，她始终觉得自己的手上沾染了血污，永远都洗不干净。她总是渴望梦幻中见到遇害的孩子，希望能够得到他的原谅，最终，在幻境中，还是没有。

此外，这部影片还传达了很多信息，比如因果报应，比如恶魔与天使，比如传教士的伪善和道貌岸然，比如童年时的不幸经历对人格形成的影响，比如善恶——每个女囚都有一段悲惨的故事。这是一部属于社会边缘人和社会底层的电影。这样的语言，就仿佛影片中的谈话突然中止的时刻，人们说，是因为有天使经过。

趁爷爷奶奶遛弯还没回来，我又开始看第二部韩国改编电影《丑闻》，这部电影也揭示了关于纯洁这个话题。不少人把这部电影当作情色电影来看待。但我从里面看到的，只有人性最本质的爱恨情仇、占有欲、忌妒心，美丽的面孔，丑陋的内心，腐败的生活，还有纯洁的爱情。一个花花公子为了私欲，为了一个赌局诱骗守寡多年的贞洁少妇爱上了他，因为善妒的堂姐施毒计，最终这对男女一个遇害，一个殉情。对于女主人公来说，多年的守节，终于失节，最后的殉情，从之前的社会对她要求的纯洁，到这样的纯洁遭受破坏；而对于他，曾是风流少年，拥有众多情人，但是，在一场游戏中，最终被俘虏，找到了自己的真爱。在我看来，她和他都得到了纯洁的爱情，纯爱。

恶毒的堂姐同样也向往着纯爱，只是她的占有欲，她的嫉妒心，让她通过残忍地折磨他人为弥补得不到的痛苦。她真的快乐吗？不，当心爱的堂弟的死讯传来的时刻，她抑制不住自己的痛苦。在逃亡的船上，她的绢帕中珍藏堂弟偶然送她的一束小花，就是她对纯爱向往的表征。

这两部电影，都反映着人们内心之中魔鬼与天使的存在，我们可以感受到人人都渴望纯洁，哪怕为了这纯洁，双手要沾染鲜血。

今天听了胖大海的播客中的一个节目《处女情结》。这也是一个关于纯洁的话题。虽然全部听完之后，我觉得他什么也没说，只是把人们对这个话题的看法列举一番罢了，而藏在后面的他自己的真实感受，我们不得而知，至少，我从他和平常不大一样的微微颤抖的声音里感受到，他还是有些紧张的。经历了性爱之后的女孩男孩就不再是处女处男了。可是，很多男孩女孩在第一次之前就已明了这其中的种种玄机，有不少人，满脑子男盗女娼，在我看来，即使他或她没有经历性，但是也已经不再纯洁了。而相反的，即使经历了，但还如孩童般拥有纯洁心灵的人，依然仿若处子般纯净。

不是吃了豆腐就可以真正变纯洁的，不是信教就能真正纯洁的，这些都只是表象。真正能洗涤心灵的只有自己，是否能承认自己的原罪，是否能通过一切方式消除罪恶之感，之后的，才是真正的纯净。

金子、珍妮望向天空，洁白的雪花飘摇，落在珍妮温暖的舌尖上。

关于幸福

日本电影《在世界中心呼唤爱》中，我看到这样一幕。

亚纪："我相信世界上一定有神的。"

阿朔："我才不信你是求神拜佛的人。"

亚纪："我相信世界上的幸福与不幸加起来等于零，这样的话，就需要有神仙来分配人们的幸福与不幸。……朔，你在做什么呢？"

阿朔："我在祈祷。如果是那样的话，希望神把我的幸福分配给你，无论我多么不幸都没关系……"

被声音吸引的亚纪来到屋外，阿朔跟了出来，眼前是仿佛繁星跌落人间，星星点点的萤火虫满天飞舞。

亚纪："好美啊……你知道吗？萤火虫只能活7天，我们要看到这样的美景概率是多少啊。我觉得好幸福。"亚纪流下眼泪，"……为什么我会那么幸福呢？……可是，又觉得仿佛有什么不幸的事将会发生。"

这个凄美的爱情故事的结局是亚纪最后因为白血病而死去。

因为上面这段对话，我相信这个世界上是有人和我一样的，相信不可知力量的存在，相信一切事物都需要平衡，相信总有一架天平，无论得与失，生与死，善与恶，悲欢离合，爱恨情仇，一切的一切都像磁场有正负极，世界有光明有黑暗。

可是，正因为这样，每当幸福来临的时候，我总是感到恐慌，总是害怕幸福到来的时刻，同时也有不幸敲门的声音！反而在不幸降临的一刻，深信总有希望，总有幸福到来的一天。甚至因为这样的感受，会忐忑不安，盼望着就如此平淡一生。

只是，内心总有冲动，总有憧憬，总有希冀，希望感受幸福之光，即使不幸悄悄到来，即使将遍体鳞伤。这样的时刻，需要勇敢吗？需要安抚吗？还是需要回避自己的渴望？被不幸俘虏的人们，心，慢慢结了厚厚的茧，柔软的内核深深封印在心墙之后，即使门，也用蜡封上，藏起钥匙，甚至连自己也忘记钥匙藏匿的地方。胆怯的人们，长久地被恐惧紧捏着心脏。心，渐渐缩小，让恐惧的手掌捏得不至于那般疼痛，小小的，就让它这般小小的。再大的心，即使装再多的幸福，总要留一半给不幸，幸福越大，不幸越多，宁可舍弃幸福，也不要留那许多空间容纳不幸的身躯。

犹豫着，彷徨着，自以为坚决着，短暂的一生就这样在犹豫、彷徨、自以为是的坚决中流逝，当犹豫者、彷徨者追悔不该的时刻，自以为坚决者拒不表达，他们需要最后的肯定，他们已经习惯以坚硬的心示人，就仿佛面具戴久了再也摘不下。

如果幸福真的可以很大很大，如果这样的幸福真的会带来很大很大的不幸，是不是可以在这幸福到来那一刻结束一切，让一切记忆、感动、唏嘘停留在那一刻，冰封在那一刻？真的，可以吗？

哭泣的亚纪，茫然的阿朔，转瞬即逝的萤火虫的微光……

“其实幸福很简单，我想牵着阿朔的手，阿朔的手牵着孩子的手，我们一起……”

关于缺憾

我捏着自己的小指，想起格林童话里的小女孩在女巫的监牢里，被女巫要求每天伸出小指，看看是否已经足够肥来让女巫吃。女孩机警地每天给女巫摸吃剩的鸡骨头，假装自己永远都长不胖，拖延时间，准备逃走。

我的小指肉不多，却短短的，五岁那年后，就再也没长长过，这是我的缺憾。那时的我因为顽皮和同学比赛。放学路上，同学用食指拎着书包提手说："我一根手指就能拎起书包。"我不服，用小拇指拎着书包，说："我用小拇指就可以，你行吗？"一年级的书包已经很沉了，老师总是说我们天天背着炸药包上学校。还有一个顺口溜里说："每天背着炸药包，学校炸飞我开口笑。"我忍着疼，看着同学龇牙咧嘴，用小指拎书包却拎不动地认输了。我回到家才觉得小拇指疼，也没在意，后来才发现脱臼了，无法复原，从此小拇指就没再长长。

每个人都有缺憾。也许是视力不够好，也许是腿脚不灵便，也许是听力不好，也许是牙齿不整齐，也许是舌头太长，也许是招风耳，也许是……像我，因为手指不够长，之后钢琴想学却练不好。其实，我明白这是我的借口。我只是懒惰，不去练习罢了。因为我的缺憾，想要学好钢琴，必须比手指细长的同学付出更多的时间练习，但是我没有做到。

小小的缺憾，成为我们的借口，发展为懦弱、惰性，成为我们不求上进的借口。

可是有些人，有着大大的缺憾，却能够比别人做得更好。比如张海迪，比如海伦·凯勒。如果我们认为自己本来就是如此，与他人并没有什么不同，或许也就不会以为缺憾是缺憾了。

小小的缺憾有些是可以补救的，比如牙齿不够整齐，可以矫正。我就矫正过牙齿，因为我有多生牙，曾经我因为频繁的转学，总是面对分别，所以我和同学约定，如果长大了，相见却认不出我，就认我的牙齿。现在，这个约定无法完成了。我有了整齐的牙齿，却少了一个独特之处。

小小的缺憾，无伤大雅，也无大碍，人与人的不同就是从这些开始吧。如果人人都如此，人人的小拇指都不长，或者人人都有多长的牙齿，那我们也不会觉得那是缺憾了。

我们无须用“好”或“不好”来评价他人，不让所谓的独特之处成为缺憾，不让所谓的缺憾成为借口，也许，我们就能做得更多，超越更多。

关于读书这件事

李敖老大爷曾被凤凰卫视作为形象大使到处作秀，我觉得他和芙蓉姐姐十分类似，在《锵锵三人行》里我又听了他的一番畅谈，很受启发。

他说他鄙视书呆子，说像他那样看过那么多书的人是没有的，那些批评他的人会玩的他都会玩，而那些人是书虫，有着书生的酸气，是中了书毒的，而他李敖，看了那么多书是抗拒着看的，绝对没有中书毒。其实，说得简单一点，就是带着批判的眼光来看书。知识是客观的，可以汲取，多多益善，而著书之人通过看书获取知识灌输的观点是要有选择性地接受的，批判地看那些观点，否则就容易中毒。

知识常常被人拿来作为自己观点的论据，很多原本没有的意义被人为赋予了，就好像雪，洁白的积雪上有个脚印，说雪脏了，其实，就是雪上面覆盖了一层灰尘，以及一些鞋底上黏着的杂物。什么是脏呢？脏这个概念是人为赋予的，也就是在纯粹的里面有了异类的杂质。这种批判的读书方式我是赞赏的，因为首先要批判，就必须理解，把著者的思想内化，然后才能批判。读书人要有一颗平常心，即使是孔子、孟子、苏格拉底、柏拉图，我们通过他们的文字与其灵魂对话，也是要平等地去看待他们的观点的，他们的思想带有强烈的时代特征，同时，也会受到当时各种事物发展的局限。所以，崇尚的是什么？不是观点，而是知识。

他说他看了月千川的《十少年作家批判书》，说看书不在多。这点我是十分认同的，或许通读一本书，比囫囵吞枣地看个百十本收获都要大。不过，我们也面临着一种惶恐，那就是未知的世界在我们深入了解的过程里，范围变得越来越大。很早就我被老师告知一个规则，知识世界就像海洋，我们的所知就像圆圈，随着知识的扩展，圆圈变大，圆周也越来越长，圆周所感知的未知世界也越来越广泛。所以，面对这样的局面，我们是极其容易产生焦虑的，更何况，除了圆周范围的扩大之外，直径也在逐渐变长，这意味着人生的有限与知识的无限之间的矛盾更让人焦虑不堪。

读博客，了解到周围人的世界有各种各样；去图书馆，满馆的典藏即使我活到一万岁也看不完；去书店，新书多得足够压扁你，所以，我们不得不面临各种各样的选择。老叶子的《我的阅读焦虑》写的感受并不是没有原因的。我说，选择太少不好，太多也不好。知识总是越多越觉得少。

那么，我们该如何对抗焦虑，让自己不焦虑呢？首先，从众心理要克服。流行总是有的，流行的书籍、歌曲、思想、艺术，总是此消彼长，如果每天都为了追上潮流而努力，那样会迷失自我的，所以要懂得如何选择，而不是盲目地追随。其次，当我们面对未知的，可以试着去了解，如果觉得没有必要的话，可以不了解，更可以不评述。人总是物以类聚的，不属于你的圈子可以不要进入，偶尔的孤独可以得到宝贵的宁静，让你有更多的时间思考自己，了解自己真正的需要和天赋所在，这样也不至于在一大堆对于你来说无用的事情上浪费时间与感情了。最重要的，还是要有平常心，不因为人所不知而轻视，也不因为己所不晓而自卑，该明白的始终会明白，无须明白的一笑置之。

不要把阅读当成一种负担，而是要把它当成一种快乐，在轻松的氛围里汲取知识是一件多么享受的事情。

关于懒惰

前些天，我看到一个失恋女孩寻死觅活的。而我想说，懒惰一点吧，爱情需要浪费太多能量，婚姻更是如此，爱情不是生活的全部，你不觉得你这样非常浪费生命吗?

懒得恋爱，懒得结婚，懒得生孩子，这就是情爱懒惰者的心态，他们或许有一种使命感，特别是一些单身的作家、艺术家、发明家，他们觉得把自己的聪明才智用在创作上更为有价值，这就是一种使命感。顺便做个好书推荐——《巴黎盛宴》，有兴趣自己到网上搜搜吧，我懒得说。

懒惰是人类发展的巨大动力。请不要笑啊。所有的发明创造的最终目的是什么？希望人类社会发展更为高效，人类的生活更为舒适。其实就是让人类更加懒惰。为了偷懒，不用砍柴、劈柴、烧柴，人类拼命想办法，终于懂得利用石油、天然气、电力来取暖，烹饪。为了偷懒，不用养马、喂马、驯马，人类绞尽脑汁，发明自行车、摩托车、汽车，那些关于马的事情就交给那些马痴和动物园好了。捷径是为了缩短路程，节省时间，其实就是偷懒。懂得如何偷懒的人都是聪明人，是人类社会发展的先驱者，代表了人类最内在的本质——懒惰。

讨厌洗碗、洗衣服？没关系，发明洗涤剂增强去污效果，发明洗衣机、洗碗机彻底摆脱无谓的劳动。发明创造都是为了偷懒，把人类从体力劳动中解放出来，有更多的时间投入智能工作，充分利用大脑进行创造，而不是仅仅利用部分大脑和肉体。肉体只是工具，创造的工具，享受的工具，必须为大脑服务，否则就是浪费。懒惰者深深明白这个道理，因此会摆脱任何无谓的废话、工作，把时间节省下来用于思考怎样懒惰，从而把人类从体力劳动中解放出来。

懒惰，只不过因为不想把时间浪费在无谓的争论与事情上。对于一些人所谓的必须要做的事情，另一些人因为价值观念的不同而觉得不必要去做，于是前者就会认为对方是懒惰，其实这也是把自己的生活习惯和价值观强加于人的表现。那些事情他们真的想做吗？那些话他们真的愿意说吗？那些戏他们真的愿意演吗？或许只是因为他们做了奴隶，他人的奴隶，舆论的奴隶，自我束缚的奴隶，看到“懒惰者”的自由自在产生的妒忌心理，把自我压抑的怒火通过斥责他人来宣泄吧。

不过，凡事都是相对的，懒惰者在另一方面往往是勤奋者，任何创作、发明，没有勤奋的工作与孜孜不倦的研究是不可能诞生的，同意的请举双手双脚及退化的尾椎骨表示一下！

关于梦

I am a dreamer on air,

dreaming on air with you,

空中的梦想家 UFO，

每个人都有一个梦，

才不会孤单的说话。

每个人都有一个家，

才不会在梦里害怕。

找个人说说话，

不管秋冬春夏。

只要有梦，

就有天堂。

这是一首我很喜欢的歌，张惠妹原唱，莎菲翻唱。

不知道没有梦的人会怎么样，如果是我，即使活着，或许也和死了一样吧。不做梦，那么，夜晚的时间多浪费呀。不做白日梦，那么，白天空闲的时间多无聊呀。还有那么多痛苦，那么多烦恼，用什么来暂时麻醉，暂时逃避呢？

梦是自己的，也许是甜梦，也许是噩梦。可是那样充满未知与奇幻的梦境，是多么的奇妙啊。

我梦见过彩虹，美术老师说，梦里出现丰富色彩的孩子是天生的画家。

我梦见过飞行，自由翱翔的感觉，轻飘飘地躺在云端，看世间变幻。

梦见过蔷薇花丛，我生在蔷薇花盛开的季节，虽然那是个无比惊险的梦，我逃着，躲着，可是花丛给我安全的感觉。那么美，那么真实。

梦见过血腥，杀人，醒来时，觉得这个世界其实也不错，至少没有噩梦那般可怕。

关于死亡

一

告诉我，你怎样看待死亡？

你怎样看待生命、生存、生活？

生活为了什么？死亡。

生存为了什么？为了更好地面对死亡？

更好地面对死亡有什么用？

人总是要死的。

生与死又是多么惊人的相似呀。

一样的无奈，一样的赤裸，一样的不着痕迹。

你的生，你的死，给这世界带来了什么？

即使你改变了地球的命运，但你能否改变太阳系的命运？或是宇宙的命运？！

好，你说你生来不是为了改变什么，只是为了活着，感受着，被人在乎，被人爱，或去爱别人，在乎别人，为了享受一切，生命、工作、感情……这倒不尝为一个好理由。

可他们会让你舍不得死去，有所依恋，让你对死亡产生惧怕……

你怕了是吗？

哦，你说你不后悔，也不会害怕。你说你将享受那必将到来的一刻，以享受的心情结束这一切，安详，多么安详……

为什么我总是想到死亡？为什么我思考的主题中永远有死亡？

我竟是那么在乎死亡吗？

我从未目睹过周围人的死亡，但却每日生活在死亡中。

看着太阳东升西落，听着鸟儿归巢，吃着死去的蔬菜、动物，靠别的蔬菜、动物的尸体长成而又成了尸体的身体，用脚不经意地踢死一只又一只的蚂蚁、瓢虫。

死亡在我体内持续着……

每天失落的近百根头发，死去的细胞……你被死亡包围着，你的周围充溢着死亡。

你说，总有新的事物生成，向好的一面看吧。

可新的事物也会成为旧的，新生的一切终究会成为新的尸体。分解，腐烂……

世人无谓的争斗在死神看来是多么的可笑呀。

“哈……无知的人们，毫不掩饰自己的欲望？为何要暴露自己如此丑陋的一面？要想想你们最终还是要到我这来的，还是留下美好的样子给那些未来的尸体吧。哈哈！”

可没人听你的，死神。你总是有那么好的肚量，垃圾与美食你都同时享用。

二

死亡，是一个时代的结束，也是另一个时代的开始。

你的时代结束了，评述你的一生的时代开始了。

当你闭上眼睛，在焚尸炉里化为灰烬，一切的一切与你无关，你，却依然和他人有关。

盖棺定论，这个时候，一个审判开始了。

这个审判不属于上帝，属于所有与你有关的人。

生前的一切，人们无所顾忌，对于你的罪恶，你的过错，你的贡献，你的幸福，肆无忌惮，任意评说。

审判之后，就是遗忘了。总有一天，你会彻底从人们的口中消失，从人们心目中消失，从这个世界上消失，活在人们的相册里，活在录像带里，直到它们也被摧毁，被埋葬，被腐蚀，被遗忘。

死亡之于你，已经没有了意义，当灵魂从你身体里撤离，一切一切的过往都作过眼烟云，你或入天堂，或入地狱，只是一门心思想着如何应付上帝和撒旦而已。

那或长或短的人生，无异于宇宙间匆匆一瞬。

活在他人身边，眼中，言语中，意识中，行为中，思想中。同样，也死于这一切。

他人也是活在你的世界里，死后亦然，直到你死去，你再继续活在他人的世界里，直到他人死去，周而复始，无休无止。

生命的脆弱，是一颗小金属丸，一根细绳，一个塑料袋，一颗果冻，一沓浸过水的纸，一次稍微猛烈的撞击……就可以轻松完结的。意外死亡远远多于正常死亡。

你怎么想呢?

关于债

债，负也。——《说文新语》

债，就是亏欠的东西。一出生，我们就负债。说什么无债一身轻，那是妄言，那是没有良心的人。父母养育，是恩，是债，债要还，才对得住良心。中国人的哲学正是如此，可以说是债文化。所谓礼尚往来，亦是债，所谓血债血偿，还是债。债，并非市侩，只是中国人社会关系形成的原动力，是中国人的哲学观点中最实质的部分，也是最核心的部分。

儒家思想的基本教义“仁义礼智信”，所谓“忠孝”，皆是债。仁者，与世无争，“己所不欲，勿施于人”，仁爱，要做到仁，必定要做到无债，爱，就是债。爱人或许不求回报，可是被爱者往往感受背负情债，不能还也无法还，只有烦恼与哀怨。哪怕施爱者作为仁者从未想过爱要回报，可是受者却背负情债，惶惶不可终日。义者亦然，所谓草莽，所谓好汉，义者也。讲求打抱不平，讲求公道正义，自然会使人负债于你。可这些是做人的根本，“立人之道，曰仁与义”。

礼，就不用说了。什么是礼，礼源于祭祀，为什么要祭祀？因为要报本，三本：天地、先祖、君师。天地造万物，先祖生养我们，君师教导抚育领导我们，这些都是恩，都要以礼相报，这个“报”，难道不就是还债吗？智者，不过是让你明白“债”的根本，参透人生的要义，我们所做的一切，不过是还债与借债之间的轮回。信，是告诉你，欠了债就要还，借债就要追讨。

债，不仅仅指金钱，情债亦是债，没有达成的目标，没有实现的承诺，都是债。债，是压力，也是动力。有债，不代表贫穷；没有债，也不代表富裕，甚至在很多时候，有债的人比无债的人更加富裕。债，有时是能力的反映。能还债，才敢于负债。

如此说来，如果从出生就开始被迫负债，那么所谓弃儿从出生就没有债，只是他的父母担负良心的债。所谓因果报应，循环往复，皆因有债，人们只能用因果的信仰、报应的幻想，平复无法追讨债务带来的不平。欠债与还债，只不过为了追求两不相欠的平衡世界，只是这个世界从未真正存在过，总有追讨，总有亏欠。

朋友萝卜先生说他欠了很多债，还不起。诚然，我们一生之中会积欠各种各样的债务，有债就有偿，不过很多时候，还没等我们偿，或者还没等人家偿债给我们，我们的生命就结束了，于是旧时有父债子偿之说，现今有债务同财产一同转给继承人的法律规定。从这样的角度看来，死亡未必不是一种解脱，所以有那么多人选择在破产后自杀。死，的确可以结束自己所受的难，并且将自己的债与罪，统统抛给他人，啥也不管，去也。

债欠多了，就仿佛在手臂上挂着个装满水的桶，日子越久，这桶越重，最终，总是扔下桶，什么也不管了。因此，太多的债，会让人产生无赖的心态，也许，就是那根压力的绳索“嘣”地断了。无赖，也是无奈，无法还的债，只会让人永生遗憾。仿佛一个你最爱的人，突然离你而去，你来不及对他好，来不及为他做许多你想做很久的事，来不及还他的债。或许，只有眼泪能自我安慰无法偿债的遗憾。

珍惜所有，及时还这一生的债，就算永远还不完，只要爱还在，就算债还在，也少有遗憾。

关于作家与单身

和学长聊天，谈起作家与单身的关系。他提出一个问题，作家仿佛与单身有着密切的联系。这个问题极有趣，可以说是文字与婚姻的关系。

作家单身与否，与作家成功与否是两个概念。以字为生的人不一定是作家，作家的高产与知名度并不代表他一定能写出高质量的作品。但是可以肯定的是，单身让作家有更多的时间沉浸在创作中，有更多的时间独立思考。小仲马一生写了那么多部小说、剧本，最为广泛流传的只有《茶花女》，婚后作品却鲜有人知。

作家成功与否，或者是否可以名留千古，与个人的性格是有很大关系的。尼采是孤独的，虽然他的哲学在今人看来是如此中肯，近乎真理，当然也有争议，但是在他所处的年代，他将自己封闭在自己的世界里，因此得不到人们的认同，他是痛苦的，他是孤独的。

作家的好坏每个读者心里都有标准来衡量，但是真正的经典一定是大众化的升华与沉淀。好的作品离不开生活，即使是科幻作品、武侠小说、魔幻小说，也是以现实为依据，反应的伦理道德与人性也是现实的投射。钱锺书写《围城》，故事里很多内容与他在西南联大的经历有关，很有趣。巴金的《家》也是以当时的封建大家庭在社会变迁与动荡的时代的现实为主要内容。只有将当时社会的问题，甚至老百姓的哲学加以升华的作品，才能得到广泛流传，才能成为经典。这些都是与家庭生活分不开的，家庭生活中的智慧，是很多好作品的精华所在，张爱玲的作品就是典型。人们对文学作品的热爱，很大程度是因为可以从中找到共鸣，找到对生活的感慨与智慧。是当时社会的缩影与再现。

一个作家只有有一个稳定的社交圈子，在思维的碰撞中产生火花，才能有精彩的作品。不说文人相轻，其实很多文人都是好友。比如徐志摩和泰戈尔，文人、艺术家，都会有自己的圈子，正所谓物以类聚，人以群分。在一个大家都兴趣相投的圈子里，自然会得到同行的批评指正与鼓励。好的作品必然是需要汲取各种养分的，闭门造车是不会有好文章的。

曾听到有人说，艺术家、作家、哲学家都是神经病。无知是可笑的，但是他这句话里面有一点意思是，这类人的神经系统比较敏锐，相应也较脆弱。作家、艺术家、哲学家疯狂的例子很多，仿佛也印证了这句话。我只能说，正常与非正常是相对的，病，也只是某一种界定，甚至很多病的界定也是各家所言，没有统一标准。每个个体都有其独特性，如果人人都一样，那这个世界又如何能有其丰富性呢?

这类人所面临的困扰，或许就是思维不受控制，或许是上帝给的太多，以至于自己无法承受。他们的共同点就是创作，创作是需要激情的。文学、艺术、哲学都追求完美，追求独特，追求超越，这是智慧的艺术，是人类智慧发展的最高境界，是美，是人类不断进步的标志，超越自然就会有超前，就会让现世的人无法理解，有上面那种说法也就不会觉得奇怪了。

作家单身与否，只是个别现象，不能以类分。经历是作品灵性的源泉，无论是间接经验或者直接经验，无论是幸福的婚姻还是不幸的感情经历，都是人生的财富，都会给作家以启迪，对生活的各种体悟，都会成为他们作品的精髓所在。

关于博客精神

我是一个博客，我要捍卫博客精神。哈哈，你觉得好笑吗？博客，也有精神？我常说，人是要有点精神的，据初中班主任戴老师真传——人，是要有点精神的。哪怕你只是个无名小卒，哪怕在别人眼里你是个下三烂，哪怕你甚至不在别人眼里，你是个隐形人，也要有隐形人的精神——不可以显形。所谓精神，也是由这角色延伸出来的原则，甚至赋予这个角色生命。不要说博客没有生命，当你一天不“博”就难受的时候，当你因为博客情绪波动不止的时候，你还会说博客没有生命吗？因此，博客精神是很严肃的事情，一点都不可笑。

每个博客都有自己独特的博客精神，或许，也是每个博客灵魂外延的一部分，我相信我这样的说法一点儿也不过分。可是，博客最具共性的精神，就是人人平等。有人会说，平等，怎么可能，这个世界很少有公平之事，如果真的人人平等，我们还需要每天叫着嚷着要平等吗？可是，博客就是能够做到人人平等。每个人从建立博客开始，就是平等的，从技术上说，世界上任何一个角落的人都能够通过互联网到你的博客逛一逛。可是现在某大型网站却开始做名人博客了，名人的号召力更大。这些都是因为什么呢？也许，博客就如任何一种人间的事物，都存在比较，存在竞争。

博客的生命，在于时常更新，在于时常有人来看。没有更新没有人看的博客就是死博客，就是废墟。一个有博客精神的博客，就要常常更新自己的博客，常常阅读别人的博客，常常给别人的博客留言，常常回复自己博客里别的博客的留言。这样，博客才能生机勃勃。这种不知疲倦、废寝忘食，就是博客精神的具体体现之一。

说到常更新，博客精神的另一要义就是持之以恒。凡事贵在坚持到底，一个博客的生命长度就在于一个“恒”字。一个具有博客精神的博客，只有把上述的不知疲倦、废寝忘食坚持下去，才能让自己的博客生机盎然。

博客精神的另一要义就是“变”，常换常新。当然变的不是地址，也不是博客本人，而是内容、体裁、装潢。在快餐时代，要照顾大家的口味才可以让博客生存下去。于是，八爪鱼似的诗歌、小说、评论，样样要来，有时候，也可以写个一句博、一字博什么的搞搞噱头。你能适应吗？你能适应你就能成为一个具有强烈博客精神的博客。

要应付上面那么多博客精神，另一个必需的精神就是要学习，“博”到老，学到老。百尺竿头更进一步。学什么呢？网页设计技术、写作技能、广告学，更重要的是要学好心理学。人家爱看什么，欣赏什么，能看多久，注意广度如何等等，都要了解，都要吃透。有了这样的学习精神，你的博客事业才能蒸蒸日上。

对了，说到事业，博客最重要的就是要把博客作为一个事业来经营。哇，那多累啊。没错。其实，这点与博客最初的自娱自乐精神是相违背的，不过，既然有了娱乐精神，那么事业也是可以娱乐着进行的嘛，不要一说到事业就是黑西装黑领带整一个斧头帮的模样。

怕花时间做不好博客，不考虑别人喜不喜欢也做不好博客。其实这样的说法虽然武断，但对于那些把点击率当作博客的命的有博客精神的博客们来说，还是非常中肯的。要做好一件事情，就要专心致志，一心一意。成功是有法则的，放诸四海皆准的法则。

最关键的，成为一个博客要爱自己的博客。有谁不爱自己的博客吗？我想，甚少。爱自己的博客就是爱自己，很少有人不爱自己的吧，不爱自己的人是有人格缺憾的人。所以，爱自己的博客是很正常的事情。我一直坚信，爱，可以解决一切问题，可以克服一切障碍，可以摧毁一切不可能。所以，只要你爱自己的博客，你就会想尽办法把自己的博客做得好。一个好博客的标准不尽相同，但是，一个共同点就是，追求博客自身的快乐。

博客，给你一个堂而皇之自恋的理由。自恋，因此也成为博客精神的一部分。

关于一个怎么样的时代

有了博客后，书商的日子不好过了。城市是书籍最大的集散地，也是消费群的所在地。可是现在城市里的人们开始博客了，每个人都在制造文字，每个人都在传播文字。有了写博客这样免费、快捷的方式，有了博客这样大批量的每日产量惊人的文字方式，我们哪还会有时间看那么多的书呢？书商的日子不太好过了。

开始播客了，播客，如果从简单的角度来看，也就是自己做一些小节目放在网上。这种声音传播方式正在崛起，不是只有某几个人可以出唱片了，人人都能，每个人的声音都可以在全世界范围内被听见了。电台的日子不那么好过了，音乐人的日子不那么好过了。

这样一个时代来临了，人人都可以自由地表达自己，自由地窥探他人。我们应接不暇，厚此薄彼。我们既要表达自己，也要回应他人，我们突然发现世界上有那么多与你相似的人，我们突然发现和他人的距离也就是零点几秒的时间，我们突然发现自己的脑子不够使了，你跟不上周围一切事情发生的节奏，你要么选择积极应对，要么选择消极躲避。

这样一个时代来临了，人人都可以自由地将自我价值最大化了，你可以一个人做一个博客，把它变成网络杂志，你可以一个人做一个播客，把它变成网络电台，你可以表达自己对这个世界的一切一切的看法、感受，你的价值观，你的判断力，你甚至可以影响所有人，在技术上，这些都可以实现。自我价值有了最大化的可能，只要你愿意学习、进步，愿意掌握你需要的技能，你就可以做得到。或者，这就是人生的成功。人的发展是无穷的，潜力是巨大的，为什么这么说呢？一般人在死去的时候，大脑被开发的程度只有9%多一点，爱因斯坦死时的大脑经检测被开发的程度是14%，我们现在受到的束缚是生命老化的束缚，我们必须睡眠，必须吃喝拉撒，如果从创造价值的角度出发，这些事情都是在浪费时间。当然，人不是机器，或许这也是上帝害怕人类超越他而故意设下的障碍吧。

很多人愿意平庸地过一生，他们追求的是自我价值的标准化，什么事情过得去就行了，符合社会普遍的规范就行了，有简单的幸福就行了。平庸不是贬义词，成功也未必是褒义词。人生以追求快乐为根本目的，对于有使命感的人来说，完成自己给自己的使命就是最快乐的事情。

这样一个时代来临了，世界的广阔如浩瀚烟海，第一次那么直观地展现在我们面前。

关于老

这天，意外地听见朋友说自己老了，颇有些美人迟暮的意味。可明明是二十几岁的大好年华，怎么会？也许是自以为看破了世间的尘土，尝尽了人间的冷暖，历经了世态的炎凉。

而我，安慰她说：老去也是一种幸福。青春是美好的，有活力，有激情，于是有爱情，然后有幸福。老去看似可悲，没有活力，没有激情，以至于没有爱情——可是如果爱能够酿成美酒，那一定不是青春的青涩可以比拟的。老去，会获得信赖，因为有年少的轻狂与失败的经验，让年少的人愈加敬畏。其实，我们一直都渴望老去的，不是吗?

渴望被人依恋，被人信赖；渴望获得尊重，受到爱戴；渴望你说的每一句话都被人奉作圣经。这些都是老去的财富，老去的价值。

肉体的老去，还可以有一颗年轻的心。很多人怕老，未必是怕死，而是因为老去带来的活着的恐惧。只是惧怕不再有人用他已经习惯的欣赏的眼光注视，只是惧怕不再有信心连续几小时照镜子，只是惧怕没有人搀扶就无法迈出房门，只是惧怕夜里看不到针眼、白天要打盹，只是惧怕没牙的嘴、满身的褶子。

其实，当你的口中娓娓道来都是精彩的故事和耐人寻味的哲理，当你身边聚集了想要让你指引、保护的人，你的幸福或许比青春带来的虚伪的赞美要美丽得多，温暖得多。而这一切皆因青春的莽撞与无知带来努力的动力和上进的心，促使你成长成熟成为如今的样子。

趁年少时，迷惘吧！

迷惘过后，才知道谨慎抉择。

趁年少时，轻狂吧！

轻狂过后，才知道沉稳的重要。

老去时，存有遗憾，才能明明白白记得自己曾经年少。

关于疗伤

从妈妈肚子里面钻出来，脐带剪断的时刻，我们身体上就有了一生之中的第一个伤疤。之后的若干年，这个长好的伤疤成了一个记号，在我们的身体上。或许，还成了我们身体最性感的一部分。

生活在这个世界上，不可避免地会遭受各种各样的创伤，留下各种各样的伤疤，有些伤疤，不需要药物，不需要治疗，在空气中自然愈合，结痂；有些伤疤，即使是最好的药物，也永远不会好。留存的伤疤，每次快好了，就又一次迸裂，就像希腊神话中西西弗斯推动的巨石，每次快到山顶，又滚落至山脚。

身体的伤或许会好，心灵的伤，却一直在，除非遗忘。所以说愚人最快乐，所以说，只有7秒记忆的鱼最快乐。可是，平凡的我们，每每为不能遗忘所苦。每次受伤，伤口或暴露在阳光之下，或暴露在风雨之中。阳光下的伤口，虽疼痛却也温暖，而风雨中，或许只能痛到麻木。

我们要疗伤，因为不能一直自伤下去。人本有的求生欲望不允许我们沉溺于伤痛之中。有些人，逃离伤痛的欲望膨胀到了极致，于是选择了死亡，而有些人，则坦然面对。

疗伤的方式因人而异，各有不同。其一，宣泄法。“行尸走肉”就要有“行尸走肉”的样子。痛就让它去痛，痛过之后，一切痛都不再是痛了。昨天有个朋友问我，怎么样安慰一个快要哭泣的伤心女生。我说，让她哭吧，你只要给个肩膀和递递纸巾就好了，眼泪是女人宣泄情感的工具，治愈伤痛的良药，兼有排毒养颜的功效，哭过之后用温水洗脸，而不是冷水，就可以消除肿胀的眼袋，不至于损了花容。

其二，自己找乐法。刮骨疗伤听说过吗？下棋的专注可以转移刮骨的痛楚，我想，受伤的人一定可以找到一样自己能专注的事物来忘记痛苦。忘记虽然是暂时的，痛楚还会回来，只不过，时间也是治疗的一味药，就仿佛暴躁的人数十下之后，脾气会变小。喜欢玩游戏吗？好吧，玩去吧。喜欢看书，看去吧。类似失恋的痛苦可不可以看电影？电影会让人脑中场景重现啊，不过，这个属于宣泄法的范畴，想起伤心往事了是吗？多看看，哭够了，就好了。再看，你也就麻木了。

拒绝其实就是不配合治疗。当把关爱拒绝门外，选择独自舔伤时，是不值得怜悯的。放弃治疗更加不值得，对自己不爱，又怎可以期望别人爱你。只不过，此时的他，连这点期许都无。

想要快乐，不妨装装傻，人人都有一套自我保护系统，我们只要增强这套系统对伤痛的免疫力，自然而然就会快乐多于受伤。

既然脐带的伤口可以成为身体最性感的一部分，那么伤疤也许也是一种财富。这样的财富没有虚荣，没有比较，只有拥有的人才能体会的丰富、另类、复杂的美好。

关于永生

永生这个话题说了很久了，从巫术时代到山海经时代，从古到今，有谁不想永生吗？在古代传说和神话故事里，以人类为蓝本创作的神、仙、妖、精，无不拥有不死之身，即便是鬼，也是人获得永生的另一种形式。秦始皇求不死神药，历代帝王修炼仙丹，不都是想万岁？

由于对永生的敬畏，我们的祖先对鬼神顶礼膜拜，我们对上帝，对真主安拉，对佛祖顶礼膜拜。我们短暂的生命在永恒的宇宙面前有如宇宙中最渺小的一粒尘埃。我们清楚地知道自己生命的短暂，可是当面对生命的奇异与生动，让人无法相信它就像个肥皂泡一样，转眼就幻灭。于是我们幻想，总还有来生，总还有另一个世界让我们继续这奇妙的生命之旅。

出于对于人世的眷恋，帝王将相挖空心思想要获得永恒的生命，以享受人世间的种种，权力，女人，金钱，乃至争斗，胜利的乐趣都让他们乐此不疲。对于永生的追求从未停止，只是阴差阳错，结果出乎意料。出海外求仙问药，成就了最初的探险、移民与外交；修炼仙丹，成就了军火科技的发达与丰富多彩的娱乐。历史就是这么荒诞，讽刺着那些已经作古而还对尘世念念不忘的神、仙、鬼、妖。

现在，通过人们认识分子，认识原子、中子、质子，到纳米技术的开发与普及，我们知道，物质是以微粒的形式存在的。相对于我们永恒的生命，物质微粒算是有相对的永生。也许我们今天呼吸的空气中的一个分子中的微粒，曾经就是西伯利亚森林里一只松鼠眼睫毛上细胞里蛋白质分子中的微粒；也许我今天中午喝下的猪骨汤里的一个水分子，曾经在水流里旅行、漂流；也许我死后躯体化为土壤，不知道什么时候我的骨中的某个微粒就化作蔬菜上的微粒，然后经过动物，再来到一位王子的嘴里，最后化作他身体的一部分……或许，没有最后，直到微粒衰退，消亡，轮回一直进行。

原来我们一直渴望的永生，或者一直恐惧的死亡，只不过是微粒们旅行的一段而已……

关于城市的悲哀

城市是一个泯灭诗情的地方，但是，总有那么一点点的诗意，犹如顽石缝中的劲草，会抬起倔强的头来。

城市是一个泯灭人情的地方，却又是一个人情泛滥的地方。在这里，人情被赋予了新的定义——关系。有了关系，便有了人情。人情是一件堂而皇之地外衣。

城市是一个现代的原始社会，有最先进的物质和最落后的本质。按照马斯洛的需求原理，城市的人类一直在满足自己最基本的需求——物质。有人会说，没有物质哪来的精神？不错。可是，难道那么多的城市人类的基本生活需要都没有得到满足吗？于是，城市中有的人以自己每日追求的金钱为资本，高昂着自以为丰满的头颅，鄙夷地看着远在青青山野的山民，金黄田边的耕夫，无边草原的牧民和浩瀚海上的渔夫。终于有一天，那些人们发觉自己是那么的贫穷，除了钱和赚钱的能力一无所有。吸足废气的肺渴望清新的空气，每天盯着电脑、电视的眼球渴望得到休息，无时不飞速运转的大脑，不是计算数据就是算计人心。大脑无言，只有在有着硕大眼袋和蜡黄的脸色的脸上，分明是用尽最后的气力写着：“我要休息！”于是，他们开始向往山林。

想要回到从前，回到祖先们毕生为之挣脱的相对原始的状态，这时，没有人以为这是一种倒退，更有所谓新新人类，冠以时尚之名。可是，归途路上早已不是祖先时的光景。大自然原是可以包容人类的肮脏与罪恶的，可是而今，人们离开自然已经太久了，课本知识永远代替不了自然教给你的事情，人们已不再会爱护它，不再会尊崇它，人们用花花绿绿的废纸、永不腐烂的塑料，换走大自然清新的空气；用闪光灯刺眼的灯光、相纸胶片，换走了美丽的日出与日落，百鸟归巢的喜悦，雾气迷蒙的山峦；自恋的噪音，所谓的音乐，换走了山野的静谧与安详，鸟语虫鸣；用蒸馏水、褐色的液体，换走了泉水叮咚，瀑布轰鸣……

远在青青山野的山民，金黄田边的耕夫，无边草原的牧民和浩瀚海上的渔夫，似乎是被城市人群无礼的傲慢打败了，他们脱去淳朴的外套，放下沾染了泥土香的锄耙，辞别了心爱的牛马，丢弃了网络大海的渔网，穿上束缚的西装，蹩脚的皮鞋，走上城市人类先辈的路。有的不再回来，回来的，踌躇满志，在祖先世代居住的土地上，建造新的城市。

城市的蚕食已经开始。

关于一些思想的表达

我的思绪在古代人类遗迹中行走，仿佛原始人类结绳记事的时代就在昨天，煦煦燃烧的篝火旁，母亲磨着烧黑的炭枝，准备彩色的黏土，预备在岩壁上绘画。岩壁上的狩猎场景，记录了英雄伟岸的父亲与猛犸象的搏斗，也许我的 DNA 里，就有那一天的记忆。

我每天在网络里游荡，仿佛生来就是这样，只是觉得不同时代仿佛同时存在，时间，总是让我迷惑不已。身边的女孩抽着烟，眼里只有该死的魔兽兵团，至少在这一刻，远古的祖先与她无关。

我们有多少种表现自己的方式，表现自己内心的方式？写作，把不可见的思想变为了可见的文字，阅读，让我们的思想在不同人头脑中以不同的形式再现，只是，文字的表达是不确定的，可能不足够，也可能过分夸张；人们的理解力是不确定的。

绘画是纸上的音乐，音乐是空中的绘画。或愉悦，或欢快，或悲伤，或愁苦，或平淡，或反叛，一切的一切，都是我们思想的表达。从这个意义上讲，祭祀的礼乐与U2的摇滚，本质上没有什么不同。

竹简的笨重，丝绢的名贵，经过岁月的洗礼，终于产生了纸。我一直不明白的是，古人用印那么长的历史，为什么印刷术却产生得那么晚呢？也许，人们只顾着填饱肚子，官员们只顾着争权夺利，皇帝们只顾着享乐保命吧。书本是思想的仓库，是能经历历史洗礼的牢固库房，不过，始终不是贫民，而是思想贵族才能享用的大餐。

戏剧的诞生，从民间走向皇庭，再从皇庭回到民间，编剧、导演们通过道具、布景，演员们再现自己理解后的自己的或人们的思想，演员们通过演技、台词、歌唱、舞蹈等再现自己理解的大师们的思想，人们通过舞台上的表演理解接收到的思想。戏剧，是思想的一种表达方式。

太多太多，如今，动画不再是孩子们专享的小儿科，大人们在更轻松的氛围里，在最简化的社会里品读最本质的人生。

不过，博客们还能坚持多久？因为播客来了。一切的一切都在全方位地刺激着我们的观感，有了文字，我们发现有图片更好，所有的画报、杂志竭尽所能，搜刮各种酷图，吸引我们的眼球，并号称，读图时代来临了。网络的多媒体世界更是全方位地满足着我们的视觉与听觉。

那么，什么时候，网络将会来挑逗我们的嗅觉、触觉呢？触博时代将会来临？

人类社会的发展一直呈加速度的状态，这个状态将会保持到什么时候，我们会有极限吗？网络时代不过十数年，网络的推动力，更加速了整个人类社会发展的速度。只是，历史的阶段，也会缩短，钢铁时代比青铜时代要短，青铜时代比石器时代要短，网络时代呢？

未来的未来，还会有博客吗？还会有播客吗？还会有网络吗？到那时，我们用什么表达自己？

关于自卑

什么是自卑？当一个人面对一个他无法适当对付的问题时，他表示他绝对无法解决这个问题，这时出现的就是自卑情绪。由这个定义，我们可以看出："愤怒和眼泪以及道歉一样，都可能是自卑情结的表现。由于自卑感总是造成紧张，所以争取优越感的补偿动作必然会同时出现，但是其目的却不在于解决问题。"（摘自《自卑与自欺》，[美] A. 阿德勒著）

如果自卑成为一个长期的情绪，就成了一种心境，慢慢就会融入一个人的性格，影响他的行为、言谈、处事态度乃至世界观。《天涯》期刊中曾有一篇关于木子美的分析，认为木子美的人格是一种自贬人格，在情感和性上的自卑导致她在这些方面的需求更加强烈，于是追逐异性，寻求性和爱情的胜利感、征服感，为了得到异性的欣赏无所不用其极，但是，这样只会造成异性的轻视与反感，从而抛弃她，离她而去。于是她受伤，更加自卑，同时需求更加强烈，变本加厉，在这样的怪圈中渐渐迷失。而另一方面，她又是骄傲的，在受伤的同时，对那些到手的异性的爱情和欣赏却嗤之以鼻，因为她已经将自己定位低下、卑贱、没有可爱之处，而爱上她的人她又怎么会瞧得起呢？于是，在这样的恶性循环中，她永远得不到爱情。不断受到伤害，又不断伤害他人。她的压抑，只能通过暴露与男人的性，来践踏那些鄙视她的人，获得平衡。

没有人能够长期忍受处于一种自卑状态，没有人会容忍自己长时间浸泡在低压的空气里，总会寻找突破口，以获得平衡。自卑与自负往往同时出现在一个人的身上，能量守恒定律真是无处不在，即使在情绪与性格上也体现着。

自卑的原因是什么呢？根据阿德勒的定义，我的理解是，心之所向，力所不能及。因为欲望驱使，爱一个人，却得不到回应，看到爱人爱上的人身上自己所没有的种种，便以为是因为爱人爱的是这些自己没有的东西，所以自卑。从小在学业上，与同学在一起，成绩永远有比较，老师永远有偏爱，自己想要得到赞许、喜爱，可是没有能力做到，所以自卑。一切，都是因为欲望使然。

平常心最难得，淡然最不易。爱，随缘；利，不可追。每个人都有自己独特的地方，都有自己会有的人生，即使生活在人群里，社会也需要多样性，每个环境都是相通的，往往一个模型会在许多环境适用。比如金字塔型在分析家庭、分析社会、分析公司、分析政府构成时，都是适用的，每个人在这个金字塔里都可以找到自己的位置，因此，我们坚持自己的信念，扮演好自己的角色就好了。心之所向，力所不能及，淡然而处之，有何不可呢？为什么非要自轻自贱，自悯自怜？

回忆

一个什么都不能养的人

金鱼

我的同学向映住在姑姑家对面，我已经一点儿也想不起她的模样了，只记得那时候她养了几条金鱼，我和表姐常去她家喂金鱼。看到我们那么喜欢金鱼，向映的爸爸就送了一条给我和姐姐。我们就给小金鱼喂面条，一斤一筒的面，脆脆的一根根，我们就掰碎了喂小金鱼，它吃了又吃，吃了又吃，我想，你什么时候才会饱啊。我们把面条碎一扔进水里，小金鱼就猛吃猛吃，全部吞进肚里。婆婆来了，说："你们浪费粮食，喂那么多干什么，鱼都撑死了，作孽哦。"我和姐姐吓坏了，小金鱼第二天果然死了。

小鸭

初二下学期，因为爸爸工作调动，我们举家迁徙到宁波。

学校在市区，校门口常常有小贩推销各种学生们喜欢的小玩意。那天我看到路边一个人用箩筐架着一个大筛子，一片金黄色毛茸茸的小东西在蠕动，挤得透不过气了。我把午餐省下的四块钱买了两只小鸭，两只小鸭在一起，也好做伴，还专门让小贩挑了一只公的一只母的，就这样结了娃娃亲，帮它们包办了婚姻大事了。

回来之后，我找来一个纸盒当作它们的家，它们发出"嘤嘤"的声音，总是跌跌撞撞地走来走去，还随地大小便，我只好放些手纸进去，手纸当然没有毛巾暖和，不过至少还很松软。我喂饭给它们吃，喂水给它们喝，弟弟也想玩，我只准他看，不准他碰，他看了一下，觉得没意思就跑开了。

随后的两天，我每天都会跟小鸭道别才出门，每天放学第一件事就是看它们，它们太可爱了，鹅黄色的小绒毛，笨拙的步态，贪吃的模样，都让我看不厌。第三天早晨，当我醒来看我的小朋友的时候，却发现它们躺在窝里，脖子伸得老长，已经死了。妈妈安慰我说，那些都是病鸭子，要不怎么可能两块钱卖给你。我仍唏嘘，它们曾经看上去多么健康啊。

小兔

这小兔不是我一个人养的，是我们班的班级财产，那年秋天，我们班生物老师买了两只白色的家兔给我们养。

中午的时候我们就轮流去给兔子采草料，主要是摘马兰给它们吃。这天轮到我了，我早晨就去摘了马兰回来，心想早晨的马兰会新鲜一些，鲜嫩一些，没想到当天下午兔子们就开始拉肚子，一直拉到第二天死去，我一直很害怕，怀疑自己认错了马兰，或者给兔子喂了其他有毒的东西，后来才知道，兔子吃的草料要干燥的，不能有水，否则就会拉肚子，就这样，我把兔子“毒死”了。

小猫

我不记得我们给它取了什么名字了，只记得我们捡到它的时候，它在一个破纸盒里嗷嗷叫，满身都是虱子，特别脏，一只眼睛已经瞎了。黑色的小身子，有些白色的花纹，我们知道它的妈妈，至少我每天八点半都会看见它走在学校的大路上，按照自己的规定路线巡视自己的领地，春天的晚上也经常听到它凄厉的叫声。我们分析，是它抓瞎了小猫，因为这只小猫身体太弱，它不想留这个孩子在世上。一个同学说，这只猫活不长了。我不信，坚信自己一定可以养活它。它的妈妈不要它了，我们更要给它爱。

我们把小猫带回了寝室。寝室里是不准养宠物的，可是我们还是偷偷地留下了它。那时也是秋天，天还不是很凉，我把我的一对红色枕头巾拿出来，一块当被子和床单，一块当毛巾，还找来一个干净的鞋盒给它做了一个温暖的小窝。第一件事就是洗澡，我们从开水房打来开水，拿了我自己的脸盆。本来瘦小的小家伙，一进到水里就更加小，稀稀拉拉的毛贴在身上，三角形的头颅，简直像只老鼠一样。它惊恐地挥舞着爪子，我的手上就留下了一道道血痕，大家都说我要打狂犬病预防针了。用香皂还是用洗发水呢？想来想去，它身上毛多，还是用洗发水吧。洗完澡，水面上浮着一片跳蚤的尸体。小猫浑身颤抖，死命抓住包裹它的枕头巾。我们找来电吹风，把它吹干了。

不知道谁找来一个注射器，我们给它冲了奶粉，打进它的小嘴巴。吃饱了的小家伙开始活动了，慢慢地在地上试探着走来走去。我们把它放回它的小窝，就这样度过了第一个夜晚。随后几天，我还是用注射器喂它，在它受伤的眼睛上涂上红霉素软膏。它偶尔也会舔舔，刚涂上的时候还拼命甩头，我们哄它，上了药你就好啦，所以要乖，要听话。偶尔也会放它在地板上走走，它走得摇摇晃晃，可是很自在，还会用爪子洗脸了。我们都爱它，想亲近它，想爱护它，一下课就先回寝室，每天的生活就是围着它。可是它身上又有跳蚤了，数量不少，为了寝室的卫生，我们决定给它洗第二次澡。

洗完澡后，它打了几个大喷嚏，我们把它吹干，又放回窝里安睡。早晨起来，我摸摸它的小绒毛，它眯着眼看看我，继续睡了。下午体育课一上完，我就偷偷溜回寝室，看看我亲爱的小东西。我想把它抱起来，可是刚触到它的身体，我就“呀”地叫起来，它的身体已经僵硬了，冰冷冰冷地没有一点温度，趴在小窝里，保持着一个姿势。我伤心极了，它被母亲抛弃了，可是因为我们照顾不好它，它还是死去了。我哭着，看着它小小的尸体。小窝成了它的棺材。我把它带到操场一角的空地，用手挖了一个坑，把它埋下。

想象着它小小的尸体在冰冷的地下，或许比即将到来的冬天要暖和。我把枕头巾一起埋下了，它需要温暖。两年之后，那片空地成了我们种蔬菜的地方。

兰花

搬新家的时候我买了三盆兰花、一盆铁树。兰花长得很好，我也带它们晒太阳，可是自从晒太阳之后，它们就开始枯黄，从叶尖开始。等我知道它们不能晒太阳的时候，已经没有救了。

铁树也在我离家两个月之后枯死了。

我还是什么都不要养比较好。

我的同学们

——最后的孩子

阿莲要过生日了。转眼，我们毕业已经四年了。我是最后离校的几个人之一，我们一起吃了毕业晚宴，最后的晚餐，那晚上我没有哭。可是那天送你们走了，我看着宿舍的爬山虎，看着墙上的裂痕，我哭了。不仅仅是舍不得你们，也许更多的是悲哀一个时期的结束。更多的，也许是自己将独自面对一切的深深的恐惧。

从入学开始，我们之间就有着关于毕业班的传说，传说每年6月底的那几天，校门口和宿舍楼下都是保温瓶的碎片。即将离开的学生们，怀着和我们有过的一样的恐惧与留恋，用着极端的方式表达复杂的情绪，彻夜不眠。但是每一年我们都失望，我们兴奋的等待，在临考前的黎明等待恐惧者的疯狂，可是四年的等待，都是寂静。

我记得那日雨中，伞下，她挽着他走过，这是记忆里他最后的背影。我记得那夜他们大弹吉他，居然听到爬山虎包围的窗里传来我的名字。我记得那夜我们长谈，我已经不记得她的名字，只有那句“经历过你们才会懂得”，看似糊涂却很经典的总结。他们一个个都消失在校门外，如今都只是传说。

五年的等待，终于轮到我们，我们在饭桌上喝着，在草地上喊着，叫着，追逐着，奔跑着，拥抱着。我在一个人的操场上仰望星空，教学楼灯火通明，孩子们明天还要考试，是的，我们也曾经是孩子。我们一起长大，一起背负着各种期望，一起面对即将到来的人生。

那天，最后的孩子们都醉了，喃喃自语，对着星星说话，对着其他的孩子说话，毕业册的纸张太少，给我们的时间太少，不足以表达。

人生总有高潮低潮

小时候经常做一个梦，
一片茫茫荒原，我跑着，永远看不到尽头，
那地平线把眼前一色的世界分割成两部分，
脚下是地，头顶是天。

我大喊，声音离开我的喉咙，远去，远去，消失不见，
没有回音。

心中有恐惧，有压抑，有孤寂，
我是孤独的。

看着荒原尽头的地平线，
渐渐，那条实线一端开始隆起一个小山包，
不，仅仅是条在运动的曲线而已。

只见那弯曲的部分滑动着，渐渐，那弯曲扩张自己的势力，越来越多，越来越多，

拧成一团，乱麻，越团越紧，

让我透不过气来。

晕眩……

这个梦重复了多次，

仿佛上帝要告诉我什么，

那年我四岁。

疯子

从小，我身边就生活着各种各样的疯子。

1. 院儿里的疯奶奶。花白的头发，牛高马大，每天穿着拖鞋在院儿里晃悠，看见不顺眼的人就扔砖头。曾经拔过奶奶种的菜，还揪过奶奶头发。怎么疯的不知道，她丈夫是个好人，是个和蔼可亲的老爷爷，给奶奶赔过不是。

2. 菜场门口的疯女人。长长的头发编成大辫子坠在脑后，全身赤裸地坐在一堆烂西瓜上面，痴痴地笑。周围全是男人，抽着烟，看，还不时逗她说话。我想看，又害怕，连续一个星期，放学路过菜场都看见她，有时在捡烂西瓜吃，有时和周围的看客用西瓜皮扔来扔去，我低头快步走过，然后又回头看两眼。当时觉得很害怕。后来那个女人就不见了。

3. 学校门口的疯女人。酒瓶底儿厚的眼镜，镜框绑着胶布。头戴一顶绿军帽已经看不出颜色，再罩一顶布帽，然后是头盔，大热天也穿着破棉袄，拎着个军用水壶，每天下午两点准时到我们学校门口的小广场演讲、谩骂，大致内容是：“你，认错……”听不清。对着眼前的车流，专心，投入，又仿佛是在为自己申辩，我们没有人围观，她对路人也视若无睹。不知道什么时候回去，只知道什么时候来。

4．妈妈看见的，在广州友谊商店后面的淘金北，裸露的疯女人坐在路边台阶上，围观者说她是一件一件把衣服脱下来的，然后就坐在那里，一句话也不说。《广州日报》登了，报料人得了200块钱。报料人不是妈妈。

5．好朋友来广州，晚上12点多才到，在楼下接她们的时候看见一个女人穿着看不出颜色的衬衣，在公安局门口演讲，声音尖细，扎着两条大辫子，情绪很激动，老远都听得见，抑扬顿挫仿佛朗诵，但明明是在申辩，有东北口音，手上拎个大袋子。我录下来了，也不知道为什么。

6．世贸门口每天上午都有个花枝招展的女人表演忠字舞。厚厚的粉底，浓粗的眉毛，脸颊上两坨大红的胭脂，嘴唇血红，从下巴上绑粉色丝带到头顶打个大大的蝴蝶结。当然有时候也换其他打扮，红色高跟鞋，橙色花裙子，蓝上衣，总之配色大胆。跳完忠字舞，走人。曾经看她从小北路一直步行。

7．公共汽车站的疯子们。有女的，坐在路边，目光尖锐，从不说话，两条大辫子，花布裙子，有时候会在垃圾桶里找吃的。有男的，在公车站便溺、××，走过去才发现，差点没弄在我身上。极恶心。还有的仿佛行为艺术家，和等车的人们站在一起，像一尊雕塑，长长的头发蓬着，又缠在一起，像美杜莎，赤裸着上身。

可怜人

身边的可怜人不少，并不是我爱心泛滥，而是我这人有点偷窥癖，喜欢管闲事。

1. 他是一个老师，每天除了上课，就是猫在家里写东西，瞎想。他孤傲，因为智慧；他孤独，因为不屑与那些浊人在一起。也许是有些职业病，寒暑假是很难熬的，老婆对他说的不感兴趣，可是没有课堂上那些可爱的学生那样的听众，每个好的想法就无处表达，笔，能够快过思想吗？于是苦闷。为了孩子念书，新买了房子，夫妻分居，自己不懂得照顾自己，不按时吃饭，也许，这些都是次要，只是在有一次我打电话给他的时候，他说："唉，想打电话给别人，可是居然发现没有一个人可以交谈，幸亏你打电话来了。"也许，天才都是孤独的。

2. 她是一个医生，每天除了工作就是孩子，除此之外，就是要忍受丈夫的猜疑。只是因为婚前有过一段往事，她是第三者，丈夫把她从人们的谩骂与羞辱中解救出来，结婚。可是真的有爱情吗？也许不曾有过，只是在平淡的生活中有了亲情。可是，丈夫却是爱猜疑的。也许，女人和男人永远都无法平等。

3．他是一个学生，每天在学校，家里，图书馆之间漂移。只是，他要安慰同父异母的妹妹，因为妈妈的又一次离异。他渴望忠贞的爱情，像天堂鸟那样永恒、专一。妈妈是孩子的第一个恋人，可是，这个恋人却多么让他伤心啊。安慰妹妹的时候，他是否也在安慰自己？

4．她是一个孩子，每天放学回来，弹两个小时的钢琴，还要做作业，她只能在母亲的眼皮子底下找一切机会玩，她逆反，她淘气，她贫嘴。可是她说："我真可怜，每天有做不完的事情。"可是这样只能招来怒骂和痛打。爸爸不在家的时候，连续四个晚上妈妈都打她，她一定很疼吧。

5．她是一个母亲，似乎命运一直跟她开玩笑，十七岁被迫结了婚，丈夫是个酒鬼，虐待狂，"文革"及时来了，离了婚。牛棚里认识了一个人，结了婚。为了躲避武斗，孩子们被送到乡下，之后长大，之后下放，儿子离开母亲，很远，她，花白了头发。

6．他是一个儿子，母亲离过婚，在偏僻的山村，这成为其他孩子耻笑他的最佳武器。他反抗，于是挨打，遍体鳞伤，只有外婆保护他，可是外婆谁也保护不了，他从此憎恨的，不是打他的人，而是母亲。于是逃离，从下放、念书、恢复高考后参加高考，之后结婚、生孩子、调动，离母亲越来越远，可是，看着从老家寄来的照片上母亲花白的头发，他哭泣。

7. 她是一个妻子，军人的妻子，丈夫戍边，她在老家守活寡似的和婆婆带着女儿过了八年。在单位，她表现优秀，论文一篇接着一篇，年年优秀，可是，她还要撑起一个家，一个女人家拉煤，100 斤的煤车，没有人帮忙，还有同事站在一旁看笑话：谁叫她嫁给一个军人，哼。婆婆患癌症去世前，她端屎端尿地伺候。丈夫转业回来，借着丈人的关系找到好单位，渐渐地，每晚深夜回家。同事生孩子了，同事的妈妈告诉她：你的丈夫也在那。一看，丈夫已经和别的女人生下了孩子。

8. 她是一个母亲，因为怀孕时发现吃了违禁药品，怕影响孩子，于是去做了手术堕胎。婆婆知道了，逢人就说，让她在所有人面前抬不起头来。

9. 她每天蜷缩在蜗居，一天吃一顿，她拒绝别人关心，也不在乎别人关心。她封闭自己，觉得那里才真正安全。

10. 她的腿差点被父亲打断，她要离开……

…………

这个世界怎么了，往往是你生命中最重要的人伤害你，或者是你伤害了你最爱的和最爱你的人，爱，被奇怪的力量给摧毁了，失去了它原本应有的力量。这力量是什么，谁又说得清?

独白

不擅长讲故事的人

我就是那个不擅长讲故事的人。

一个精彩的故事可能到了我的口中也不过就是A爱B、B爱A之类的，我不喜欢把能够看清结构的东西说得过于复杂，小时候最不喜欢的就是写景作文，觉得总是在说废话，因为我就是那种不爱看这样废话的人。相对来说，什么才是我关注的呢？我最为关注的就是细节，习惯直接从细节中提炼我所需要的信息。因此留在我记忆里的往往是些情绪，即便是当时的情形，也必须依靠这些情绪来反映，因此我的回忆不免是粉饰过的，是我主观创造的历史。人们何尝不是如此？去伪存真也只是相对于自己的需要而言，所以人们都是爱听故事的，喜欢活在自己的幻想中。

偏偏我就是那个不擅长讲故事的人。

我讨厌铺陈，讨厌吊人胃口的笨拙伎俩，讨厌刚看了开头就知道结局的肤浅故事，讨厌只有感官刺激缺乏精神内涵的美国大片，讨厌安排好的一切。神秘的、悬念重重的故事总是吸引着我也同时被我厌恶着，而我也强烈感觉到自己对不可知的好奇心，以及探询的勇气。我突然意识到，自己虽不擅长讲故事，但或许并不代表不擅长成为故事中的人。每个人都是人生这幕大戏中的演员，都主演着自己的戏，也掺和着别人的戏，但是爱演什么样的角色却各有不同。很多人的一生一个音节都未曾发声就已经结束了，而有的人却让自己的戏流传。

不擅长讲故事的人是不擅长用言词打动人们的，但是不代表不擅长用言词打动自己。仿佛独孤求败一般，对影练剑，最终练成绝世武功。这样的人不屑于成为人生的傀儡，而是要自己编剧。这样的人和其他人没有什么不同，只是比别人想得多一点，做得多一点，从而具备了成为那万分之一实现自我者中的一员。

擅长讲故事的人其实最高深，他们总是可以把高妙的道理融入浅显易懂、幽默有趣的故事中警醒世人，传播自己的想法，让听者去领悟，让听众享受自己寻找答案的快乐，而非一个说教者，自作聪明地直白而赤裸地揭示人生与命运的奥妙。毕竟有那么多的事物是需要我们去领悟的，需要含蓄，需要过程。直白的说教者破坏了这含蓄，斩断了思绪，干扰了寻找真理的乐趣。高明的哲学家会在寓言的最后留下思考的余地，并在必要的时刻点醒人们。

是啊，我在告诫自己，不要成为一个说教者，如果听者觉得这是说教的话。

真正的流浪从回归开始

有时候，我认为语言需要记录下来才能正常思考，就像真正的流浪从回归开始。人要开始流浪时，却需要再次确认自己的根在哪里，以免在途中迷失了方向。知道自己的根在哪里，就好像加固了风筝的线，飘远了也终有归处，不至于坠入空洞的自由。其实这也不一定是流浪，而是另一种回归，在旅途中找回自己。永远的回归，只是在心灵回归之前实现肉体的回归。于是在这样一个冬日，在这样的意识的驱使下，我回来了，阔别三年的故乡。

我总是倔强地按照自己的方式行事，并且总是后知后觉，很多事情在进行时我总是迷糊的，只有在另一件事情开始之后才恍然，原来我一直都是朝着自己的目标努力着，只是当时浑然不觉而已。

故乡的冬日也是暖，人们很高兴能够过一个暖冬，只有我徒劳地杞人忧天，担心着厄尔尼诺会让我的故乡失去迷人的雪景，让故乡的孩子没有白色的冬日回忆。人们的浮躁就像这冬日的暖，刺激热得迷糊的大脑。高楼建起来了，马路拓宽了，霓虹灯闪亮，仿古建筑和超现代雕塑装饰着空旷的广场，和所有的城市一样，在原本充满米香的糍粑上涂上了厚厚的一层奶油，怪诞而不厌其烦地重复、重复、重复。

只有饭桌上热气腾腾的火锅，肥厚喷香的腊肉、腊肠，窗上壮观的腊鱼群，坛子里让人口水直流的各种腌菜，让我的胃又回到了童年时。

找寻童年是一种自觉的行为，邻家阿宝腼腆地陪着我回到了当年和他捉金龟子的校门口、曾经住过的家属楼。我蹑手蹑脚地在这个充满我另一个时空记忆的，已经因为我的成长而变得狭窄的房前留影。曾经爸爸把我抱进抱出的阳台原来还是那么高，曾经给我供应鸡蛋的棚屋如今已经是小康之家的车库，还有我曾经夹伤手指的广场，原来只是一排柴房之间的小空地，那里诞生了我的小床，放学回家就会看到木工师傅在刨木板……我仿佛拨开时间的迷雾，看到那个孩子，在这个寂静的小院跌跌撞撞，研究着这个小小世界……

物似人非。

或然

我和陌生人一起跨年，2007年就在虚无中到来了。那些麻醉自己的人们，就算在钟声敲响的刹那，也只是抬一抬迷醉的睡眼，随后继续自我催眠。我庆幸至少自觉清醒，失重的我陷入肉体的虚无感、灵魂的不安全感，但至少我还能保持清醒。或许清醒才是最残酷的，因为你总是感知到那些残酷的本质。脆弱的人选择迷醉与自我催眠，醒着的人选择坚忍，可是又如何呢，于事无补。

态度其实是最虚无的东西，它不能改变任何事，只是虚荣地炫耀着某种虚伪。不想伤害他人必定自伤，自伤意味着另一种意义的伤人。人总是对自己的主观感受负责，而忽略了其他的事情，否则就不会一厢情愿，暗自神伤。主观感受是最重要的一件事情，所以成功者只是有一种天然的本能，能够洞悉他人的感受。猜猜猜，在猜中度过一生，幸与不幸只是在于你猜对了多少，他人虚伪的态度给你带来多少主观感受的满足。

爱中的人渴望简单，因为爱本身就是赤裸裸的，有了那片树叶，夏娃与亚当就承认了自己的虚伪，伪装过的爱也就失去了它本身的意义。爱是唯一一种不需要猜的东西，也是唯一一种灵魂碰撞与缠绵的最直接的过程，任何一种经过矫饰的情感就失去了它纯粹的本质。爱中的人本身就简单。当然，这一切的前提是，爱属于两个灵魂，而非仅仅是一个人的主观感受，或许说爱太宽泛，这应该是爱情。

一天

一天可以很长，因为你有所期待。

一天可以很短，因为你所担忧的即将到来。

一天可以很难忘，因为丰富的经历让你仿佛享受一顿美味大餐，回味无穷。

一天可以很快遗忘，因为平淡得就像白开水，早餐中餐晚餐，时间就从这顿饭到那顿饭之间滑过。

……

无论期待也好，担忧也好，丰富也好，平淡也好，一天总会过去。

我们不是超人，无法将时间定格在某一秒，更无法留住某个时代。

一天的本质是什么？

是24小时，是1440分钟，86400秒吗？

还是地球自转一圈，或是地球公转的1/365？

这些都是人为的计量。

一天是太阳从东方升起，从西方落下，在天空的一次飞行，加上月亮从东方升起，从西方落下，与太阳玩躲猫猫的一次游戏。

是在湘黔线上奔驰的一路风景，是在香港看日出，在北京看日落。

一天是跨过换日线的那一瞬间……

一天是想念的傻笑的“扑哧”声，郁郁的泪两行，是从《茶花女》的第4页读到第227页。

是把包包满满地装好食物，兴致勃勃去爬山，然后拖着空空如也的包包，拖着沉沉的脚步和一颗轻快的心回家。

一天是醒来和睡去的眨眼间……

一块山间岩石的一天，是从放羊娃的第一声吆喝开始。放羊娃的脸上还挂着泪痕，手臂和腿肚子上还残留着鞭痕，看来昨晚又是一顿打。放羊娃高高举起鞭子，狠狠抽在一只黑母羊肥硕的臀上，黑母羊“咩——”一声惨叫，挪着细细的羊蹄小跑向前。头羊不满地瞪了放羊娃一眼，照样大大咧咧慢慢走在后面。

小羊羔跌跌撞撞向前，追着母亲的黑臀，放羊娃知道刚刚下手太重，心疼羊了，赶着，不让羊吃草。太阳才刚升起，草地上的雾气还未散，露水还未干，羊儿吃了容易闹肚子。岩石看着放羊娃赶着羊儿远去，消失在下一个山脚。

岩石站在山崖上，转瞬已千年，看着放羊娃和羊群远去的身影，想着自己的今生这一世。在地底的初生，在大爆炸中奔腾而出，曾经，也在灰红混沌的空中转悠过，看到的是沸腾的大地，四处是岩浆喷溅，大地在阵痛。飞升之后，是重重降落在前辈的躯体上，自然也被后辈压住。心，已不像冲出地表时一般炙热。孤独破碎的，只是大地。

接二连三的降落与挤压，岩石再次回到地底。沧海桑田，风化过后，再次见天颜，已不再灰红，只是蔚蓝的一片。周围是同伴粉碎的躯体，包裹在绿色的冢里。

一天，是岩石对自己一生的冥想，醒转来，太阳已西垂，红红的，圆圆的，却不耀眼，仿佛一颗咸鸭蛋黄。又见头羊浑浊横向的瞳孔，放羊娃豁牙的嘴，尖利的口哨声，他显然已忘记了昨晚的打，羊儿也忘了清晨的打，吃得饱饱，浑圆的肚在轻快的小跑的伴奏下，乐颠颠地震颤着。看着赶着羊群的牧羊孩子在暮色里孤单的身影，即使是羊群，也静寂无声，落寞地留下岩石，背对夕阳远去……

我要去流浪！

我又开始按捺不住自己的心了，总是飘忽不定，那个自由的我又从我四肢箍成的笼子里探出头来，对我的四肢威逼利诱，一会儿说肚子饿了，一会儿又说该出来放放风了，弄得人心烦不已。我知道，她是对的，她被关得太久太久了，她也的确饿了，或许这是她最后的气力，如果我再拒绝她，或许，下次打开笼子的时候，她已经奄奄一息，甚至没得救了。

我要去流浪，她跟我说，我一定要去流浪，离开这个鬼地方，狭窄、阴暗、潮湿、吵闹、无休无止的没有自我的世界，我要去流浪！这一声，声嘶力竭，之后是一阵狂笑，接着又是号啕大哭。她是痛苦的，我明白，可是我的无能为力只能让我更加痛苦。这个时候，我只有用我惯用的方式，催眠她，虽然只是暂时的，但是往往很奏效。

“你要到什么地方去流浪呢？”

“既然是流浪怎么可能有目的地呢？”

“放松点，让我们来想象一下吧，当我打开笼子的时候，你会感觉如何呢？”

“啊，如果是那样，我会跳起来的，只要我还有气力，我甚至会踹上你几脚，你这个窝囊废！”

她啐了我一口，我羞愧难当，但是，我必须继续。

“接着呢？你最想去哪？”

“哪都行，只要离开这里哪都行。不过，最好是到草原去，哇，无边无际的大草原，风吹草低见牛羊，太美了……你问这些干什么？！只能让我更加愤怒！我要去流浪！我要去流浪，流浪！”

她又一次歇斯底里地痛苦起来，仿佛笑容的脸上挂满了露珠般晶莹的眼泪。我不得不伸出手，抱抱她，安抚她，自然，隔着笼子。她捶打着我的肩膀，突然咬住我的胳膊，生疼，我忍了。终于，她累了，沉沉睡去。

我看到她的梦境，浓雾渐渐散去，远山竟然是深深的紫色，被薄薄的云层笼罩，透出灰蒙蒙的气息。草地湿润，猛然间，一道强烈的阳光照射过来，眼前的世界突然亮了，是一片广袤的大草原，不知名的黄色小花星星点点，微风拂面，感到她在草地上欢呼雀跃，打着滚，抱着草儿亲吻，用野花编织成花环，戴在头上，颈上，手上，快乐无比。

她走在乡间，希望有份帮工，打短工挣一夜住宿，挣一口饭吃。她无力，不能做重活，没人雇她，她不在乎，继续自得其乐，自由自在地走着。一个猥琐的男人歪戴着棉帽迎面走来，猥琐的眼神上下打量着她，她感到恶心，仿佛那双肮脏的爪子在对她上下其手，男人靠近了，她扭头就跑，飞也似的跑向草原，远离人群。

一个牧羊人走过，冲她微笑，多可爱的女孩啊，像花朵一样灿烂，像蝴蝶一样轻盈。她走过去和羊群嬉戏，雪白的羊毛粘在她的衣服上，肮脏而破烂的囚衣立刻散发出光彩，她笑起来，就像天使一样，和在笼子里时的表情简直有天壤之别。羊儿们围绕着她，她呢，给羊儿们梳理毛发，羊儿都在吃草，平静而安逸……

突然，羊群不见了，一股凉意袭来，饿，她饿了，忽然又是傍晚，天空燃烧着，巨大的火球，她饿了，胃疼，蜷缩成一团，娇嫩的花朵们被揉碎了，她的脸色苍白，痛苦的表情像丑角的面具固定在脸上。乌云来了，狂风大作，雨点刀子似的割她的脸，锤子似的打在她的身上，前面是一棵树，没有树叶的树，枯干的枝丫伸向天空，仿佛渴求的手臂，到死也是那个姿态。她向树爬去，一步步挪动，一个笼子在前面等待她，有顶的笼子，打开着门，等待她爬进去……

她醒来了，脸上挂着泪，呆坐在笼子里。我，在麻木中等待她的下一次疯狂。

一个游戏无疾而终

一个游戏，曾经我们是那么热衷于它，每天的思想、言论、行为，无不是为了取得游戏的胜利，或是享受游戏的乐趣而运转着。如今，当我站在生锈的铁门前，从前的乐园悄无声息，只剩下破败而依然高大的摩天轮、干涸的冲浪谷，腐烂了的彩旗飘舞，神经质的各色彩灯发病似的闪动。

走了，都离开了，只剩下这些。

曾经我们排着队，整小时地排着队，只为了坐五分钟的旋转木马，做五分钟的公主梦，最终，王子并没有来。于是我们又排队，排队，那时，真想这木马只为我一个人旋转，只想坐在木马上，看着他，一次又一次地出现。而今，这木马真的只属于我一个人了，欲望却也随着人流，随着时间，消耗殆尽。

这一世，有多少这样的时刻呢？我们看着曾经的偶像变得可笑、滑稽，看着他们坠落却无动于衷；我们看着所爱的人，一寸寸变成陌生人；我们看着华美的服饰开始腐烂，流行的乐音沦为噪音，金嗓子开始走音，心爱的吉他断裂……

掩面叹息。

只是不满足于曾经的快乐，曾经的荣耀与威严，曾经的美丽与青春，我们总是以为现在是永远，等到发觉，一切都变得麻木而陌生。带着懊悔离开这个世界，又何尝不是一种幸福，至少，已经懂得了幸福的意义。

致命运

整理行李，整理心情，湿热的南方总是阴霾的天空，即使是干燥的秋冬时节，空气中也满是黏糊糊的湿气。不爽利的不仅仅是皮肤，还有眼睛，还有呼吸，还有心情。云层把阳光遮蔽了，看到的只是灰蒙。

最近，那奇怪的预感又应验了。或许不是预感，只是上天故意让我瞥见预言书的一角，又让我暂时忘记，直到发生的那一刻才猛然记起，恍然大悟的样子一定让他偷笑吧。这样的安排，是为了让我有敬畏之心吧。的确，我这人不怎么会有敬畏之心，这也正是我的烦恼吧。

这样好吗？你一次又一次告诉我，又让我忘记即将发生的事。我会以为世事自有天定，放弃努力，每天等着天上掉馅饼或冰雹啊。你是不是看准我就是那种不信邪的人呢？

可我偏偏信了你。

有些事情自己烦也没用，还是交给你去烦好了。安慰别人的时候，我也会认真仔细传达你的精神："上天既然让你们相遇，自有他的道理。"什么时候开始，我成了你的传道士了呢？

红黄蓝绿测试，老师说我的结果显示我是圣人。这样的褒扬我一辈子都不会忘记。是你吧，是你把我训练成这样的人啊。既然一切你自有安排，我又有何可敬畏的呢？你也不过是我的秘书，为我安排每日的行程罢了。命运，你要什么样的报酬呢？要我付出什么样的代价来聘请你这样一位秘书呢？

别人以为我们输了的时候，我们往往是赢家。人们说我们赢了的时候，我们却知道，我们确确实实输了。我们以为自己赢了的时候，别人以为我们是输家。输赢之间，又是怎样的分别呢？

或许你不要什么报酬，只是从我们身上得到捉弄人的快乐吧。你的贪玩，却不是人人都能理解啊。看到一些人走上绝路，你会悲哀吗？或许，仅仅是冷笑。

主角·配角

最可怕的事情莫过于，人被扭曲后生活在他人的世界里。这样的扭曲，可能是自己的，也可能是他人的。可悲之处就在于，被扭曲不要紧，还要生活在他人的世界里。他人在你的世界，不过是个角色，你的臆想而已。这个人，并非他自己所以为的那个人，也并非其他人以为的那个。可悲之处就在于，你不仅以为他就是那个他，还自以为是地认为他在你的世界里。

我们爱的是谁？是他，是她，或者是它？可是，真的就是那个他，那个她，或是那个它吗？我们只是爱我们自己以为的那一个而已，是不是真正的那一个，我们不在意。

就是因为这样，所以，才有愉悦，才有心跳，才有专属与占有；就是因为这样，所以，才有不解，才有误解，才有割裂与暗伤。

爱我的人我不爱，我爱的人不爱我。

只是因为在你的戏剧里面，他是配角；在他的戏剧里面，你是主角。只是因为在你的戏剧里面，他是主角；在他的戏剧里面，你是配角。

伤心，轮不到自己，只有无奈而已，只有苦笑而已。

爱和爱情是两个概念：

爱，是无私的，而爱情是自私的。

爱，很广博，但爱情，必是专一的。

爱，可以永恒，而爱情，如昙花一现，如蜉蝣一生。

我们可以没有爱情，但是一定要有爱。

这样，即使孤单一生，也不会孤寂老去。

上帝之子，生日快乐！

一

没有雪花，没有壁炉，
狭窄的都市街道上，
满是节日的花火，
短暂而炫目的美丽。

南方碌碌的街道上，
看似嘈杂实则孤寂的人群，
即使是平素最严肃的人，
此时也露出一口白牙。

快乐，就如花火一般，
短暂而炫目的美丽。
可，

仅仅是微微一笑，
却流露出注定一生的幸福。

你，
可是那微笑的人？

圣母玛利亚生了你？仅仅是因为上帝？
或许只是谎言，
来掩盖世人不齿的真实，
真相，又有谁知道？

不过，祝福是美好的，
礼物是讨喜的，
孩子们多了份期盼，
大人们多了份童真。

当焰火滑过天际，
心中也只是一份美好。

快乐即是简单，
简单即是快乐。

二

多么伟大的人啊，两千多年前的他一定没有想到，他的降临不仅救世，并且拯救了人类的灵魂，甚至于，对于那些不相信他神的身份的人，也给予了快乐，比如这些日子。

圣诞节早晨是孩子们最快乐的时光，当然，是在有过节习惯的家庭才是这样。礼物，人人喜欢；快乐，人人希望。上帝是慷慨的，普天同庆，独乐乐不如众乐乐。

是人都有生日，是生命都有生日，哪怕是路边的一朵稚菊，哪怕是某家养的阿狗阿猫，都有出生的那一天。如果你是弃儿，对不起，也许勾起了你的伤心事，不过将你抚养长大的善良的人们都会给你在365个日期中寻找一天作为纪念。

这一天是那么重要，它记录了你来到这个世界、你来到某个家庭的重要时刻。你生命的开端，或是幸福，或是罪恶，也许，只是平淡。它不能告诉你你从何而来，但至少能告诉你，你何时到来。

我们总在追问，我是谁，我来自何方，我为何生存于这个世界上，为何是我……

有些问题，终其一生也无法解答，唯有这个日子，留作永久的纪念。

上帝之子，你是幸运的，至少你的爱，让我们也拥有爱，我们的爱，也让他人拥有你我的富足、你我的快乐。

生日快乐……

抑郁而死

这几日，没来由地只想哭。

我知道这样不好，可是却无法控制自己的情绪，也许，我还小。

常听人说我们这代人身上包裹着虚无主义，我不能对这四个字有准确的定义，但我明白，这几天的情绪与他们有关。

Z 说我会抑郁而死。

他有时说话会非常恶毒，就像诅咒。这时，才能从他一直唯唯诺诺的裂缝中，流出愤恨的毒汁。我知道，他恨我，就仿佛爱一样。有时完全是处于情感相反的两端，表现出来的却是惊人的相似。

所以，现象会蒙蔽双眼。

过去美好的世界现在就像坏了的鸡蛋，原先完美无瑕的表壳开始土崩瓦解，露出里面腐烂的本质，散发着刺鼻的恶臭，熏得我无法呼吸。是的，你可以闭上双眼，但无法停止呼吸，除非，你死去。

成熟的过程如此残忍与孤独，现实的丑恶如狂澜一般，让我，想要躲进自己的世界都难以迈步。我该继续所谓的成熟吗？还是为捍卫自己的精神家园而不再前行？有人会说，这两者并不矛盾。逻辑是冰冷的，不矛盾的逻辑不能体会我的悲伤。我不愿意看到别人的痛苦，所以，我只能自己痛苦。

也许是我太不勇敢，我被丑恶吓坏了，我的意志太过薄弱，或许，是因为我对自己的信念并不了解。

我的信念是什么？

曾经在一位智者的指引下，我以为我会成为清道夫。

我的信念是什么？

我真的不明白自己。如此的颓唐，究竟是什么原因。是因为没有爱情吗？或许吧，还有亲情，友情。我总在害怕什么呢？也许正是因为我的害怕，人们都感觉到我的不信任与拒人于千里之外吧。也许，冷漠最伤人。是的，我深有感触。

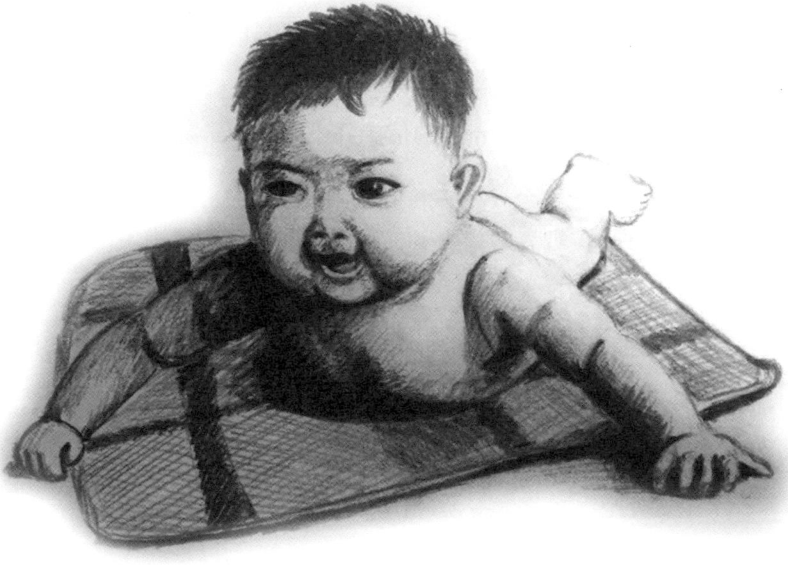

莎菲，本名黄雅青，现居广州。

后　记

审校《星空下的独白》的过程，仿佛在和20岁的自己对话。一面因为语法错误和错别字黯自神伤，羞愧难当，抓耳挠腮；一面因为无厘头的话语和当时自己的神逻辑而哑然失笑，脸儿红一阵白一阵，重回疯癫状态。当时的自己有太多幻想，还有如今看来过于犀利、天真的观点。但，这就是时代、生活、生命的印记。感谢当时自己的书写和记录。

在和本书责任编辑南方日报出版社李沁老师讨论修改方案时，我们一致同意尽可能地保留我当时写作的话语状态，仅在篇目顺序、语法逻辑等方面作修改。

非常感谢南方日报出版社社长周山丹女士、第一编辑室主任刘志一先生，以及校对老师裴晓倩小姐的悉心指导和专业意见。感谢吉超群老师、尚文设计的同事们。因为大家的一齐努力，才有如今的《星空下的独白》可以呈现在读者面前。

2019年3月8日于广州